Anita Shreve
Eine gefangene Liebe

SERIE PIPER

Zu diesem Buch

Durch Zufall stößt Charles Callahan in der Zeitung auf das Foto einer Frau, die ihm seltsam bekannt vorkommt. Es ist Siân Richards, die er vor einunddreißig Jahren als Vierzehnjähriger bei einem Sommercamp kennengelernt hatte und die seine große Sehnsucht blieb. Überwältigt von den Erinnerungen schreibt er ihr und bittet um ein Treffen. Auch für Siân war die Geschichte mit Charles nie beendet, sehr zart sind die Bilder der Vergangenheit, sehr heftig das Verlangen. Und aus der unerfüllten Liebe von einst wird eine leidenschaftliche Affäre. Aber beide sind inzwischen verheiratet, haben Kinder und leben in verschiedenen Welten. Sie geraten in einen Strudel von Ereignissen, die unaufhaltsam auf einen dramatischen Höhepunkt zusteuern. Am Weihnachtsabend entschließt sich Charles zur Wahrheit – und zwingt damit Siân zu einer lebenswichtigen Entscheidung, die tragische Folgen hat.

Anita Shreve gehört zu den erfolgreichen Schriftstellerinnen der USA. Sie lebt mit ihrem Mann und ihrer Familie in Massachusetts und lehrt am Amherst College. Ihre vielfach preisgekrönten Erzählungen erschienen unter anderem in »New York Times«, »Cosmopolitan« und »Esquire«. Auf deutsch erschienen außerdem die Romane »Gefesselt in Seide«, »Eine gefangene Liebe«, »Verschlossenes Paradies«, die großen Erfolge »Das Gewicht des Wassers«, »Die Frau des Piloten«, »Olympia« und zuletzt »Im Herzen des Winters«.

Anita Shreve
Eine gefangene Liebe

Roman

Aus dem Amerikanischen von
Ekkehart Reinke

Piper München Zürich

Von Anita Shreve liegen in der Serie Piper außerdem vor:
Das Gewicht des Wassers (2840)
Gefesselt in Seide (2855)
Verschlossenes Paradies (2897)
Die Frau des Piloten (3049)

Ungekürzte Taschenbuchausgabe
Piper Verlag GmbH, München
1. Auflage September 1999
3. Auflage September 2000

Titel der amerikanischen Originalausgabe:
»Where or when«

Deutsche Erstausgabe unter dem Titel
»Gefangene Liebe« im Verlag Gustav Lübbe,
Bergisch Gladbach 1995
Umschlag: Büro Hamburg
Andreas Rüthemann, Julia Koretzki
Foto Umschlagvorderseite: Gordon Gahan, National Geographic Society
Foto Umschlagrückseite: Norman Jean Roy/Edge
Satz: hanseatenSatz-bremen, Bremen
Druck und Bindung: Clausen & Bosse, Leck
Printed in Germany ISBN 3-492-22854-2

Für Ozzie

Dank an Claire und Ginger,
die mir beigestanden haben

Leben und Sexualität sind untrennbar miteinander verbunden. Daher ist es bei keiner Entscheidung oder Handlung möglich, den Anteil sexueller Motive gegenüber anderen Motiven zu bestimmen oder eine Entscheidung oder Handlung als »sexuell« oder »nicht-sexuell« zu bezeichnen. Es gibt kein Leben ohne Sexualität und keine Sexualität ohne andere Lebensäußerungen. Niemand ist gerettet, und niemand ist ganz verloren.

MAURICE MERLEAU-PONTY

1

Ich erinnere mich an alles.

An einen Kuß auf meinen Nacken.

Du hast gesagt, als wir beide noch Kinder waren, hättest du oft geträumt, meine Brustspitzen durchbrächen den Stoff meiner Bluse. Und als wir erwachsen waren, war dieser Traum wieder da. Doch in all den dazwischenliegenden Jahren hast du nicht davon geträumt.

Als wir noch Kinder waren, flüsterten wir uns Worte zu wie die Klosternovizen bei der Abendandacht. Als Kinder trauten wir uns noch nicht, die Worte laut auszusprechen. Ich glaube, daß dies lebenslange Sehnsüchte in uns hervorgerufen hat.

Aber was wußte ich an diesem Nachmittag schon von unlösbaren Beziehungen?

Es war ein Septembernachmittag, ein Sonntag, und ich erinnere mich, daß es regnete. In der holzgetäfelten Bibliothek des Colleges waren etwa hundert Menschen versammelt, und auf einem Tisch an der Tür lag ein Stapel Bücher. Einige Freunde waren anwesend und auch mein Mann Stephen. Meine Tochter natürlich nicht. Ich sah, wie mein Mann mit dem Glas in der Hand gestikulierte, wie er mit einer weit ausholenden Handbewegung – wobei etwas Wein über den Glasrand schwappte – den ganzen Saal mit all den Menschen einschloß. Stephen stand im grauen Pullover und einem Blazer an dem Tisch mit den Büchern – den Büchern und der Zeitung, in der eine Anzeige mit meinem Foto erschienen war. Es war ihm peinlich, weil es so aussah, als wäre ich ihm überlegen.

Als wir an diesem Tag ins College gefahren waren, hatte sich Stephen im Wagen in Schweigen gehüllt. Die Zwiebelpflanzen waren im Frühjahr durch unerwartete heftige Regenfälle unter Wasser gesetzt oder ganz weggeschwemmt worden. Stephen hatte eine fällige Zahlung an die Bank nicht leisten können und würde vielleicht auch die nächste nicht aufbringen.

Nichts, was Stephen getan oder unterlassen hatte, war daran schuld. Alle Zwiebelfarmen hatten Existenzprobleme.

Die Farm, die Stephen jetzt möglicherweise verlor, lag in einem Landstrich, den man »schwarze Erde« nennt, der Boden ist so schwarz wie Kohle. In jedem Frühjahr, wenn das Wasser versickerte, durchbrachen die zarten Schößlinge normalerweise in vollkommen geraden Reihen die Erdkrume und bedeckten den schwarzen Boden mit schimmerndem Grün.

Aber die Farm gehörte nicht mir – sie hatte nie mir gehört.

Schon früher waren Bücher von mir, ebenfalls Gedichtsammlungen, veröffentlicht worden, aber heute fand zum erstenmal eine Buchpräsentation mit Party statt. Das Buch, um das es ging, war ein schmales Bändchen mit glanzlosem Pappeinband, und es enthielt etwas mehr als dreißig Gedichte. Dieses Buch würde nur wenig mehr Aufsehen erregen als die vorangegangenen, obwohl diese Veranstaltung arrangiert und Geld für die Anzeige – nur eine einzige – aufgebracht worden war.

Als das Foto für die Anzeige gemacht wurde, hatte man mich gebeten, ein schwarzes Jerseykleid anzuziehen und in mein Arbeitszimmer zu gehen. Der Fotograf hatte mir die Brille abgenommen, meine Haarspangen entfernt und meine Frisur mit den Händen ein wenig verwühlt. Das Ergebnis war ein Foto, das mir ähnlich sah und auf dem ich zu erkennen war, doch im Grunde war es unehrlich.

Ich stand in der Ecke eines kleinen Zimmers. Menschen bewegten sich an mir vorbei und um mich herum, und manchmal blieb einer stehen, um einen Satz oder ein Wort zu äußern. Ich erinnere mich, daß mein Lektor zu mir kam und in einem Anfall von Optimismus – einem freundlich gemeinten, doch unbegründeten Optimismus, der von der Tatsache ablenken sollte, daß es ein enttäuschend kleines Druckerzeugnis war – voraussagte, dieses kleine Büchlein würde mein ganzes Leben verändern. Und ich lächelte ihm zu, als teilte ich seinen Optimismus, dachte aber dabei, daß sich nichts in meinem Leben ändern würde, jedenfalls nichts, was über den Einfluß eines heranwachsenden Kindes, eines langsam im Boden versinkenden Hauses oder einer – in unmeßbaren winzigen Schüben – scheiternden Ehe hinausging.

Und jetzt? Jetzt wurde ich aus der Sonne der Gnade verstoßen und lebte in Schande.

Als wir beide noch Kinder waren, lernten wir den Tod kennen. Bei der unvermeidlichen letzten Trennung war der Tod etwas, gegen das wir uns nicht wehren konnten. Und auch als wir schon erwachsen waren, war mir jede Trennung von dir als etwas Gewaltsames erschienen.

Ich wollte dich fragen, ob dir deine Frau die Lederjacke geschenkt hat. Hast du noch andere Kleidungsstücke getragen, vielleicht eine Krawatte oder ein Oberhemd, das sie dir geschenkt hat und das ich berührt habe?

Gegen Ende der Party hielt mein Lektor eine kleine Ansprache. Als er fertig war, sah ich auf. Ich suchte in der Menge nach Stephen. Er stand an der Tür, mit dem Rükken zur Wand, und leerte sein Glas.

Ich sah, wie mein Mann das Glas auf den Bücherstapel stellte, wo es auf dem glanzlosen Einband einen runden, feuchten Abdruck hinterließ. Und dann sah ich, wie Stephen die Party verließ, ohne einen Blick zurückzuwerfen.

Sogar zur Bucht hin sind die Wellen kabbelig und versprühen an den Klippen schäumende Gischt. Er liebt es so – hart und hell. So ist es morgens am schönsten. Die Möwen, die Ratten des Meers, werfen sich gegen den Wind. Dann stoßen sie hinab und tauchen nach einem Fisch.

Auf der Brücke stehen wie an jedem Sonntag die alten Männer an ein Geländer gelehnt, das wohl kaum noch ein Jahr halten kann. Aber das denkt er schon seit Jahren, aber das Geländer hat gehalten. Es ist eine Holzbrücke, fast anderthalb Kilometer lang. Bei gutem Wetter hört man das laute Poltern, wenn ein Auto über die Balken fährt. Sobald die Wellenspritzer auf den dicken Holzbohlen vereisen, wird die Fahrbahn glatt und tückisch. Die Brücke verbindet das Festland mit einem schmalen Streifen Strand, und im Sommer bebt die Brücke unter dem Gewicht der Dodge Caravans und Jeep Cherokees, in denen Frauen und Kinder sitzen und die mit Strandschirmen, Decken, Kühlboxen mit Mineralwasser und Sonnenmilch beladen sind. Aber jetzt in der zweiten Septemberwoche bleiben die Ausflügler aus, und Charles und die alten Männer haben endlich wieder alles für sich.

Geschickt steuert Charles den betagten kohlschwarzen Cadillac über die rauhen Planken. Er nickt und winkt den Männern in ihren fleckigen Parkas, Wolljacken und Baseballmützen zu. Sie ziehen die Schultern gegen den Wind hoch, behalten ihre Angeln im Auge und warten darauf, daß etwas anbeißt, was stärker ist als der Sog der Strömung. Charles fährt täglich zwei-, dreimal über die Brücke – immer bis ans Ende. Manchmal steigt er aus, um über die Dünen auf die Meerseite zu stapfen und in Richtung Lissabon oder Rabat zu schauen oder zu beobachten, wie die Fischerboote um die Landzunge in den Hafen am Südende der Brücke einfahren. Zu anderen Zeiten bleibt er im Wagen sitzen, hört Roy Orbison, trinkt ein, vielleicht auch zwei Bier, bis es Zeit für den nächsten Termin oder für die Fahrt nach Hause wird, wo Harriet und seine Kinder immer auf ihn zu warten scheinen.

Heute brauchen sie Milch fürs Frühstück, und er weiß, daß er diesen Umweg eigentlich nicht machen dürfte. Aber, denkt er, dieser Morgen ist zu schön, um ihn nicht auszunutzen. Neben sich hat er die Zweiliterflasche entrahmter Milch, die dicke Sonntagszeitung und eine fettige Tüte Doughnuts mit Marmeladenfüllung, die er für die Kinder gekauft hat. Er weiß jetzt schon, daß die Kinder, wenn er heimkommt, ihr Frühstück schon ohne Milch verputzt haben. Harriet wird die Doughnuts verschmähen und die Tüte vielleicht nicht mal aufmachen. Sie wird sie auf die Anrichte stellen und das Gebäck aufheben, bis es hart und schließlich ungenießbar wird. Charles beschließt, wenigstens einen Doughnut selber zu essen, obwohl er im allgemeinen keine Süßigkeiten mag.

Er parkt den Cadillac auf dem kleinen runden Stück Teerpflaster, das jedes Jahr durch den vorrückenden Sand kleiner wird, nimmt einen Doughnut aus der Tüte, steigt aus und geht auf die Dünen zu, die ihm die Sicht auf das Meer versperren. Er hat Jeans an und ein weißes Oberhemd, das er schon seit Freitag trägt, und darüber ein schwarzes Sweatshirt mit Kapuze. Ohne daran zu denken, hat er seine Lederschuhe mit den Troddeln angezogen – die Schuhe zum guten Anzug. Beim Gehen rieselt Sand hinein. Er beißt in den Doughnut. Die Marmelade quillt ihm über die Finger. Mit der freien Hand will er Schuhe und Socken ausziehen. Er leckt sich die Finger ab. Der Sand ist kühl an den Fußsohlen. Er denkt: wie schnell doch im September die Wärme aus dem Sand verschwindet!

Der Blick von den Dünen ist die kleine Kletterpartie allemal wert. Das Meer ist zwar aufgewühlt, aber immer noch von einem lebhaften Marineblau. Schaumkronen entstehen und verschwinden wieder wie blinkende Punkte auf einem Radarschirm. Er wandert die Düne hinunter und geht ans Meer. Bewegungslos hängen die Möwen in der Luft. Sie kommen gegen den starken Wind nicht mehr an. Sogar der Sand, der aussieht wie eine dünne Zuckerschicht über der Kruste, die die Flut hinterläßt, bekommt Spritzer von den Schaumkronen ab, die auf seinen nackten Füßen brennen. Aber das Blau, das tiefe, unerschöpfliche Blau erzählt ihm von klaren, unkomplizierten Tagen und nötigt ihn zum Stehenbleiben. Er will es wie immer behalten, in Besitz nehmen, es mit sich tragen und dann entfalten, wenn er es braucht. Doch er ahnt, daß schon heute nachmittag dieses besondere Blau verschwunden sein würde – ersetzt durch gedämpfte Farben, durch graue oder grüne Schattierungen.

»He, Charlie Callahan! Nimmst du 'n Sonnenbad oder was?«

Charlie dreht sich um, er kennt die kehlig-rauhe Stimme. Es ist Joe Medeiros, eine bekannte Persönlichkeit in der Stadt, ein Klient von ihm. Joe hat sein Geld als Schleppfischer gemacht, und so sieht er auch aus: Zweitagebart, gesteppter Anorak, der an den Ellbogen so abgewetzt ist, daß das Polyester herausschaut, und fleckige Leinenhosen. Ein Vorderzahn ist scheußlich verfärbt. Medeiros ist ein Mann, der sich seiner Zähne schämt und deshalb niemals lächelt. Selbst in der salzigen Luft nimmt Charles den schalen Geruch wahr – den Geruch von Bourbon.

»Fischen?« fragt Charles.

»Hatte gerade die Angel ausgeworfen, als ich dein Auto gesehen hab'. Nichts als Kleinkram, mehr war heute nicht zu fangen.«

Charlie wartet, in einer Hand die Schuhe, die andere in der Tasche vergraben. Er weiß, daß Joe ihn nicht zufällig angesprochen hat. Joe keucht nach der ungeschickten Kletterei auf den Dünen – er interessiert sich bestimmt nicht für die Aussicht.

Joe zieht eine Schachtel Carltons aus der Tasche und zündet sich, mit dem Rücken gegen den Wind, eine an. »Was macht das Geschäft?«

Charles zuckt mit den Achseln, eine oft geübte, gewohnte Bewegung. »Flau, wie bei allen.«

Joe bläst den Rauch aus, den der Wind ihm unters Kinn in den Kragen weht. »Da hast du recht. Ich mußte letzte Woche zwei Boote verkaufen, für 'n Appel und 'n Ei sozusagen.«

Charles schaut auf den Sand. Meine Güte, denkt er, jetzt kommt es.

Joe betrachtet den Hafen so aufmerksam, als ob er nach einem der Boote suchen würde, die er für 'n Appel und 'n Ei verkaufen mußte. »Merkst du, was los ist? Die Scheißbank hat mir den Kredit gekündigt. Du kennst mich, Charles: jahrelang schließe ich die Verträge mit Eddie Whalen mit einem Händedruck ab und habe dem Schweinehund treu und redlich jeden Monat das Geld abgestottert. Und das ist der Lohn dafür.«

Joe Medeiros hustet wegen des Zigarettenqualms oder aus Ärger. Er zieht Schleim hoch und spuckt ihn in den Sand, als wollte er damit seine Worte unterstreichen. »Also geh' ich hin, um zu hören, was mit meinem Kredit los ist, und da sitzt Eddie Whalen und schwitzt Blut und Wasser. Er denkt, jetzt geht's *ihm* an den Kragen. Die Prüfer vom Bundesrechnungshof haben seine Bücher durchgesehen und ihm gesagt, daß er Kredite erteilt hat, die er nicht hätte erteilen dürfen, kapierst du das? Tatsache ist« – und hier schaut Joe Medeiros weg, er kann Charles nicht mehr in die Augen sehen – »das Bargeld, das ich für die Rate zahlen wollte, ist für 'ne Hypothekenzahlung draufgegangen. So einfach ist das.«

Charles sieht in weite Fernen, nach Marokko. Er ist noch nie in Afrika gewesen, nicht mal in Europa. Er wünscht sich, er wäre in der Lage, Joe Medeiros aus den Dünen zu verbannen und ihn zum Verschwinden zu bringen. Es wurmt ihn, daß ihm jemand den Sonntagmorgen verdirbt und ihm den schönen Blick durch Gerede vom Geschäft vermasselt. Die Angst, die er sonst immer erst montags bei Tagesanbruch spürt, kriecht ihm den Rücken hinauf.

»Die alte Geschichte, nicht wahr?« Charles sagt es in gleichgültigem Ton. Er hat es in den vergangenen zehn Monaten ja schon viel zu oft sagen müssen. Er ist nicht überrascht, daß die Leute vom Bund Eddie Whalens Bücher geprüft haben. Vor anderthalb Jahren hat Whalen viel Geld ausgegeben. Unterschreiben Sie auf der gepunkteten Linie! Genau wie Charles und jeder zweite in der Stadt.

»Du kannst morgen oder übermorgen zu mir ins Büro kommen«, sagt Charles, »dann sprechen wir darüber. Uns wird schon was einfallen.«

Mit dem nackten Zeh malt Charles Striche in den Sand. Er weiß, daß er Medeiros' Prämienzahlungen hätte Vorrang geben sollen. Mit dem Scheck über fünfzehntausend Dollar – seiner Provision – hätte er Costa bezahlen können. Morgen wird er Costa anrufen und den Auftrag für den Anbau zurücknehmen müssen. Und Costa ist auch ein Klient von ihm – Charles kann dieses Geschäft abschreiben.

Mein Gott, hört das denn nie auf?

»Warum müssen die Scheißbanken ihr Geld zum Fenster rauswerfen?« sagt Joe, und jetzt sieht er Charles an, »das möchte ich mal wissen.« Der Fischer zieht noch einmal an seiner Zigarette und wirft dann die Kippe in den Sand. Die geschäftlichen Dinge sind erledigt. Von dem brennenden Ende der Kippe sprühen kleine Funken gegen Charles' nackte Füße.

»Wie geht's deiner Frau?«

Charles nickt.

»Mit den Kindern alles okay? Das muß man dir lassen, Charles, du hast deine Familie gut im Griff. Hab' ich recht?«

Charles haßt diese seelischen Entblößungen, dieses freundschaftliche Geplauder nach schlechten Nachrichten.

»Den Kindern geht es gut«, erwidert er vorsichtig.

Wieder ein Klient verloren. Charles kämpft seine Angst nieder, indem er aufs Meer schaut und sich die Azoren vorstellt. Dann konzentriert er sich auf ein Fischerboot, das mit der Gegenströmung fertig werden muß.

»Na, dann will ich mal wieder zu meiner Angel gehen. Wahrscheinlich hängt 'ne Ladung von dem Scheiß-Seetang dran.« Joe dreht sich um, will gehen, bleibt aber noch stehen. »Hör mal, Charles, tut mir verdammt leid. Du weißt, wovon ich rede. Ich weiß es. Ich werde dir nie vergessen, wie du zu Jeannette rausgefahren bist. Nachdem Billy...«

Charles hebt den Blick zu Joe. Dem Fischer läuft die Nase. Seine Augen tränen. Medeiros' Sohn war gestorben, als er noch keine fünfundzwanzig Jahre alt war. Mit dem Fischerboot des Vaters gekentert und ertrunken. Charles hatte Medeiros Versicherungspolicen für beide Söhne verkauft, und er erinnert sich jetzt, wie er mit dem Scheck zu Billy Medeiros' Witwe gefahren ist. Als er von Billys Unfalltod hörte (vor sieben Jahren um 4.30 Uhr an einem Sommernachmittag. Charles war gerade in The Blue Schooner, und die Nachricht war an den Barhockern wie ein schlüpfriger Aal herabgeglitten), hat Charles sofort den Papierkram erledigt, ist noch am selben Abend wegen des Totenscheins in das Bestattungsinstitut gefahren, hat die Todesanzeige aus der Ortszeitung ausgeschnitten und die erforderlichen Papiere an sein Zentralbüro geschickt. Innerhalb von zehn Tagen erhielt er den Scheck und brachte ihn zu Billy Medeiros' kleinem Bungalow an der Küstenstraße.

Charles hat schon viel Kummer und Leid mitangesehen – das gehörte manchmal zu seinem Beruf – aber nie ist es so schlimm gewesen wie an jenem Tag. Jeannette, eine kleine Frau mit dünnen, dunklen Haaren, hat ihn an der Tür empfangen. Zuerst erkannte er sie nicht wieder. Ihr Gesicht war schneeweiß, um Jahre gealtert und wegen der Schwangerschaft aufgedunsen. Neben ihr stand ihre Tochter, noch keine vier Jahre alt, und lutschte am Daumen.

Charles erinnert sich, wie er den Scheck aus der Tasche nahm und ihn der Frau übergab und wie sich ihr Gesicht veränderte, als sie die Bedeutung des Schecks erfaßte und noch einmal den unwiderruflichen Unfalltod ihres Mannes durchlebte. Billy Medeiros' Frau schien in sich zusammenzufallen und stieß ein leises, hohes Stöhnen aus, das beinahe sexuell und zu intim klang, als daß er dabei Zeuge sein durfte. Damals hat er sich gefragt, wie sich sein eigener Kummer wohl anhören würde, wenn Harriet etwas passierte. Schuldbewußt fällt ihm ein, daß er sich gesagt hat, es würde sich wahrscheinlich nicht so anhören wie bei Jeannette Medeiros. Hilflos hat er rumgestanden und nicht gewußt, ob er Billy Medeiros' Frau tröstend in die Arme nehmen sollte. Seine Hände schienen groß und nutzlos in den Taschen zu versinken. Schließlich hat er die Hand des stillen, eingeschüchterten Kindes genommen und es aus dem Haus geführt. Sie sind in eine Milchbar gegangen und haben danach eine Runde Miniaturgolf gespielt.

Während Charles sich an diesen Tag erinnert, sieht er Joe Medeiros nach, der über die Dünen klettert und wieder einmal kommt ihm der Gedanke, in was für einen eigenartigen Beruf er geraten ist – ja, so kommt es ihm vor, er ist irgendwie da reingeraten, hat ihn sich nicht ausgesucht. Weit entfernt vom Priesterseminar und doch manchmal auch nicht. Er macht sich kaum Illusionen darüber, wie andere seinen Beruf sehen: ein unwillkommenes (wenn auch oft notwendiges) Rädchen im Getriebe, ein Beruf irgendwo zwischen dem eines staatlich geprüften Buchhalters und eines Steueranwalts, gelegentlich Zielscheibe von Witzen im Spätabendfernsehen.

Er selbst hält sich im allgemeinen für einen Geschäftsmann, den Verkäufer eines Produkts, einen Mann, der besser mit Menschen umzugehen versteht als mit Papierkram. Doch manchmal, an Tagen, da ihn Hoffnung erfüllt, sieht er sich gern als Agent des Lebens, mit allem, was dieser Titel metaphorisch umschließt – ein Vertreter für das Leben, ein Lebensversicherer, sogar eine Art weltlicher Priester – und dann stellt er sich vor, daß seine Klienten, eine ganze Stadt von Klienten (seine Gemeinde?) von Liebe getrieben, von ihm Versicherungspolicen kaufen, weil sie eine Frau oder einen Mann oder ein Kind lieben.

Dann kommen jedoch auch unvermeidbar wieder die schlimmen Tage, an denen er sich fragt, ob er nicht doch nur ein paradoxer, unwissender Vorbote des Todes ist.

Am schlimmsten war es am vorigen Dienstag. Er braucht sich nur Tom Carney vorzustellen, wie er an seinem Schreibtisch sitzt, und schon läuft ihm ein Schauer über den Rücken. Wie um die Erinnerung loszuwerden, konzentriert er sich auf das Meer, aber die Erinnerung läßt sich nicht abschütteln, und während er beobachtet, wie Cole Hacker seine Morgan durch die Gegenströmung steuert, sieht er doch nur Tom Carney vor sich.

Um halb eins ist Charles in Tom Carneys Tankstelle gefahren und hat den Cadillac an einer Pumpe abgestellt. Ein junger Mann, noch Teenager, mit bürstenartigen schwarzen Haaren war aus dem Büro gekommen.

»Volltanken, Super«, sagte Charles. »Ist Tom da?«

»Im Büro«, erwiderte der Junge.

Charles machte die Tür auf und ging rein. Tom Carney, knapp zwei Zentimeter größer als Charles mit seinen einsneunzig, saß seitlich am Schreibtisch, auf dem ein schmieriges Tuch und Quittungen lagen. Carney ist schon kahl, er hat vorzeitig seine Haare verloren. Die beiden haben oft Scherze über Männer im mittleren Alter ausgetauscht: Haare, wo man keine haben wollte, und keine Haare, wo welche sein sollten. Carneys Gesicht hat tiefe Narben von einer Jugend-Akne, und manchmal hat er immer noch Pickel. Charles hat ihm gesagt, das sei ein gutes Zeichen – es zeige, daß seine männlichen Hormone noch tätig seien.

Als Charles hereinkam, rauchte Carney. Sein Gesicht hat eine gräuliche Farbe. Auf dem Tisch stand eine Kunststofftasse mit Milchkaffee, von dem er noch nichts getrunken hat. Auch der Kaffee sah grau aus. Charles hat oft den Eindruck, das Büro und alles, was drin war, bestünde aus Metall – Metallwände, ein Metallschreibtisch, ein Metallstuhl – und es roch nach Benzin.

»Da ist er«, sagte Carney zu Charles und deutete auf einen geöffneten Brief. Charles fiel ein, daß Carney eigentlich nicht rauchte. Er hatte sich das Rauchen schon vor Jahren abgewöhnt. Charles nahm den Brief, an den ein Scheck geheftet war, vom Schreibtisch und las den Satz, der sich darauf bezog.

Er erinnert sich, daß er das Gefühl hatte, einen Schlag zu bekommen – es war, als entwiche die Luft aus dem Zimmer.

»Mein Gott«, sagte Charles leise.

Charles und Carney haben zusammen die Schulbank gedrückt, in derselben Mannschaft Basketball gespielt und es bis zur Regionalmeisterschaft gebracht. Dann ist Charles ins College gegangen, und Carney hat in der Mobil-Tankstelle seines Vaters gearbeitet. Jetzt gehörte sie ihm. Sein Vater war im Ruhestand. So funktionierte Charles' Geschäft: Er versicherte seine Freunde und die Leute, an die sie ihn empfahlen. Carney hat jahrelang nichts von einer Versicherung hören wollen. Immerhin hat er vor kurzem seine Kinder versichern lassen. Es war normal, daß Kinder neue Klienten einbrachten.

Vor drei Wochen hat Charles dann Carneys Antrag für eine auf dreihunderttausend Dollar lautende Lebensversicherung eingesandt und kaum noch daran gedacht, bis er am

Dienstag seine Post öffnete. Carneys Fall war das, was man im Zentralbüro »eine glatte Ablehnung« nannte.

»Ihr Klient kann aus medizinischen Gründen nicht aufgenommen werden«, stand in dem Brief. »Weitere Einzelheiten werden nicht bekanntgegeben. Die Anzahlung wird dem Klienten mit einem erklärenden Begleitschreiben zurückgeschickt.«

Charles war wegen der entgangenen Provision nur leicht beunruhigt. Größere Sorgen machte er sich um Carney. Eine so glatte Ablehnung hat mehr zu bedeuten, als daß der Klient zu hohen Blutdruck hatte.

Charles stand Carney in dessen Metallbüro gegenüber. Durchs Fenster konnte er sehen, wie der Junge den Tank wieder verschloß und den Cadillac ein Stück zur Seite fuhr. Die Bewegungen des Jungen kamen ihm wie choreographiert vor – wie eine Traumerscheinung.

»Ich habe zwei Kinder«, sagte Carney.

Charles hielt den Briefbogen in der Hand und las den entscheidenden Satz noch einmal. Am liebsten hätte er Carney gesagt, es müßte ein Irrtum vorliegen, doch er wußte, daß es kein Irrtum war. Die Bluttests logen nicht.

»Und meine Frau . . . ich muß es meiner Frau sagen.«

Charles legte den Brief wieder an die alte Stelle. Er hätte gern gewußt, wie Carney es ihr zu sagen gedachte, traute sich aber nicht zu fragen. Er wollte ihm auch sagen, wie leid es ihm tat, aber das hätte sich wie eine Beleidigung angehört.

Statt dessen fragte er Carney: »Möchtest du was trinken?«

Carney gab keine Antwort. Er schwieg lange. Er hatte große Hände. Am Ball war er ein glänzender, schneller Spieler gewesen.

»Los, Tom«, sagte Charles, »jetzt raus hier! Zumindest wollen wir uns ordentlich einen ansaufen.«

Carney starrte auf einen Punkt an der Wand gegenüber.

Kopfschüttelnd sagte er langsam: »Vor ungefähr fünf Jahren hatte ich ein paar flüchtige Beziehungen ...«

Beziehungen. Das Wort hing noch in der Luft. Für Carney war es ein ungewöhnlich zurückhaltendes, förmliches Wort, das nicht unbedingt etwas Bestimmtes ausdrücken sollte. Aber mehr brauchte Charles nicht zu wissen.

Nach langem Schweigen ließ Charles Carney allein und fuhr von der Tankstelle weg. Er fuhr zum Quick Stop, kaufte einen Sechserpack Bier und fuhr über die Brücke zum Strand. Ohne vorher Mittag zu essen, trank er die sechs Flaschen Bier, so schnell er konnte. Wenn er nicht versucht hätte, ihm die Lebensversicherungspolice zu verkaufen, hätte Carney nie etwas erfahren. Das ist unlogisch, sagte sich Charles, aber er wurde den Gedanken nicht los. An jenem Nachmittag dachte er an Portugal. Nach Portugal auswandern. Zu gern hätte er im warmen Sonnenschein in einem Café gesessen, Tintenfisch mit portugiesischer Sauce gegessen und zur Abwechslung einmal von der anderen Seite den Atlantik betrachtet. Er ließ zwei Termine verstreichen.

Charles beobachtet, wie Medeiros hinter den Dünen verschwindet. Welche Erleichterung, wieder allein am Strand zu sein! Charles liebt die Brücke und den Strand, und wenn er an die Fahrt hierher denkt, nennt er sie die »Fahrt ins Nirgendwo«. Er stellt sich die eigentliche Fahrt, nur die Fahrt ohne das Ziel als Balsam, als Erholung von den Geschäften in der Stadt vor. Und manchmal, wenn er herkommt und ganz sicher weiß, daß er allein ist, dann singt er: Musical-Songs, Oldies aus seiner Jugendzeit, ab und zu auch einen zeitgenössischen Hit, den er im Radio gehört und der seine Phantasie angeregt hat. Seine Stimme gefällt ihm – ein guter irischer Tenor – und gelegentlich spürt er den Wunsch, einer Kirche beizutreten, irgendeiner Kirche, nur um das Vergnügen zu haben, im Chor mitzusingen.

Doch sobald dieser Wunsch in ihm aufsteigt, denkt er

daran, daß er dann auch den übrigen Teil des Gottesdienstes oder der Messe ertragen müßte, und die Vorstellung fällt in sich zusammen. So oft es geht, bringt er Winston mit, seinen Hund, einen schwarzen Neufundländer, und wenn es ihm gelingt, ihn zu animieren, singt Winston mit – einen hohen, einsamen, falsch klingenden Ton, der die Möwen wahnsinnig macht. Und fast immer endet es dann damit, daß Winston aus dem Wagen auf den dunklen Sand der Bucht springt, den Möwen nachjagt und sich notfalls auch ins kalte Wasser wagt.

Darum hat er ja auch diesen viel zu großen Cadillac gekauft. Damals dachte er: Ein Auto muß Platz für mich und meinen Hund bieten. Charles hat von sich den Eindruck, daß er mit den Jahren immer größer und schwerer würde, ganz so, als bliese ihn das Leben auf, weiß aber, daß das nicht möglich sein kann, weil er nur ab und zu mal ein, zwei Pfund zunimmt. Es gab allerdings noch andere Gründe für den Kauf, allesamt nebelhaft verschwommen und doch von gleicher Bedeutung, wodurch er sich gezwungen sah, diese für ihn uncharakteristische Angeberhandlung auszuführen. Bei einer Geschäftsreise in Milwaukee hat er einen Miet-Cadillac gefahren, und dieser Wagen hat ihn an die großen Autos seiner Jugend erinnert, an die legendären Bonnevilles und Chevrolets zu der Zeit, da er zwölf war.

Bei der Rückkehr von der Geschäftsreise ist er an einer Cadillac-Vertretung vorbeigekommen und hat die Verkaufsanzeigen gesehen. Da ist er reingegangen, obwohl er genau wußte, daß er nach dem Kauf eines so auffallenden amerikanischen Wagens von Harriet und ihren Freunden und auch von einigen seiner Klienten mitleidig belächelt werden würde. Und irgendwie hat ihm das ein perverses Vergnügen bereitet, allerdings kein so großes, wie er es empfand, als er den Saab – dieses allgegenwärtige Statussymbol der Yuppies in Neu-England – in Zahlung gab.

Zwanzig Minuten nach Medeiros überquert auch Charles

die Dünen. Er fährt mit Tempo über die Brücke, denn er weiß, daß Harriet inzwischen nicht nur ungeduldig geworden ist, sondern ihn auch mit frostigem Schweigen empfangen wird. Er greift zur Kühlbox vor dem Beifahrersitz, klappt den Deckel auf, holt eine Flasche Bier heraus und klemmt sie sich zwischen die Beine. Mit geübter Bewegung schraubt er den Verschluß ab und trinkt einen langen Schluck. Es ist zehn Uhr vormittags. Aber es ist ja Sonntag, und darum ist es okay. Seine Seele ist nicht gefährdet. Noch nicht.

Am anderen Ende der Brücke gabelt sich die Straße. Im Norden gibt es Strandhäuser mit niedriger Miete, eine Reihe Schuppen, die sich entlang der Küste bis zu dem Kraftwerk am Ende eines Kiesstrandes erstreckt. Nach links geht die High Street ab, mit Wohnhäusern bis zum Hafen und dem Ort. Hier sind die Häuser solider gebaut, zweistöckige Fachwerkhäuser mit Spitzdächern, von denen die meisten das ganze Jahr über bewohnt sind. Kleine Vorgärten, die reinsten Briefmarken, manche mit den Drahtzäunen, die die erste Einwanderergeneration der Portugiesen und Iren bevorzugt hat, andere von Hecken oder weißen Jägerzäunen umgeben.

Manchmal stellt Charles sich jetzt beim Durchfahren dieser Straße vor, es hätte hier ein Krieg oder wenigstens eine Schlacht stattgefunden – irgend etwas, das eine Erklärung für die ausgebombt wirkende Landschaft, für den körperlich und seelisch wirkenden Schmerz beim Anblick der halbfertigen Neubauten liefern könnte – Anbauten, die nie fertiggestellt werden und jetzt unter zerrissenen blauen Planen lagen, Wohnkomplexe, die schon aufgegeben wurden, bevor man noch die Fenster eingesetzt hat. Wo einmal verwitterte, von Seegras umstandene Salzkisten zu sehen waren, stehen jetzt verlassene Fundamente und Schilder mit der Aufschrift »Zutritt verboten« – halbfertige häßliche Betonkonstruktionen, die das schöne Blau des Meeres verschandeln.

Er kommt an einer solchen Bauruine vorbei, deren verrostete Träger zum Himmel ragen, und denkt an Dick Lidell. Vor zwei Jahren hat ihm Charles eine Versicherungspolice über drei Millionen Dollar verkauft, und als das Zentralbüro eine Steuererklärung zur Einsicht von Lidell anforderte, stellte sich heraus, daß er ein Barvermögen von vier Millionen besaß. Der Mann hätte sich gemütlich zur Ruhe setzen können. Statt dessen steckte er 4,5 Millionen in dieses Betonspielzeug mit den orangefarbenen Trägern oben auf dem Hügel, und jetzt wohnt Lidell, wie Charles weiß, in der Eigentumswohnung eines anderen – zwei Schlafzimmer – zur Miete.

Es gibt zahllose solche Geschichten. Charles kommt an seinem Büro vorbei, einem bescheidenen weißen Cape Cod-Bau mit grünen Fensterläden. Davor hängt an einem gußeisernen Pfosten sein Schild: Charles Callahan, Immobilien und Versicherungen. Jedes Jahr kümmert sich Harriet um den Garten, der die Veranda des Büros umgibt, und hängt über dem Pfosten mit dem Schild einen Korb mit Geranien auf. Harriet hat auch die alten Rohrschaukelstühle beim Verkauf einer Werkstatt aufgetrieben, sie repariert und grün angestrichen, damit sie zu den Fensterläden paßten. Die Schaukelstühle stehen seit drei Jahren auf der Veranda, aber bisher hat sich noch niemand reingesetzt. Er haßt es, an seinem Büro vorbeizukommen, und nur widerwillig denkt er daran, daß er morgen vormittag wieder herkommen muß. In wenigen Wochen gehört das Haus der Bank, dann muß er sein Geschäft im eigenen Haus weiterführen. An diesen Umzug mag er überhaupt nicht denken.

Natürlich weiß er, daß Habgier die Ursache war: eine seltene Sünde in der Jugend, eine allgemein verbreitete Sünde im mittleren Alter. Jedenfalls erscheint es ihm so. Aber fast ebenso schlimm, glaubt er, waren seine Sorglosigkeit und sein Leichtsinn.

Seinerzeit schien es eine todsichere Sache zu sein.

Charles brauchte weiter nichts zu tun, erklärte Turiello, als seine Wertpapiere in Bargeld umzuwandeln und sich damit einen Drittelanteil an dem Drei-Millionen-Kredit für den geplanten Komplex von Eigentumswohnungen an der anderen Seite der Stadt zu kaufen. Turiello war ein guter Klient, und die Idee erschien so verführerisch, daß Charles ihr nicht widerstehen konnte. Die Lage war ideal – ein kilometerweit sichtbarer Felshang an der Küstenstraße. Wenn der Plan voll aufgegangen und der Immobilienmarkt nicht zusammengebrochen wären, hätte Charles genau wie Lidell in den Ruhestand treten können, und Harriet und seine Kinder wären versorgt. Aber Timing ist alles. Jetzt weiß er, wie zutreffend diese Binsenweisheit ist.

Nach kürzester Zeit war Flaute auf dem Immobilienmarkt, und weder er noch Turiello oder der dritte Partner, Turiellos Bruder Emil, konnten irgend etwas vermieten oder verkaufen. Nach letzten Berechnungen stand Charles bei der Bank mit einer Million in der Kreide, sein Provisionsfluß ist fast ganz versickert, und jetzt liegt auf seinem Schreibtisch ein fast fünfzehn Zentimeter hoher Stapel von abgelaufenen Policen. Wenn die Bank das Büro nicht bald für einen anständigen Preis verkaufen kann, büßt Charles mit an Sicherheit grenzender Wahrscheinlichkeit auch sein Haus ein. Es ist ungewiß, ob er die erste Rate der umgeschuldeten Hypothek bezahlen kann. Seine Ersparnisse sind nahezu erschöpft. Wenn er mitten in der Nacht in Schweiß gebadet aufwacht, stellt er sich gequält die Frage: Muß ich meine nächste Hypothekenzahlung mit der MasterCard vornehmen?

In manchen Nächten denkt er darüber nach, ob Pech oder falsches Timing an seiner Misere schuld war – aber er braucht dann nur wie an jedem Tag diese Autofahrt zu machen, um einzusehen, daß er lediglich einer unter vielen ist. Er kann die Namen der Betroffenen aufzählen: John Blay, Emil Turiello, Dick Lidell, Pete French . . . es ist eine lange

Liste. Jeder von ihnen hat seine geplatzten Träume, jedem bricht nachts der kalte Schweiß aus. Jeder muß sich krummlegen, um sein Haus behalten zu können.

Kurz vor dem Ort biegt Charles um die letzte Kurve. Hier stehen Häuser, die der Bundesregierung gehören. Weiß oder hellgelb mit schwarzen Fensterläden, allmählich vergammelnde rechteckige Herrenhäuser mit Laubengängen und größeren Rasenflächen, einst von Schiffskapitänen erbaut, wie Charles weiß, und später an die Mühlenbesitzer verkauft. Jetzt wohnt hier nur noch ein Mühlenbesitzer, der Rest sind Büros. Zwei Häuser stehen sogar leer. Vor mehreren anderen sieht man Schilder mit der Aufschrift »Zu verkaufen«. Auf einem davon steht Charles' Name.

Als Ferienort hat die Stadt immer nur eine bescheidene Rolle gespielt. Sie ist kein Ort, der die Volvos und die Range Rovers anzieht. Es ist und bleibt ein Rhode Island-Fischerort, hauptsächlich von Portugiesen und Iren bewohnt und zu stark vom Arbeitsalltag beherrscht, als daß jemand auf den Gedanken käme, massive Sommerhäuser wie weiter im Süden und Westen oder an der Connecticut-Küste zu errichten. So blieb die Stadt mehr oder weniger unentdeckt und erlebte keinen Yuppie-Ansturm, und darüber ist Charles sogar froh, obwohl er es eigentlich nicht sein dürfte.

Am Ortsende kommt er an der Bank vorbei. »DIE BANK« – das größte Gebäude der Stadt – ein eindrucksvoller Steinbau mit gut proportionierten Fenstern und zwei monströsen weißen Säulen, die ihm einen trügerisch soliden Anstrich geben. Es ist eine selten gewordene Einrichtung, ein Familienunternehmen, nicht die Filiale einer großen Bank, und die einzige in der Stadt. Wenn Charles ungern an seinem Büro vorbeifährt, so trifft das im verstärktem Maß auf dieses Gebäude zu. Doch in letzter Zeit muß er ständig an die Bank denken, und das nervt ihn mehr als alles andere. Aus Gewohnheit wendet er den Kopf ab und schaut auf einen Strickwarenladen auf der anderen Straßenseite.

Am Ortsende biegt er gleich rechts ein und hält in der Auffahrt zu seinem Haus. Sein Tacho zeigt 225.000 Kilometer an. Ob der alte Cadillac nochmals hunderttausend übersteht?

Charles steigt aus, wirft einen Blick auf das nackte Fundament des begonnenen seitlichen Anbaus. Hier sollte eigentlich eine neue Küche für Harriet und später ein Büro für ihn entstehen. Dazu kommt es nicht mehr. Das Fundament wird ewig so bleiben und bei Regen voll Wasser laufen. Dennoch wäre es dumm, sich einzubilden, daß er allein finanzielle Sorgen hätte. Denn Antone Costa und Costas drei Söhnen, von denen einer schon verheiratet ist, ergeht es nicht anders – wer wird den Enkeln später das College bezahlen? Und was soll Carol Kopka, eine alleinstehende Mutter mit zwei kleinen Kindern, sagen? Sie sitzt bei A&P an der Kasse. Oder Bill Samson, der Dodge-Händler, der in diesem Jahr dreißig Prozent weniger Autos verkauft hat als im vorigen? Mein Gott, selbst Tom Carney mit seiner Tankstelle macht keine guten Geschäfte mehr. Ob überhaupt jemand in der Stadt ungeschoren davonkommt?

Charles sieht sofort, daß Harriet schon mit dem Rasenmäher am Werk war. Das Gras ist bei dem kühleren Wetter schnell gewachsen, aber der Rasen hinter dem Haus ist bereits gemäht. Er könnte sein Büro im vorderen Wohnzimmer einrichten, das sie kaum benutzen, im Gegensatz zu dem Wohnzimmer neben der Küche. Seit Wochen denkt er darüber nach, ist aber noch zu keinem Entschluß gekommen. Er liebt sein Haus, obwohl es unpraktisch und zu pompös ist. Im Winter ist es kalt, und die Heizanlage wird ihm wohl ewig ein Buch mit sieben Siegeln bleiben – aber es ist ein elegantes Haus, auch wenn es aus dem vorigen Jahrhundert stammt und nicht mehr wie neu aussieht. Harriet mäht den Rasen, hält die Fassaden sauber, streicht sie an, wenn es nötig ist, und ärgert sich darüber, daß Charles noch immer nicht das Heizungsproblem gelöst hat – seine Aufgabe laut ungeschriebenem Ehevertrag.

Harriet ist in der Küche und knetet in einer senffarbenen Schüssel einen Teig. Sie trägt ihre übliche Sonntagskluft – rosa Sweatshirt und Turnschuhe –, und Charles sieht ihr an, daß sie noch nicht geduscht hat. Die kurzen, fast schwarzen Haare sind an einer Seite noch vom Bett verdrückt, und an den Augen sind noch Reste vom gestrigen Lidschatten. Sie sagt kein Wort, als er hereinkommt. Er könnte ihr jetzt berichten, daß ihm Joe Medeiros über den Weg gelaufen ist, daß Medeiros aus seinem Vertrag aussteigen wird, was bedeutet, daß der Anbau weiterhin aufgeschoben werden muß. Vielleicht würde sie ihm dann einen mitfühlenden Blick schenken oder zumindest das Thema wechseln. Aber als er sieht, wie ärgerlich sie den Teig knetet, verzichtet er lieber darauf, ihr Mitgefühl zu wecken. Höchstwahrscheinlich würde die Nachricht sie nur erschrecken. Also stellt er die Doughnuts auf die Anrichte und die Milch in den Kühlschrank und fragt: »Wo sind die Kinder?«

Sie antwortet, ohne ihn anzusehen: »Draußen.«

Er zieht sich mit der Zeitung in das kleine Zimmer hinter der Veranda zurück, eine Art Hobbyraum für ihn, oder, wenn man es unbedingt förmlich bezeichnen will, seine Bibliothek. Auch dieses Zimmer könnte er in ein Büro umwandeln, aber es ist ein wenig eng, und außerdem möchte er nicht gern seine Zufluchtstätte aufgeben.

Auf dem Boden liegen Bücher in Stapeln. Sie bedecken fast den ganzen kleinen Perserteppich, den ihm Harriet voriges Jahr zu Weihnachten geschenkt hat. Über einem Buch liegt eine Krawatte, die er vor einigen Tagen getragen hat. In einer Ecke steht ein zweites Paar seiner Schuhe zum Anzug, und aus irgendeinem Grunde, den er nicht ganz durchschaut, hat jemand eine Jeans über einen Stuhl geworfen. Zu ihrem ungeschriebenen Ehevertrag gehört auch, daß Harriet nie sein Zimmer betritt. Folglich ist es selten aufgeräumt und sauber.

Er läßt die dicke Sonntagszeitung auf die Schreibtischplatte fallen, die bereits zentimeterhoch mit ungeöffneter Post, halbgelesenen Magazinen und weiteren Büchern bedeckt ist. Dann zieht er sich das Sweatshirt über den Kopf und schleudert es in Richtung des Stuhls mit den Jeans. Auf einem Bücherregal steht sein Plattenspieler. Er legt das Zweite Klavierkonzert von Brahms auf, das er oft und immer wieder gern hört. Für ihn ist es ein hoffnungsfrohes Konzert, eine Sinfonie, die irgendwie zum Sonntag paßt, wenn auch dieser Sonntag nicht ausgesprochen hoffnungsfroh begonnen hat.

Draußen hört er seine Tochter Hadley kreischen. Sie rutscht an dem langen, durchhängenden Seil hinunter, das er für sie an einem hohen Walnußbaum befestigt hat. Nach der Luftfahrt landet sie mit einem Plumps auf einem großen, weich federnden Haufen von altem Laub. Hadley ist vierzehn. Der zwei Jahre jüngere Bruder Jack ist bei ihr und verkündet laut, daß er jetzt dran sei. Durch das kleine Fenster seines Arbeitszimmer sieht Charles, wie er vor Ungeduld zappelt. Dann fragt er sich flüchtig, wo seine fünfjährige Tochter Anna sein könnte – bei den beiden ist sie jedenfalls nicht, sonst würde er sie hören oder sehen. Aber er denkt nicht weiter darüber nach. Harriet weiß es bestimmt und paßt auf sie auf. Jetzt kann er sich erst mal eine Weile entspannen.

Er nimmt die Lesebrille vom Schreibtisch und setzt sie auf. Wie üblich fängt er mit der Magazinbeilage an: ein schnelles Überfliegen der Titelgeschichte, ein Blick auf die Rezepte, ein längerer Blick auf das Kreuzworträtsel, um zu sehen, ob es für ihn lösbar sein könnte. Diese Woche ist das Thema Blaubeeren und das, was man aus ihnen machen kann – uninteressant. Ja, wenn es italienische, spanische oder indische Gerichte wären, dann würde er sie aufmerksam lesen. Harriet backt zwar gern, aber der Familienkoch ist er, und seine Kinder beklagen sich oft, daß das, was er zusammenbraut, ungenießbar sei. Die Titelgeschichte handelt von dem Spar- und Darlehensskandal. Die will er später lesen. Jetzt entnimmt er dem Zeitungsberg ein anderes dünnes Magazin: die wöchentliche Literaturbeilage.

Während er darin blättert, fällt ihm ein, daß er etwas in der Buchhandlung bestellt hat; das hat er völlig vergessen. Er muß anrufen, ob es schon eingetroffen ist. Es ist ein Buch des französischen Philosophen Paul Ricoeur. Er hat es im – ja, wann? – bestimmt schon im Juli bestellt. Es muß also inzwischen da sein. Während er das Inhaltsverzeichnis überfliegt, denkt er: Vielleicht hat der Laden schon angerufen, und Harriet hat das Gespräch angenommen und vergessen, es ihm auszurichten. Und da geschieht es. Während er diese Überlegung anstellt, blättert er weiter um und entdeckt das Foto.

Seine Hand erstarrt. Er schaut das Bild an. Dann legt er die Beilage auf den Tisch.

Langsam atmet er aus und liest den Begleittext.

Es ist Siân Richards. Natürlich kennt er den Namen. Möglich, daß eine andere Frau denselben Namen trägt, aber das ist unwahrscheinlich. Mehr als der Name überzeugt ihn das Foto. Keine Frage, es ist dasselbe Gesicht, derselbe Ausdruck in den Augen. Er streicht sich mit dem Handrücken übers Kinn. Dann legt er die Hand wieder auf den Tisch und sieht, daß sie zittert.

Er betrachtet das Foto eingehender. Die darauf abgebildete Frau ist, wie er weiß, jetzt fünfundvierzig, genauso alt wie er. Hätte er sie nach dieser Aufnahme wiedererkannt? Da ist er nicht sicher. Ihre Haare sind locker gewellt. In seiner Erinnerung hatten sie einen hellen Bronzeton, besonders im Sonnenschein. Dazwischen Lichtpunkte wie von neuem Kupferdraht. Auf dem Schwarzweißfoto sieht es allerdings so aus, als habe die Zeit diese Lichtpunkte gedämpft. Sie hält den Kopf ein wenig schräg. Obwohl sie den Leser ansieht, ist ihr Gesicht eher im Profil. Ihr Blick ist ruhig, und sie lächelt nicht – sie sieht ernst aus, aber nicht traurig. Ihre Augen wirken nachdenklich, fast erwartungsvoll. Sie trägt lange goldene Ohrringe, einfache kreisrunde Ringe, und etwas wie einen schwarzen Pullover, es kann auch ein weiches Hemd mit offenem Kragen sein, wie das Trikot einer Ballettänzerin. Unter den Brüsten endet das Foto. Er erinnert sich an ihren Mund.

Sie hat einen üppigen Mund, das hat er nicht vergessen.

Er liest noch einmal den Begleittext. Sie ist also eine Dichterin. Sie hat ein Buch veröffentlicht.

Er hält die Zeitung hoch – und sieht über den Schreibtisch hinweg das Foto an. Er erinnert sich an die hohe weiße Stirn, und er kann sich des Gefühls nicht erwehren, daß sich ihr Blick direkt auf ihn richtet.

Wie lange ist das her? Erschütternd lange. Er weiß noch genau, wann er sie zum erstenmal gesehen hat. Er legt die Zeitung wieder flach auf den Schreibtisch, liest den kleiner gedruckten Text über den Gedichtband und merkt sich den Namen des Verlegers. Plötzlich hört er ein Geräusch, das leise Streichen von Stoff an Metall. Er schaut hoch und sieht Harriet in der Tür stehen. Sie steht mit vor der Brust gekreuzten Armen an den Türrahmen gelehnt und betrachtet ihn. Ihr Gesicht ist nicht zornig, aber verschlossen. Offensichtlich will sie etwas sagen oder ihm eine Frage stellen.

Er könnte jetzt die Literaturbeilage nehmen und Harriet das Foto zeigen. Er könnte zu seiner Frau sagen: Du errätst nie, wer das ist. Statt dessen tut er etwas, was ihn selbst überrascht und ihm eine schwache Röte ins Gesicht treibt. Mit ausgebreiteten Armen und angezogenen Ellbogen beugt er sich über den Schreibtisch. Und mit dem linken Oberarm deckt er das Foto der Frau in der Zeitung zu.

An diesem Abend, als ich bereits in deine Gedanken eingedrungen war, fuhr ich meinen Mann vom College nach Hause. Ich hatte ihn nach der Party in einer Kneipe um die Ecke gefunden. Er hatte Guinness und Bass getrunken und eine Anzahl Halb und Halb. Er saß allein, und als ich näherkam, versuchte er ein Lächeln.

Ich sagte: Stephen!

Er strich das Wechselgeld von der Theke ein und stieg vom Barhocker. Er war ein freundlicher, tief nachdenklicher Mann, dabei groß und muskulös. Er hatte hellblondes, fast weißes Haar und den rosafarbenen Teint eines Mannes, der seine Tage in der Sonne verbringt. An der rechten Wange hatte er in der Nähe des Kinns eine mattglänzende Narbe.

Er ließ sich von mir zum Wagen bringen und nach Haus fahren. Unterwegs sagte er kein Wort, und ich wußte nicht, was sein Schweigen verursacht hatte: Scham oder Bitterkeit oder Sorge.

Trotz des vielen Regens lag immer eine feine Schicht von schwarzem Schmutz auf unserem Haus. Aus der Entfernung sah es grau aus, obwohl es einen weißen Anstrich hatte. Der schwarze Schmutz drang über die Türschwellen und durch die Ritzen in den Fensterdichtungen ein. Ich fand ihn in meinen Schrankfächern und auf den Laken, die ich zum Trocknen aufgehängt hatte. Es war nährstoffreiche, fruchtbare schwarze Erde, die beste Erde im ganzen Staat, aber sie drang überall ein, wehte auf den Fußboden und bedeckte Simse und Fensterbretter. Manchmal scheuerte ich das Holz so lange, bis die ganze Farbe abging.

Ich ging ins Obergeschoß, um nach meiner Tochter zu sehen und machte Lilys Zimmertür auf. Sie lag in ihrem Bett – ein kleiner Kinderkörper.

Stephen ging in sein Büro und schloß die Tür hinter sich.

Danach bezahlte ich den Babysitter, fuhr ihn nach Hause, kam zurück und ging in die Küche. Ich hatte mich bemüht, dem Raum einen Hauch anheimelnder Wärme zu verleihen. Auf dem Tisch aus Kiefernholz stand eine Vase mit malvenfarbenen und braunen Hyazinthen. Ich zog die Jacke aus, die ich über dem Kleid getragen hatte, und hängte sie an die Stuhllehne. Dann schlüpfte ich aus den Schuhen, zog die Nadeln aus meinem Haar und setzte mich an den Tisch.

Der leichte Nieselregen, der am Nachmittag mit den aufziehenden Wolken gekommen war, hatte noch nicht aufgehört. Die Scheinwerfer eines Autos ließen die an den Fenstern herabrinnenden Tropfen aufleuchten. Über den Vorgarten hinweg hörte ich das eigentümlich knirschende Geräusch von Autoreifen auf einem Kiesweg.

Ich dachte daran, zu Stephen zu gehen. In jeder Partnerschaft verändert sich ständig das Gleichgewicht, mal ist man Schuldner, mal Gläubiger. Aber in Wirklichkeit hoffte ich, daß er auf seiner Couch eingeschlafen war. Er pflegte oft dort zu schlafen.

Als ich am Küchentisch saß, rief ich mir vielleicht gewisse Sätze wieder ins Gedächtnis, die bei der Party gefallen waren. Vielleicht dachte ich auch an den folgenden Vormittag und an die Vorlesung, auf die ich mich vorzubereiten hatte. Möglich, daß ich auch daran dachte, ob jemand, der mich von früher kannte, die Anzeige in der Sonntagszeitung lesen würde. Oder habe ich nur einfach die Vase angeguckt, diese glasierte, rosig glänzende Oberfläche, in der sich verzerrt mein Gesicht spiegelte.

Fremde, die über den Berg kommen und plötzlich das Tal vor sich sehen, diese erstaunlich schwarze Erde in der völlig flachen Landschaft, denken zuerst, sie hätten eine Teerfläche vor sich. Und manchmal fragen sie dann: Ist da ein großer Parkplatz? Oder ein Flugplatz?

Heute frage ich mich oft: Was wäre geworden, wenn dieser erste Brief nicht bei mir eingetroffen wäre, sondern unbeachtet auf einem Schreibtisch oder in einem Schnellhefter gelandet wäre? Oder wenn er verlorengegangen wäre?

Ich besitze immer noch dein Hemd. Aber sein Duft wird schwächer.

Seit zwanzig Minuten ist er jetzt wieder in seinem Arbeitszimmer, kann aber nichts Passendes finden. Draußen hat sich eine Wolkenbank über die Sonne geschoben und läßt nur noch einen dünnen Lichtschimmer durch. Seine Kinder sind irgendwo im Haus: Hadley wird wohl oben sein und Schularbeiten machen. Wo Jack und Anna sind, weiß er nicht. Er hat noch den Geschmack des Bratens, den er bei Harriets Mutter gegessen hat, im Mund. Eine Lammkeule, die wie immer zu lange auf dem Herd gestanden hat. Seit langem ist er der Meinung, daß in Harriets Familie keiner richtig kochen kann, und der Eßtisch sieht immer dürftig aus – selbst am Thanksgiving Day. Er hat ganz vergessen, daß sie bei seinen Schwiegereltern zum Essen erwartet wurden, bis Harriet an die Tür seines Zimmers gekommen war, um ihn daran zu erinnern. Beim Essen war er mit den Gedanken woanders, fasziniert von einem Gesicht.

Er hat die Zeitung so zusammengefaltet, daß es aussieht als hätte er sie achtlos auf den Schreibtisch geworfen, und als läge die Anzeige nur zufällig oben. Beim Suchen hat er eine Schachtel Briefkarten mit Audubons Vogelbildern gefunden. Ob das das Richtige ist? Kann sein, daß Harriet Briefpapier hat, aber natürlich kann er sie nicht danach fragen. Außerdem ist es wohl kaum geeignet – er denkt, daß ihr Schreibpapier die Farbe von Zuckerwatte und an den Seiten Girlanden hat. Jetzt stöbert er zwischen den Papieren im Schubfach links oben. Er findet einen Hopper-Druck, aber der zeigt ein Paar mittleren Alters vor seinem Haus, und die beiden sehen nicht mal glücklich aus. Hat er denn gar nichts Einfaches, Schlichtes? Er zieht ein dünnes Blatt heraus: Luftpostpapier. Dann schaut er auf die Armbanduhr. Fünf nach vier. Hat noch ein Laden geöffnet?

Er streift sich das Sweatshirt mit der Kapuze über und tastet die Gesäßtasche nach der Brieftasche ab. Dann nimmt er die Schlüssel von der Küchenanrichte und schlägt die Fliegenschutztür zu. Harriet harkt den Fußweg zum Haus.

Es ist schon das erste Laub gefallen. Sie steht mit dem Rükken zu ihm. Er sieht ihr zu, wie sie sich bückt und etwas herauszieht. Sie hat Jeans und einen aquamarinblauen Pullover an. Die Harkenzinken schaben über den Erdboden und übertönen seine Schritte. Sie dreht sich jedenfalls nicht um. Zögernd bleibt er stehen und beobachtet sie.

Er weiß, er liebt sie jetzt mehr als früher. An die ersten Ehejahre denkt er nicht gern zurück. Damals wachte er manchmal nachts mit pochendem Herzen auf, von der Ahnung gepeinigt, daß sie beide einen schrecklichen Fehler begangen hatten. Diese Angst, die ihn in den frühen Morgenstunden wie einen Stock im Wasserstrudel hin und her zucken ließ, machte ihn gereizt, und so stritten sie sich oft. Aber dann wurde Harriet mit Hadley schwanger, und ihr gemeinsames Leben – die Schwangerschaften, die Kinder, das Haus, der Aufbau seines Geschäfts – wurde zu einem Projekt, das sie ruhiger und ihr Zusammensein angenehmer machte. Danach hörte er auf, sich zu fragen, ob er mit der Heirat einen Fehler begangen hatte oder nicht. Wie konnte er einen Entschluß bereuen, der ihm Hadley, Jack und Anna beschert hat? Das war ihm fast körperlich unmöglich, etwa wie das Jonglieren, das er verschiedentlich probiert hat, um die Kinder zu beeindrucken, aber nie richtig konnte.

Er sieht, wie sie sich bückt, um einen Stein aus dem Weg zu räumen. Ihre Jeans sitzen stramm an den Oberschenkeln. Seit Annas Geburt ist sie die zusätzlichen zehn Pfund, die sie so gern abnehmen will, nicht losgeworden, und das trotz ihrer energischen, manchmal schon komischen morgendlichen Joggingausflüge mit Hanteln in beiden Händen. Er hat ihr verständlich machen wollen, daß sie gut aussieht, so wie sie ist. Das stimmt auch – aber warum lieben sie sich in letzter Zeit so selten? Er versteht das auch nicht recht. Vielleicht liegt es daran, daß es ihm immer schwerer fällt, den Arbeitstag ohne die kleinen, zur Resignation führenden Ärgernisse durchzustehen.

Er weiß auch, daß es oft nachts im Schlafzimmer nicht Harriet ist, die vorgibt, zu müde zu sein, sondern er. Seine Frau hat ihr Sexualleben immer als naturgegeben hingenommen und gefordert – auch in jenen ersten Jahren, als sie wenig Liebe füreinander spürten. Dafür könnte er eigentlich dankbar sein. Aber er spürt auch oft, daß sie im Grunde im Bett immer voll da ist, vielleicht während ihrer ganzen Ehe, er aber oft nicht.

Die Harke verfängt sich an einem Stein. Eine Zinke verbiegt sich. Er überlegt, ob er sie rufen, die Harke nehmen und die Zinke für sie wieder gerade biegen soll. Aber dann tut er es doch nicht, sondern sieht nur weiter stumm zu. Sie kümmert sich gar nicht um die verbogene Zinke, sondern harkt mit dem Gerät geradezu angriffslustig weiter über den Boden.

Sie sind ein ungleiches Paar, Harriet und er. Das weiß er inzwischen, und das war auch die Ursache der Spannungen in den ersten Ehejahren. Inzwischen ist daraus ein leichtes Unbehagen geworden, das er immer spürt, wenn er mit ihr allein ist. Sie sprechen nicht viel miteinander, und er weiß, daß sie abgesehen von den Kindern und dem Haus nicht viel Gemeinsames haben. Dabei sind es nicht einmal die offensichtlichen Gegensätze – daß er ein irischer Katholik und sie eine Yankee-Angehörige der freien Gemeinde ist, denn praktisch gehen sie fast nie in die Kirche (ebensowenig wie die Kinder), oder daß er in den Arbeitervierteln von Providence aufgewachsen ist, während sie ihre Kindheit in den vornehmeren Vororten verbracht bat, oder sogar daß er sich nicht völlig von den alten Gedankenmustern von Schuld und Sühne freimachen kann, während sie niemals im Leben an Sünde oder Buße gedacht hat.

Nein, es sind die kleinen, die fast unmerklichen Tatsachen, die Gewicht haben. Sie plant fast jeden Tag im voraus und weicht selten von ihren Vorhaben ab, kommt so gut wie nie zu spät, kann am Ende des Tages ihre Erlebnisse und ausgeführten Arbeiten Revue passieren lassen und darin Befriedigung finden. Er dagegen verplempert gern die Zeit, bringt nicht den Willen auf, eine bestimmte Aufgabe zu erledigen, und das Schönste am ganzen Tag ist für ihn die Fahrt an den Strand. Oder die geringfügige Tatsache, daß sie nicht ein einziges Mal während ihrer ganzen Ehe von sich aus Musik abgespielt, nie eine Kassette in den Recorder gesteckt hat und beim Autofahren nicht gern Radio hört. Oder der kleine Umstand (der aber seiner Meinung nach doch größere Bedeutung haben könnte), daß sie unbedingt an dem Ritual des gemeinsamen Abendessens um sechs Uhr festhält. Denn fast immer wird sein Magen zu dieser Zeit unruhig, und er kann erst Stunden später etwas zu sich nehmen. An manchen Abenden steht er um neun Uhr vor der Anrichte und ißt allein eine Mahlzeit, die er sich zubereitet hat. Und wenn sie dann zufällig in die Küche kommt, fragt sie ihn immer, was er macht.

Manchmal verblüffen ihn diese Erkenntnisse – die kleinen und die großen Tatsachen. Wie kann man so viele Jahre mit einer Frau zusammenleben, so viele intime Begegnungen mit ihr haben (wie oft hatten sie sich wohl insgesamt geliebt – zweitausend-, dreitausendmal?) und doch in ihrer Gegenwart das Gefühl haben, daß man sich gar nicht richtig kennt?

Sie hat zwar nicht gehört, wie er aus dem Haus kam, aber wenn er den Wagen anläßt, wird sie ihn bestimmt hören. Deshalb spricht er sie doch an.

»Harriet!«

Sie dreht sich zu ihm um. Jetzt ist ihre Frisur in Ordnung, und sie hat Make-up aufgelegt.

»Wo willst du hin?« fragt sie.

»Fahre noch mal weg«, sagt er, »muß was erledigen.«

Die Hände auf den Harkenstiel gestützt, sieht sie ihn an. Sie hat die Brauen hochgezogen. Aber das ist mehr ein Reflex als ein Kommentar. »Was denn erledigen?«

Er überlegt fieberhaft. Was gibt es an einem Sonntagnachmittag zu erledigen?

»Die Reifen«, sagt er.

»Die Reifen?«

»Fürchte, sie haben nicht mehr genügend Profil. Wollte sie mal prüfen lassen. Bevor das Wetter umschlägt.«

»Oh«, sagt sie verdutzt.

Charles reißt die Wagentür auf und steckt den Schlüssel ins Zündschloß. Ohne noch einmal zu ihr hinzuschauen, ahnt er, daß seine Frau ihm aufmerksam nachsieht, als er den Cadillac über die Auffahrt zurücksetzt.

Gleich hinter der Apotheke ist Costas Schreibwaren- und Geschenkartikelladen. Er blinkt rechts, um auf einem freien Platz vor dem Laden zu parken. Dann schiebt er den Blinker abrupt zurück. Mein Gott, da kann er doch nicht reingehen! Janet Costa, Antones Frau, ist ebenso wie Harriet Elternvertreterin in der Schule, und Janet führt den Laden, der ihr auch gehört. Er kann sich ihren Dialog ausmalen: Charles war am Sonntag bei mir im Laden. Charles? Ja, er hat Briefpapier gekauft. Briefpapier? Was für Briefpapier?

Er muß ins Einkaufszentrum fahren. Der Buchladen dort verkauft auch Notizbücher und Schreibpapier. Er zieht wieder die Armbanduhr zu Rate. Es ist eine Fahrt von zwanzig Minuten. Bis dahin müßten die Geschäfte noch aufhaben.

Die Fahrt zum Einkaufszentrum geht über die Straße 59, eine Landstraße, an der so viele Schnellrestaurants und Discountläden liegen, daß man sich eher wie in Florida fühlt als in Neu-England. Aber auch hier hat die Rezession schon ihre Opfer gefordert: ein Laden für Haushaltsartikel hat zugemacht, die Schaufenster eines Geschäfts für Skiausrüstung sind leer. Nur noch der künstliche Schnee rieselt an den Scheiben entlang. Wieder fällt ihm Joe Medeiros ein. Rasch schüttelt er den Gedanken ab.

Der Buchladen ist klein und einladend – überraschend bei einem Geschäft im Einkaufszentrum. Beim Eintreten sieht er viele Holzmöbel in Essexgrün, einen Rohrschaukelstuhl neben einer Kaffeekanne und auf den Tischen und Regalen Bücher in Glanzpapierumschlägen. An einer Wand entdeckt er mehrere Drahtständer mit Briefkarten.

Langsam dreht er den Drahtständer und betrachtet die reihenweise aufgestellten Karten. Eine junge Frau im schwarzen Pullover fragt ihn, ob sie ihm behilflich sein könne.

Er sieht auf und sagt: »Ich brauche Papier. Schreibpapier. Einfach und dick.«

Die Frau bückt sich neben dem Ladentisch und zieht eine Schachtel aus einem Schränkchen.

»Papier habe ich nicht«, sagt sie, »nur so was.«

Er nimmt ihr die Schachtel ab und öffnet sie. Schwere steife Karten liegen darin, ungefähr so groß wie Hochzeitsanzeigen. Darunter passende Briefumschläge. Alles in Elfenbeinfarbe.

»Das sind unsere besten«, sagt sie.

»Die nehme ich«, sagt er. »Und ich brauche einen guten Füllhalter, wenn Sie so was führen.«

Das ist Charles eben erst eingefallen. Er muß die Karte ja im Wagen schreiben. Zu Hause geht es nicht.

Sie gehen zusammen zur Kasse. Charles reicht der Frau eine Kreditkarte und fragt sich flüchtig, ob das Konto vielleicht schon überzogen ist. »Einen Moment noch«, sagt er. »Ich habe hier neulich ein Buch bestellt. Und ich möchte noch ein anderes Buch kaufen, falls Sie es vorrätig haben.«

Dann nennt er der Verkäuferin die Titel der beiden Bücher und fügt hinzu, daß es sich bei dem zweiten um einen Gedichtband handelt. Sie befragt den Computer, erklärt, daß das bestellte Buch eingetroffen ist und daß sie fünf Exemplare des Gedichtbandes haben – sie sind mit der Lieferung der vorigen Woche gekommen.

»Ich hole Ihnen alles«, sagt sie.

Als sie ihm den schmalen Band reicht, betrachtet Charles

erst den Einband und dreht das Buch dann um. Auf der Rückseite ist das Foto, das er in der Anzeige gesehen hat. Er liest die Kurzbiographie zu dem Foto. »Dies ist Siân Richards' dritte Gedichtsammlung. Sie lebt mit ihrem Ehemann und einer Tochter im Osten Pennsylvaniens.«

Der zweite Satz kommt ihm wie eine Unmöglichkeit vor – als hätte ihm jemand weismachen wollen, daß die Erde vier Monde hätte. Oder daß es keine Gezeiten mehr gäbe.

Sonntags um zwanzig nach fünf ist die Brücke menschenleer. Er parkt auf dem geteerten Platz dahinter. Der Himmel ist jetzt mit dichten Wolkenmassen überzogen, die wie graubraune Wolle aussehen. Hinter ihm im Westen sind sie noch dunkler. Auch die Temperatur ist verändert. Seit Mittag ist sie um sechs oder acht Grad gefallen. Neben ihm liegen das Buch, die Schachtel mit den Briefkarten und der Füllhalter. Er nimmt das Buch, lehnt es ans Lenkrad und blättert es langsam auf. Dann tastet er in der Kühlbox vor dem Beifahrersitz nach einem Bier. Es ist noch kalt, das Etikett ist feucht.

Er liest sämtliche Gedichte. Danach klappt er das Buch zu, legt es halb auf das Lenkrad, halb auf den Schoß, um eine Schreibunterlage zu haben, schraubt den Füllhalter auf, führt eine Tintenpatrone ein und kritzelt probeweise auf die Papiertüte aus dem Buchladen. Draußen fängt es an zu regnen. Anfangs ganz leicht. Unregelmäßig fallen dicke Tropfen vom Himmel. Er hört es gern, wenn der Regen aufs Wagendach klopft. Er nimmt eine Karte aus der Schachtel und legt sie auf das Buch. Dann setzt er zum Schreiben an.

Er weiß nicht, wie er anfangen soll. Nach einem großen Schluck Bier meint er, einen Vers zu hören. Es ist eine Songzeile. Du lieber Himmel! Wieder dreht er das Buch um und betrachtet das Foto. Wieder hört er den Vers, als wehte der Wind ihn über den Sand zu ihm. Der Song spielt in seinem Kopf, wieder und wieder, so wie er sich als Junge die fünfundvierziger Platte wieder und wieder vorgespielt hat.

Bruchstücke von Bildern steigen in ihm auf. Das Gesicht eines jungen Mädchens. Eine hohe weiße Stirn. Ein blaues Kleid, das knapp über die Knie reicht. Ein gepflasterter Innenhof.

Über die Sandkruste vor ihm, auf der die Regentropfen Pockennarben hinterlassen, wehen Bilder und Gedanken.

Vielleicht ist dieser Song noch irgendwo in einer Musikbox zu finden, denkt er. Er kann sich nämlich nicht mehr an den ganzen Text erinnern, nur an die Melodie und an einzelne Zeilen. Dann schaut er wieder auf die dicke weiße Briefkarte auf dem Buch.

Er denkt: Das kann ich doch nicht tun! Ich habe eine Frau und drei Kinder, und es ist möglich, daß ich bald mein Haus verliere.

Dann denkt er: Wieso kann ich es nicht tun?

Und schreibt: »Liebe Siân.«

2

15. September

Liebe Siân,

als ich heute morgen Dein Foto in der Zeitung sah, hatte ich das gleiche Gefühl wie damals, als wir uns zum erstenmal begegnet sind, vor einunddreißig Jahren auf dem Hof von The Ridge. Heute habe ich mir Deinen Gedichtband gekauft und sämtliche Gedichte hintereinander gelesen. Bestimmt werde ich mich noch öfter mit ihnen beschäftigen. Als erstes fiel mir auf, wie einzigartig schön Du die düstere seelische und irdische Landschaft beschreibst. Schönheit, die aus Verlusten entsteht. Und wie wahr dieses Thema auch in den Gedichten über die

Wanderarbeiter klingt! Ich kann nur hoffen, daß das, worüber Du schreibst, nicht aus eigenem Erleben stammt.

Ich möchte Dir gratulieren,

Charles

23. September

Lieber Charles,

ich habe mich sehr über Deinen Brief gefreut. Ist es wirklich schon einunddreißig Jahre her? Ich habe eine Vorstellung von dem Jungen, der Du damals gewesen bist – und irgendwo muß ich auch Fotos von Dir haben. Ich glaube, sogar eins, auf dem wir beide drauf sind. Wurdest Du nicht Cal gerufen, oder habe ich das geträumt?

Ich lebe mit meinem Mann und meiner Tochter Lily, die drei ist, auf einer Farm. An zwei Tagen in der Woche halte ich an der Stryker-Universität, nicht weit von meinem Haus entfernt, Vorlesungen über Lyrik. Vielen Dank für Deine Bemerkungen über die Gedichte. Die Landschaft, über die ich schreibe, ist mir vertraut. Und die Wanderarbeiter kenne ich auch gut.

Du weißt, was ich mache und wie ich aussehe. Ich bin sehr neugierig zu erfahren, was Du machst und wie Du aussiehst.

Siân

26. September

Liebe Siân,

irgendwo haben meine Kinder noch eine vergoldete Erinnerungsmedaille. Sie hängt an einer Kette. Vorn steht »Cal« drauf, und auf die Rückseite hast Du »Siân« geschrieben.

Ich bin verheiratet und habe drei Kinder – vierzehn, zwölf und fünf.

Ich bin überrascht, daß Deine Tochter noch so jung ist. Ich hatte angenommen, du wärst schon länger verheiratet und Deine Tochter wäre schon beinahe erwachsen.

Ich hatte mehrmals eine Fahrradtour von mir zu Hause zu Deiner Wohnung geplant. Aber eine Fahrt von dreihundertzwanzig Kilometern durch drei Staaten ist für einen vierzehnjährigen Jungen ziemlich anstrengend. Hat Dein Vater Dir erzählt, daß ich ihn ungefähr ein Jahr nach unserem Examen angerufen habe?

Was ich mache? Ich verkaufe Versicherungen und Immobilien. Im Augenblick gehen beide Geschäfte nicht gerade glänzend.

Wenn Du wissen willst, wie ich jetzt aussehe, mußt Du Dich schon auf einen Drink mit mir treffen.

Vielen Dank, daß Du mich direkt an Dich schreiben läßt. Ein weiterer Briefwechsel über Deinen Verlag wäre zu umständlich.

Charles

13. Oktober

Liebe Siân,

ich bin etwas beunruhigt, weil Du meinen letzten Brief

nicht beantwortet hast. Ich kann nur hoffen, daß Dir dieser Briefwechsel nicht irgendwelche Unannehmlichkeiten bereitet hat.

Ich erinnere mich, daß ich Dich sofort entdeckt habe, als ich in The Ridge angekommen war. Ich sehe Dich noch lebhaft vor mir. Du warst auf dem Innenhof, in einem Baumwollkleid mit kurzen Ärmeln, das knapp bis über die Knie reichte. Es muß kurz nach unserer Ankunft gewesen sein. Ich erinnere mich auch noch an unser erstes Gespräch.

Wir waren beide schrecklich schüchtern, das weiß ich noch. Ich erinnere mich, daß wir zum See hinuntergingen und ich dabei große Seelenqualen ausgestanden habe, weil ich nicht wußte, ob ich mir ein Herz fassen und Dich an die Hand nehmen sollte oder nicht. Ich glaube, ich habe Dir sogar ein goldenes Armband geschenkt, auf dem »The Ridge« stand. Ich erinnere mich an das Badminton-Spiel. Und natürlich an das Freudenfeuer.

Ich finde es ungewöhnlich, daß ich beim Betrachten Deines Fotos in der Anzeige wieder das gleiche Gefühl hatte wie vor einunddreißig Jahren, als ich im Hof ein schönes junges Mädchen entdeckte.

Charles

20. Oktober

Lieber Charles,

nein, ich habe durch diesen Briefwechsel keine Unannehmlichkeiten gehabt, obwohl ich nicht weiß, wohin das führen soll. Aber vielleicht denke ich zu gradlinig. Es braucht ja zu nichts zu führen. Die Briefe können ja auch einfach um unsere Erinnerungen kreisen.

Von Deinen Erinnerungen bin ich fasziniert. Ich würde sie gern einmal vergleichen – Deine und meine. So möchte ich zum Beispiel gern wissen, ob Du jene Woche damals genauso erlebt hast wie ich. Ich habe eine ärmellose weiße Bluse und eine dreiviertellange Wollhose an, und meine Haare sind zu einem Pferdeschwanz gebunden. Du bist neben mir, ein ganzes Stück größer, und Du hast einen Bürstenhaarschnitt. Ich muß diese Vorstellung von einem Foto haben. Eines Tages werde ich bestimmt in meiner Kiste stöbern und alle Fotos finden.

An das Armband und das Badminton-Spiel und das Freudenfeuer erinnere ich mich auch. Außerdem erinnere ich mich an eine Messe am Dreikönigstag in der Kreuzkapelle am Seeufer. Da hieß es, der wahre Kern der Religion sei reine, aufrichtige Liebe. Übrigens bin ich jetzt in keiner Weise mehr religiös. Außer bei einer Hochzeit und einer Beerdigung bin ich seit zwanzig Jahren nicht mehr in einer Kirche gewesen.

Ich würde mich natürlich gern mit Dir auf einen Drink treffen, fürchte aber, daß Du enttäuscht sein wirst. Ich bin nicht ganz so interessant und geheimnisvoll, wie es auf dem Foto aussieht.

Siân

23. Oktober

Liebe Siân,

gestern erhielt ich Deinen Brief. In der literarischen Beilage der letzten Sonntagszeitung habe ich auch die Kritik über Dein letztes Buch gelesen. Es war aufregend, sie zu lesen, und im großen und ganzen fand ich sie auch recht gut. Ich weiß, es muß schwer für Dich sein,

Dein Werk so schutzlos allen Angriffen ausgesetzt zu sehen. Ich gebe zu, ich lese selten Gedichte – zumindest keine zeitgenössischen. Ich lese lieber philosophische oder historische Werke – daher wußte ich mit dem Absatz, in dem Du mit anderen Dichtern verglichen wurdest, nichts Rechtes anzufangen. Doch ich hatte das Gefühl, daß Dich der Kritiker mit Recht eine Philosophin genannt hat.

Auch ich erinnere mich, mit Dir in der Kapelle am Seeufer gewesen zu sein. Wenn der wahre Kern der Religion Liebe ist und Du jemanden liebst, was Du sicher tust, dann bist Du auch religiös. Dies ist ein Satz, den ich früher einmal im Priesterseminar gehört habe. Nach dem College trat ich nämlich in ein Seminar ein und war dort zwei Jahre. Hauptsächlich, weil ich der Einberufung entgehen wollte, aber wahrscheinlich habe ich dort auch meine beste Ausbildung genossen. Übrigens bin auch ich seit zwanzig Jahren nicht mehr in einer Kirche gewesen.

In einem Buch habe ich neulich eine Passage über die Neugier gelesen, die uns überkommt, wenn wir von dem Leben eines anderen Menschen hören. Ich glaube, daß es uns jetzt beiden so geht. Ich weiß, daß Du ein interessanter Mensch bist. Das beste daran ist, daß Du glaubst, Du könntest für mich ein geheimnisvolles Wesen bleiben, wenn wir uns nicht treffen. Aber mir genügt es nicht, wenn Du mir ein Geheimnis bleiben würdest!

Sag mir nur, wo und wann! Wie es für Dich am angenehmsten ist. Ich freue mich auf unser Wiedersehen.

Charles

28. Oktober

Lieber Charles,

ich würde mich gern irgendwann mit Dir treffen, muß aber zugeben, daß mich der Gedanke etwas beklommen macht. Die eigentliche Schwierigkeit liegt für mich wohl darin, daß ich das Treffen arrangieren soll. Ich weiß nicht recht, was ich dazu noch sagen soll. Aber ich will darüber nachdenken. Ich möchte Dich nicht zurückweisen, bin nur etwas ängstlich in bezug auf das Wie und Wo.

Tut mir leid, daß Du die Kritik in der literarischen Beilage gelesen hast. Sie war sicherlich das klassische Beispiel für eine Mischung aus Lob und Verriß. Aber sie hat mir trotzdem weh getan.

Ich mußte lächeln, als ich mir vorstellte, daß Du damals eine Radfahrt von Deinem zu meinem Wohnort geplant hast. Mein Vater wohnt noch in demselben Haus in Springfield, in dem ich aufgewachsen bin, aber ich bin aus dem westlichen Massachusetts fort, seit ich ins College kam. Ich habe ein katholisches Mädchen-College in New Hampshire besucht und wäre beinahe in einem religiösen Orden gelandet, wenn ich nicht ins Friedenskorps eingetreten wäre. Meine Mutter starb, als ich noch im College war. Im Friedenskorps habe ich im Senegal an einer Grundschule gelehrt. Als ich in unser Land zurückgekehrt war, besuchte ich noch eine Zeitlang eine Universität. Dort lernte ich meinen Mann kennen, und danach zogen wir auf seine Farm.

Wie sieht es dort aus, wo Du lebst, und wie heißen Deine Kinder?

Entschuldige bitte meine schlechte Handschrift. Wenn Du willst, kann ich meine Briefe auch mit der Maschine schreiben – Du hast eine bemerkenswert schöne Handschrift.

Ich würde gern wissen, wie es kommt, daß Du ein Postfach hast.

Siân

1. November

Liebe Siân,

ich habe im örtlichen Buchladen Deine beiden früheren Bücher bestellt, und vor einigen Tagen ist Dein erster Gedichtband über Afrika eingetroffen. Ich finde die Gedichte schön – ohne jede Frage. Es gibt gewisse Themen und Strömungen, die in Deiner Lyrik immer wiederkehren, aber irgendwie ist dann jedes Gedicht doch eine Überraschung. Ich würde auch sagen und hoffe, daß Dich das nicht stört, Deine Lyrik hat einen Unterton von Trauer. In den späteren Gedichten tritt das noch stärker hervor – eine schreckliche Einsamkeit. Oder bilde ich mir das nur ein?

Ich würde Dich gern einmal lächeln sehen. Du scheinst sehr ernst zu sein, und es tut mir leid, daß Dir die Kritik weh getan hat.

Von dem Tod Deiner Mutter wußte ich schon. Dein Vater hat es mir telefonisch mitgeteilt.

Unser beider Leben scheint auf parallelen Gleisen verlaufen zu sein. Ich meine damit nur, daß wir beide kleine Kinder haben, beide in einen religiösen Orden eingetreten oder beinahe eingetreten sind und daß wir beide später nichts mehr damit zu tun haben wollten. Vielleicht werden wir, wenn wir uns treffen, noch weitere Ähnlichkeiten entdecken.

Ich lebe an der Küste in einem Fischerort. Die Menschen dort gehören zur Arbeiterklasse oder zur Mittelschicht. Ich habe ein großes weißes Haus, das dringend renoviert werden müßte. Leider bin ich ziemlich faul, die Renovierung wird deshalb wohl noch eine Weile auf sich warten lassen.

Ich bin erst zum Heiligen Kreuz und dann zum Priesterseminar in Chicago gegangen. Danach war ich Busfahrer bei der Stadt. Dann starb der Mann meiner Schwester bei einem Autounfall, und ich mußte zurück nach Hause und das Geschäft ihres Mannes übernehmen. Sie hat später zum zweitenmal geheiratet und ging nach Los Angeles. Ich führte das Geschäft weiter. Der Rest ist, wie man so sagt, Geschichte.

Die Stadt, in der ich wohne, liegt etwa eine halbe Stunde von Providence entfernt, wo ich wohnte, als wir uns kennenlernten.

Meine Kinder sind Hadley – vierzehn, Jack – zwölf und Anna – fünf. Ich finde sie alle schön und einzigartig.

Als ich anfing, Dir zu schreiben, dachte ich noch, wir könnten uns einmal zwanglos treffen. Bei jedem neuen Brief, den ich Dir schreibe, habe ich jetzt das Gefühl, ich schrecke Dich vielleicht ab. Daß ich Dir die Last des »Wo und Wann« aufgebürdet habe, geschah nur deshalb, weil ich weiß, wie es ist, wenn man ein erst drei Jahre altes Kind hat. Ich kann natürlich auch selber Zeit und Ort bestimmen und für eine Anstandsdame sorgen.

Ich möchte Dir gern weiter mit der Hand schreiben und bedanke mich für das Kompliment zu meiner Handschrift. Diesen Brief habe ich Dir aber in Eile geschrieben. Ein Postfach habe ich aus dem einfachen Grund, weil das günstig für das Geschäft ist und ich die Post dadurch früher erhalte.

Man braucht Zeit, um zwischen den Zeilen zu lesen.

Mir fällt auf, daß Du nicht viel über Deinen Mann zu sagen hast.

Charles

3. November

Lieber Charles,

am Donnerstag reise ich nach England, um dort zwei Wochen an einem Lyrik-Seminar Vorlesungen zu halten. Vor der Abreise wollte ich Dir noch sagen, daß ich die Briefe, die Du mir schreibt, gern lese und daß mir gefällt, was Du schreibst.

Ja, es stimmt, ich bin oft ernst. Nein, Du irrst Dich nicht, wenn Du in meinem Werk oft einen traurigen Unterton spürst. Das gehört zu meinem Charakter, und daran läßt sich wohl kaum etwas ändern.

Vielen Dank, aber eine Anstandsdame brauche ich nicht.

Mir fällt auf, daß Du wenig über Deine Frau zu sagen hast.

Siân

7. November

Liebe Siân,

touché.

Deine Reise nach England ist eine verteufelt gute Entschuldigung, Dich nicht mit mir zu treffen. Vor welchem Publikum hältst Du diese Vorlesungen? Tust du das öfter?

Ich bin enttäuscht. Wenn ich wüßte, welche Maschine Du nimmst, würde ich zum Flugplatz fahren und Dir dort auf Wiedersehen sagen, obwohl das auch unglaublich enttäuschend wäre.

Schick mir bitte eine Postkarte aus England! Wahrscheinlich wird sie erst ankommen, wenn Du schon wieder zurück bist. Aber tu es trotzdem!

Du fehlst mir schon jetzt.

Charles

10. November

Lieber Charles,

in wenigen Stunden geht meine Maschine. Aber vorher muß ich Dir noch diese Fotos schicken. Aus irgendeinem Grunde, den ich nicht erklären kann, überkam mich heute nachmittag der Wunsch, meine Kiste zu durchstöbern und die Fotos zu suchen, die ich dort vermutete. Anbei sende ich Dir das von uns beiden im Hof und vom See, von der Kapelle aus aufgenommen. Ich bin sicher, das von uns beiden wurde am letzten Tag gemacht, bevor wir abreisen mußten. Ist es nicht sonderbar, wie unsere Erinnerung manchmal genau zutrifft und uns dann wieder Streiche spielt? Du siehst ungefähr so aus, wie ich Dich in Erinnerung hatte. Hast Du immer noch diesen wunderbaren alten Pfadfinderhut, den Du in der Hand hältst? Aber ich sehe ganz anders aus. An die Bermuda-Shorts kann ich mich überhaupt nicht erinnern. Und auch nicht daran, daß ich jemals so helle Haare gehabt habe. Oder daß Du und ich beinahe gleich groß waren. Du hast den Arm um mich gelegt, aber nur ganz leicht, und ich habe nicht in die Kamera gesehen, sondern auf meine Füße gestarrt.

Sind die Fotos nicht ein handfester Beweis, daß wir uns tatsächlich irgendwo irgendwann einmal getroffen und gekannt haben? Was wußten wir voneinan-

der? frage ich mich. Und wie mögen damals unsere Stimmen geklungen haben?

Diese Ausgrabungsarbeit hat mich fast den ganzen Nachmittag gekostet, und dabei habe ich noch nicht einmal gepackt. Ich muß mich beeilen, aber ich wollte das noch unbedingt vorher an Dich absenden. Eines Tages werde ich auch das Armband finden. Ich bin sicher, daß ich es noch habe. Ich werfe ja nie etwas weg.

Ich verspreche Dir eine Postkarte.

Siân

15. November

Liebe Siân,

heute bin ich zum Strand gefahren, um nach Portugal hinüberzuschauen. Aber es lag Nebel auf dem Wasser, und die Sicht war nicht klar.

Übrigens fahre ich oft zum Strand und sehe nach Portugal. Das nimmt mehr von meiner Zeit in Anspruch, als es sollte.

Diesen Brief zu schreiben, fällt mir schwer, weil ich weiß, daß Du weit weg bist und noch mindestens eine Woche vergehen wird, bis Du ihn liest. Wie wird es Dir in England ergehen? Was tust Du dort? Ich stelle mir vor, wie Du mit einem langen Schal um den Hals über einen Fußweg auf ein schönes Steingebäude zugehst, wo Deine Studenten Dich erwarten.

Deine Ausgrabungsarbeit und die beiden Fotos haben mich sehr gerührt. Es war der letzte Tag des Sommerlagers, und wir hatten jemanden gebeten, eine Aufnahme von uns beiden zu machen. Ich weiß noch, daß meine Eltern schon vor Deinen angekommen sind, und daß sie etwas entfernt dastanden und uns mit kaum verhohlener Ungeduld beobachteten. Ich erinnere mich auch, daß ich auf der ganzen Heimfahrt im Auto geweint habe und daß meine Mutter, als ich ihr erzählte, ich hätte Dir ein Armband mit der Aufschrift »The Ridge« geschenkt, mich fragte: »Und wo ist mein Armband?«

Was vor einunddreißig Jahren mit mir geschah, war Liebe auf den ersten Blick. Ganz begreife ich das Phänomen immer noch nicht und schäme mich ein wenig, daß ich auf die alten Klischees der Schallplattenhits zurückgreifen muß, aber ich kann mich noch lebhaft an dieses umwerfende Gefühl erinnern. Weniger klar ist mir, was mit mir geschah, als ich vor zwei Monaten Dein Foto in der Zeitung entdeckte. Gestern abend las ich Paul Ricoeur, und eine Phase von ihm ließ mich innehalten: ». . . die Erfüllung einer vorausgegangenen, im Spannungszustand verbliebenen Beziehung.« Er meinte damit die irrationale Einführung von Jesus Christus im Kontext des Neuen Testaments. Doch ich neige dazu, Sätze zu nehmen, wo ich sie finde, und auf mein eigenes Leben anzuwenden. Die Schwierigkeit liegt für mich darin, daß ich nicht vollständig begreife, was mir vor einunddreißig Jahren oder jetzt am 15. September geschah, weil ich keinen ausreichenden Zugang zu dem Vorausgegangenen mehr habe.

Alles läuft darauf hinaus, daß ich die Frau kennenlernen möchte, die einmal das Mädchen war, das ich kannte.

Die Zeit hat eine neue Dimension angenommen. Ich spüre das Chaos der Zeit, versuche es aber in seinem Verhältnis zum Verlust zu begreifen. Den ganzen August habe ich mit Stephen Harking verbracht und über »Quarks« und Schwarze Löcher nachgegrübelt. Aber er sagt kein Wort darüber, wie es kommt, daß das Warten auf einen Brief oder die Wiederbegegnung mit einer vor einunddreißig Jahren erfolgten Verwirrung der Gefühle die Zeit in sich zusammenfallen läßt. Meine Tochter ist jetzt im selben Alter, in dem wir damals waren, eine »Tatsache« der Physik oder der Natur, die mich verblüfft.

Vielleicht suche ich auch nur nach einer unvollendet gebliebenen Beziehung.

Heute ist es bei uns wärmer, als man von einem 15. November erwarten kann. Als ich vorhin an den Strand gefahren bin, zeigte das Meer ein schmutziges Blau mit Nebel am Horizont. Es herrschte an diesem Nachmittag eine Stille in Natur und Gemüt, die einschläfernd wirkte – oder wenigstens benutze ich diese Ausrede, wenn ich erklären soll, warum ich für zwanzig Minuten in meinem Wagen eindöst bin, während die Sonne durch die Windschutzscheibe schien und den Fahrersitz wärmte. Am Strand, zu dem man über eine lange Holzbrücke vom Festland gelangt, kann man die Kirchenglocken aus der Stadtmitte hören, und ich höre gern, wenn sich das Krächzen der Möwen mit ihnen vermischt. Doch sogar die Möwen waren heute halb im Schlaf – und genossen nach einer Reihe kalter grauer Tage diese kurze Rückkehr des Indianersommers. Beinahe hätte ich meine Verabredung zum Mittagessen versäumt.

Du hast meine Frau erwähnt, wie ich deinen Mann erwähnt habe, und als Antwort lesen wir nur weitere Fragen oder Stillschweigen. Vielleicht werde ich eines Tages in der Lage sein, mit Dir über meine Ehe zu sprechen oder Dir darüber zu schreiben, aber im Augenblick (eigentlich schon seit geraumer Zeit) bin ich mehr mit dem Glockengeläut von einem Kirchturm oder den geheimnisvollen physikalischen Gesetzen der Zeit beschäftigt. Was ich enthüllen und was ich geheimhalten soll, ist mir noch unklar.

Aus dem gleichen Grund, warum ich mit meiner Ehe nicht klar komme, geht es mit meinem Geschäft bergab. Wie gesagt, ich verkaufe Versicherungen und Immobilien. Leider ist im Moment die ganze Stadt in Bedrängnis, und kein Cent ist locker zu machen. Ich könnte Dir noch mehr darüber schreiben, aber ich will diesen Scheißdreck aus unserem Briefwechsel heraushalten. Ich möchte mich philosophisch über den Scheißdreck erheben, ja, das möchte ich. Im Grunde habe ich meinen Beruf nicht immer gehaßt. Nein, ich habe mich gern mit den Menschen über Themen unterhalten, die ihnen am Herzen lagen.

Woher stammt der schmerzliche Unterton in Deinen Gedichten?

Ich stelle mir vor, auf einen Markt in Cambridge zu gehen und die Zutaten zu einer Mahlzeit zu kaufen, die ich für Dich zubereiten will. Ich koche für mein Leben gern. Bin ich zu weit gegangen?

Gestern habe ich in The Ridge angerufen, um zu hören, ob es noch existiert. Es wird Dich wohl kaum überraschen, wenn Du erfährst, daß es inzwischen zu einem Gasthof umgebaut worden ist. Ich fragte die Frau, die sich meldete, ob sie eine Broschüre mit einem Foto habe, auf dem man sehen könne, wie es jetzt aussieht. Sie sagte, das einzige Foto von draußen zeige das Gebäude selbst mit dem Brunnen. Ob ich mich noch an den Brunnen erinnere? Ich sagte ja, aber die deutlichste Erinnerung hätte ich an ein Mädchen, das ich dort vor einunddreißig Jahren kennengelernt hätte. Sie fragte: »Haben Sie sie geheiratet?« Ich antwortete: »Nein, aber ich hätte es tun sollen.«

Jetzt *weiß* ich, daß ich zu weit gehe.

Manchmal glaube ich, daß wir beide zu ernst sind.

Wenn Du willst, daß ich damit aufhöre, dann sag es mir! Mir ist bewußt, daß dies von einem Augenblick zum anderen ein Ende haben kann.

Ich weiß, daß wir uns treffen müssen. Und ich glaube, Du weißt es auch.

Ich könnte Dir noch so vieles sagen, aber eigentlich will ich nur Deine Hand halten.

Hier sitze ich und versuche, Dir einen Brief zu schreiben, der Dir etwas bedeuten soll, und kann dabei den Blick nicht von Deinem Foto abwenden. In einem Brief hast du geschrieben, Du seist weder interessant noch geheimnisvoll, aber Du hast nicht gesagt, daß Du nicht schön wärst.

Charles

London, 16. November

Lieber Charles,

heute habe ich einen Spaziergang im Regent's Park gemacht. Gern wurde ich ihn einmal im Sommer sehen, wenn die Rosen blühen. Ich bin auch in London, um Gespräche mit meinem britischen Verleger zu führen. Sie habe mich in einem wunderbaren Hotel am Strand untergebracht. Unten im Lokal verkaufen sie vierzig verschiedene Marken Malz-Whisky. Gestern abend habe ich drei davon probiert und war nachher wie gelähmt. Heute ist mein Geburtstag.

Prost,

Siân

28. November

Lieber Charles,

tut mir leid, aber dies muß aufhören. Ich will es so.

Es ist schon sehr lange her, daß jemand meine Hand hielt oder sie wenigstens nur halten wollte.

Ich kenne Dich nicht, aber manchmal habe ich geglaubt, Dich aus Deinen Briefen zu kennen.

Siân

30. November

Liebe Siân,

um auf Deinen letzten Brief zurückzukommen: dazu gibt es eine wunderhübsche Geschichte über Jack und Bobby Kennedy während der Raketenkrise um Kuba. Du kennst sie wahrscheinlich schon, aber ich will sie Dir trotzdem erzählen:

In einem entscheidenden Augenblick der Verhandlungen erhält Jack Kennedy ein Telegramm von Chruschtschow, das in einigermaßen versöhnlichem Ton gehalten ist und darauf schließen läßt, daß Chruschtschow einen Rückzieher machen will. Doch gerade als Jack und Bobby feiern wollen, trifft ein zweites Telegramm von Chruschtschow ein. Dies ist in feindseliger Sprache abgefaßt und besagt im Wesentlichen, daß er sich anders besonnen hat und keinen Rückzieher machen wird. Was ist zu tun? Bobby hat eine glänzende Idee. Jack soll das zweite Telegramm einfach nicht beachten, so tun, als hätte er es nie erhalten, und sofort eine Rede über alle Fernsehsender halten, in der er Chruschtschow für seine humane Geste dankt – und damit die Krise beenden.

Deine Bemerkung darüber, daß ich Deine Hand halten will, wird mich nie wieder loslassen.

Anbei schicke ich Dir ein Gerät, von dem man vielerlei Gebrauch machen kann. Aber ich hoffe, Du wirst Dir das beigefügte Tonband anhören. Entschuldige bitte die mangelnde Tonqualität, aber einige dieser Songs sind so alt wie ich selbst. Eine Anzahl davon mußten von einer Musicbox abgenommen werden.

Ich weiß, Du könntest ein ähnliches Band telefonisch mit Deiner Kreditkarte bestellen, aber das wäre nicht dasselbe. Ich versuche damit die Zeit zu beschwören, die uns zusammenbringt, wenn vielleicht auch nur für Augenblicke. Mein Lieblingssong ist »Where or When«. Gleich danach kommt für mich die Rückseite dieser Schallplatte, »That's My Desire«. Mag sein, daß es Dir nichts sagt. Auf einer Seite ist eine Tonstörung. Da habe ich Mist gebaut. Hab Geduld damit! Wenn du keine Geduld aufbringen kannst, kannst Du immer noch alles in die Mülltonne werfen.

Ich habe für uns am kommenden Donnerstag um zwölf Uhr einen Tisch zum Mittagessen in The Ridge reservieren lassen. Anbei findest Du eine Beschreibung, wie Du von Dir zu Hause dort hinkommst.

Ich hielt es für unfair, Dich zum Mittagessen einzuladen und zu wissen, wie Du aussiehst, während Du es von mir nicht weißt. Deshalb lege ich noch dieses Foto bei. Es ist nicht sehr gelungen, aber ich habe nicht viele Fotos von mir. Meine Tochter hat es im letzten Sommer aufgenommen, als wir beim Angeln waren. Der Fisch ist ein Streifenbarsch. Am Donnerstag um zwölf Uhr werde ich keinen Fisch in der Hand haben, und ich hoffe, daß man mich nicht versetzt.

Charles

3

Ich arbeitete gerade in meinem Zimmer, als ich das bekannte Motorengeräusch des Briefträger-Jeeps hörte, dann das schrille Öffnen des Briefkastens und den harten Klang von Metall auf Metall. Es war für mich wie immer das Signal, vom Schreibtisch aufzustehen, als folgte ich einem Ruf der Außenwelt. Lily war wie jeden Vormittag bei einer Nachbarin. Stephen arbeitete in der Scheune an einem Behäufelungspflug.

Es war kühl draußen, als ich die Post holte, und als ich wieder ins Haus ging, dachte ich daran, mir noch eine Tasse Kaffee zu kochen. Im Briefkasten lag ein großer Briefumschlag von meinem Verleger, der einen zweiten Umschlag mit meinem Namen darauf enthielt. Ich nahm die ganze Post mit ins Haus.

Der Brief mit meinem Namen hatte die Farbe von dikker Sahne. Die Tinte war ein dunkles Marineblau. Mein Name war in einer schönen, kräftigen, großen und sicheren Handschrift geschrieben. Einfach und nicht protzig. Ich dachte: das muß eine Einladung sein. Ich erinnere mich, daß ich mit dem Finger über meinen Namen fuhr, als wäre die Tinte aus festem Stoff.

Und als ich den Brief las, dachte ich: *Cal.*

Ich sah einen Jungen, einen hochgewachsenen Jungen mit sanften braunen Augen und einem Bürstenhaarschnitt – und noch Wochen später, nachdem wir uns getroffen hatten, sah ich immer diesen Jungen, wenn ich an dich dachte.

Und ich sah den See mit den Holzbänken und dem einfachen, nicht prunkvollen Holzkreuz. Ich sah dich in deiner ganzen Größe, von der Taille bis zu den Schultern, und deine Arme und Beine. In jenen Tagen trugen Jungen weiße Hemden und lange schwarze Hosen, auch im Sommer.

Ich sah den Wald, ein Waldstück im Mondlicht.

Ich ging nach oben und legte den Brief unter andere Papiere in ein Schubfach, wo er nicht zu sehen war.

Für meinen Mann bereitete ich das Mittagessen zu und rief ihn herein. Dann zog ich mir eine Jacke an und ging zum Haus der Nachbarin, wo ich meine Tochter abholte. Mein Tag verlief wie immer. Ich stellte das Geschirr in die Spülmaschine, nahm mein kleines Mädchen in die Arme und fuhr ihr mit den Fingern durch das feine blonde Haar. Stephen kam und ging, und zwischen uns herrschte immer wieder langes Schweigen. Um seine Augen lag eine Spannung, die neu für mich war. In der Zeit zwischen dem Erhalt deines Briefs und meiner Antwort hatte er Migräneanfälle – zweimal, glaube ich.

Manchmal nach dem Abendessen sprachen Stephen und ich über die Farm. Es war die alte Leier. Von meinem Vater hatten wir uns schon Geld geliehen, und nun hatte er nichts mehr. Wir konnten noch einige Morgen verkaufen, wenn sich ein Käufer dafür fand. Zum zweitenmal nacheinander hatte es eine Mißernte gegeben. Das war eine unerträgliche Last. Stephen hatte andere Arbeit angenommen als Halbtags-Lehrkraft an der Landwirtschaftsschule.

Nach unseren meist nur kurzen Gesprächen zog sich Stephen immer nach oben in sein Arbeitszimmer zurück und schloß die Tür hinter sich. Oft fand ich ihn dort am nächsten Morgen, wie er in Jeans und Pullover schlief.

Mir machte es nichts aus, allein zu schlafen. Ja, ich glaube, ich hatte es sogar lieber. Aber wenn ich manchmal mitten in der Nacht aufwachte und den dunklen Flur entlangging, um nach Lily zu sehen, beschlich mich ein hohles Gefühl des Versagens in meiner Ehe mit Stephen. Dann fürchtete ich, mein Leben stünde im Zeichen des Mißerfolgs beim Aufbau einer tragfähigen Bindung. Stephen hatte mich gebraucht, um die Leere in ihm aufzufüllen, die Übermacht der schwarzen Erde und seiner Abhängigkeit von ihr zu mildern. Aber ich war dieser Aufgabe nicht gewachsen.

Stephen war immer ein verschlossener Mensch gewesen – freundlich, aber schwer zu durchschauen. Einmal fragte ich ihn, woher seine Narbe, diese schimmernde Naht am Kinn, stamme. Er antwortete, er habe vor Jahren, bevor wir uns kennengelernt hatten, einen Unfall mit einer Schußwaffe gehabt. Ein Streifschuß am Kinn. Doch er erzählte mir das mit abgewandtem Blick, und ich sah etwas in seiner Miene, das mir mehr enthüllte als die sichtbare Narbe. Danach war ich immer wachsam.

Hatte ich meinen Mann eigentlich einmal geliebt? Ich glaube, anfangs ja. Seine Zurückhaltung und seine ungewöhnliche körperliche Anmut hatten mich angezogen. Seine schweigsame Art hielt ich irrtümlich für Selbstbeherrschung, für liebenswerte Würde. Heute weiß ich, daß Liebe ein verschwommenes Wort, eine relative Bezeichnung ist. Ich glaube, du hast deine Frau auf deine Weise geliebt. Und Stephen mag geglaubt haben, mich zu lieben.

Ich wartete auf den zweiten Brief und dann auf den dritten. Mein Ohr schärfte sich für das Geräusch des Briefträger-Jeeps, und ich lebte ständig in Erwartung des cremefarbenen Umschlags mit der marineblauen Tinte. Ich malte mir aus, wie du bist und wie du als Erwachsener aussehen könntest. Doch meine Phantasie reichte nicht über den hochgewachsenen, mageren Jungen mit dem Bürstenhaarschnitt hinaus. Wieder und wieder las ich deine Briefe in meinem Arbeitszimmer, und ich versuchte mir vorzustellen, was für eine Art von Mann aus dem Jungen geworden sein mochte. Gern hätte ich alles gewußt, woran du dich noch erinnern konntest. Wie kommt es, daß du eine so klare Handschrift entwickelt hast? Und frühmorgens vor dem Aufwachen begann ich von dir zu träumen.

An dem Tag meiner Abreise nach England dachte ich daran, wie ein Wiedersehen nach so vielen Jahren ausfallen würde. Es war schon spät, und ich war mit dem Pakken noch längst nicht fertig. Stephen war im College. Ich hatte Kleidungsstücke herausgelegt – Pullover und Rökke, Strümpfe und ein Abendkleid lagen auf dem Bett. Während ich sie betrachtete, kam mir der Gedanke: Ich muß die Fotos finden.

Der Dachboden war niedrig, und man konnte sich darin nur gebückt bewegen. Eine kleine Nische, in die ich von Zeit zu Zeit irgendwelche Sachen hineinwarf – Weihnachtspakete, Steppdecken für den Winter, Sommerdekken. Einmal im Jahr pflegte ich dort Ordnung zu machen. Da man im Dachboden nicht aufrecht stehen konnte, arbeitete ich mich tiefgebückt zu der Stelle vor, wo ich meine Kiste aufbewahrte.

Es war eine große, schwere Holzkiste, die mit mir von Springfield nach Dakar und wieder zurück in dieses Land gereist und schließlich hier auf dem Dachboden gelandet war. Darin bewahrte ich Briefe von meiner Großmutter auf, parfümierte Briefe auf lavendelfarbenem Papier, mit kleinen Schriftzügen aus lila Tinte bedeckt. Ich hatte darin die Korsagen von Highschool-Tanzfesten und flache braune Mitteilungen auf Wachspapier mit den Namen von Jungen untergebracht. Dazu Tagebücher, mit Bändern umhüllte Stöße anderer Briefe, afrikanische Skulpturen aus schwarzem Holz, ein goldgerahmtes Foto aus meiner Universitätszeit, einen Stoff aus Senegal, den ich völlig vergessen hatte, und ein ovales Foto meiner Mutter als junges Mädchen. Das nahm ich heraus, wischte den Staub ab und bildete mir ein, es habe Ähnlichkeit mit Lily. Ich wollte es auf das Wohnzimmerklavier stellen, damit sie es immer vor Augen hatte.

Endlich stieß ich ganz unten in der Kiste auf das Fotoalbum. Ein Album, das ich mit vierzehn zusammengestellt hatte. Darin fand ich drei Fotos aus der Woche, in der wir beide zusammengewesen waren. Eins davon behielt ich für mich. Wir stehen nebeneinander vor dem Brunnen, und wieder hast du den Arm um mich gelegt. Aber der Fotograf (wer mag es gewesen sein – eine Freundin von mir, meine Mutter oder ein Jugendleiter?) hat gerade in dem Augenblick auf den Auslöser gedrückt, als wir uns vor Lachen biegen oder auseinandergehen, denn wir wenden uns ab. Dein Arm liegt noch auf meinem Rücken, und ich lächle mit geschlossenen Augen.
Als ich bei meiner Rückkehr aus England deinen Brief vorfand, packte mich die Angst. Stephen hatte ihn mir ungeöffnet auf den Schreibtisch gelegt. Ich glaube zwar, daß er nie einen an mich adressierten Brief öffnen würde, aber genau weiß ich das nicht. Schon jetzt konnte ich ihm den Briefwechsel unmöglich erklären. Wieso habe ich dir dann überhaupt geschrieben?

Dann schrieb ich dir, daß es damit aufhören solle. Doch ich hoffte, du würdest nicht auf mich hören.

Das Paket mit dem Recorder und den Kopfhörern hatte der Briefträger auf den Briefkasten gestellt. Als ich es fand war mir, als müsse es kilometerweit zu sehen sein, selbst durch die dicken Holzwände der Scheune. Ich hielt es fest in den Armen, ging ins Haus und dachte: Ich will das nicht. Ich will nicht, daß er mir Geschenke schickt.

Das Foto erschreckte mich. Du sahst darin dem Jungen, den ich vor Augen hatte, überhaupt nicht ähnlich. Du hattest das Gesicht etwas abgewandt, so daß ich deine Augen nicht sehen konnte. Du trugst eine Windjacke, und dein Haar wehte offensichtlich in einer starken Brise. Es war zu sehen, daß du groß bist, aber vielleicht entstand dieser Eindruck auch nur aus dem Aufnahmewinkel. Hinter dir waren ein Leuchtturm und eine Felsenklippe zu erkennen.

Ich versteckte den Recorder und die Kopfhörer in dem Schubfach mit den Briefen. Dann ging ich nach unten, um das Mittagessen für Lily zuzubereiten, zog meine Jacke an, ging zum Haus meiner Nachbarin hinüber und holte Lily ab.

Sämtliche Farmen liegen an der schwarzen Erde wie an Wasser – ein großes, tintenschwarzes Meer. Manche Häuser sind keine anderthalb Meter davon entfernt gebaut. Das Meer, eine dunkle Flut, schien bis an die Fundamente zu reichen. Oft wunderte ich mich über die lebhaften Farben der Häuser – rosarot, aquamarinblau und minzgrün. Ich stelle mir vor, man hat sie so angestrichen, um die Eintönigkeit der Landschaft zu unterbrechen. Hinter den meisten Häusern erheben sich Metallschuppen mit brüchigem pastellfarbenem Anstrich, und oft hängt im Garten eine Wäscheleine. Es war ein schöner Tag, frisch, klar und kalt.

Fast alle der jetzigen Farmer sind Polen. Die Rutkowski-Farm, die Bogdanski-Farm, die Sieczek-Farm, die Krysch-Farm. In der Stadtmitte steht die Kirche St. Stanislaus. Als ich Stephen kennenlernte, hatte ich mir das Farmerleben noch romantisch vorgestellt. Jetzt weiß ich, wie hart es ist.

Der Weg zum Haus der Nachbarin dauerte nur einige Minuten. An vielen Farmen sind die Zwiebelkisten wie Hummerkörbe aufgestellt. Mir gefielen die Zwiebelhaufen am schwarzen Ackerrand hinter den Häusern. Sie schimmerten rostrot und wurden in der Sonne zu lohfarbenem Gelb. Zur Erntezeit tränten einem tagelang die Augen.

Die Farmen lagen frei, nichts daran blieb dem Blick verborgen. Ausgesetzt vor der schwarzen Ebene, die ein geologischer Sonderfall ist. Ich kam an einem alten Friedhof mit holländischen Namen auf den Grabkreuzen vorbei.

Dahinter stand ein halb verfallener Schuppen. Nicht zu sehen waren die Unterkünfte der Wanderarbeiter. Sie lagen jenseits des Hügels – lange, niedrige Bauten, jeder mit zwei Fenstern und einer Tür, graue Zementblöcke. Davor stand eine verrostete Schaukel, auf die sich nie ein Kind setzte.

Ich konnte weder die Stadt noch Stephen verlassen. Wir hatten in der Frühzeit unserer Ehe einen Jungen bekommen, und als er starb, dachte ich nie mehr ans Wegziehen. Unser Sohn lag auf dem polnischen Friedhof hinter St. Stanislaus begraben. In der Kirche hatten wir auch geheiratet.

Lily wartete schon auf mich. Sie hatte ihre Jacke angezogen und preßte die Nase an die Scheibe in der Haustür. Langsam machten wir uns auf den Heimweg. Lily spielte beim Gehen und hob Steine und Flaschenverschlüsse auf, die sie als wertvolle Schätze in die Jackentaschen steckte. Das weiche, helle Haar hatte sie von ihrem Vater. Ich fuhr gern mit den Fingern durch den Flaum.

Nach dem Essen brachte ich Lily zum Mittagsschlaf ins Bett und ging nach unten, um Wäsche zu waschen. Stephen saß am Küchentisch. Er war früh von der Arbeit im Schuppen zurück. Er hatte noch die Jacke an und rieb sich die Stirn, als spüre er nahende Kopfschmerzen. Ich fragte ihn, ob er essen wolle. Er schüttelte den Kopf. Ich setzte mich hin und wartete.

Auf dem Briefkasten, sagte er, hat ein Paket gestanden. Ich wollte es dir eigentlich reinbringen. Hast du es schon geholt?

Ich sagte ja.

Was war drin? fragte er.

Ich wandte den Blick ab und sagte: Bücher.

Oh, sagte er.

In diesem Augenblick beschloß ich, das Paket neu zu verpacken und an dich zurückzuschicken. Und ich dachte daran, dir nochmals zu sagen, daß dies aufhören müsse. Ich redete mir ein, daß der Briefwechsel ernste Konsequenzen haben könnte und daß ich bereits einen Verrat begangen hätte, den niemand verstehen würde. Aber dann habe ich das Paket doch nicht neu verpackt, und so blieb es noch tagelang in meinem Schreibtisch verborgen.

An dem Abend vor dem von dir vorgeschlagenen Wiedersehen mußte Stephen zu einer Konferenz im College. Ich hatte Lily zu Bett gebracht. Ich holte den Recorder und die Kopfhörer aus dem Schubfach und ging damit ins Schlafzimmer. Es war klein und wurde von dem Doppelbett beherrscht. Ich hatte eine Steppdecke angefertigt, eine rosa und grüne Steppdecke, die dem Zimmer etwas Farbe und Helligkeit verleihen sollte, aber es blieb trotzdem dunkel. Es hatte nur ein Fenster, das auf die schwarze Erde hinausging, und auf den Glasscheiben war feiner Staub, den der Regen verschmiert hatte.

Jetzt kann ich dir ruhig von dem Schlafzimmer erzählen. Es macht nichts mehr aus.

Nach dem Abendessen hatte ich mir ein Glas Wein eingeschenkt. Das nahm ich mit. Ich legte mich aufs Bett, schaltete aber kein Licht an. Im Dunkeln fummelte ich an dem Gerät, stöpselte die Kopfhörer ein und setzte sie auf. Noch nie hatte ich Musik mit Kopfhörern gehört, und kannte das Gefühl nicht. Man meint, daß die Musik direkt im Kopf ertönt.

Ich hörte das erste Lied und mußte lächeln. Es erinnerte mich an die Tanzveranstaltungen bei der Katholischen Jugend in meiner Mädchenzeit, an dunkle Turnhallen mit lauter, langsamer, verträumter Musik, an ungeschickte Umarmungen mit Jungen, die oft kleiner waren als ich. Und daran, wie ich mein Gesicht an die Schulter eines größeren Jungen preßte.

Ich hörte den zweiten Song und setzte mich auf. Lachend dachte ich: Das ist ja wie eine Ausgrabung.

Ich hörte das dritte Lied, und Erinnerungen überfluteten mich. An einen Kuß auf meinen Nacken. An einen Schmetterlingskuß.

Ich hörte den vierten Song und mußte weinen.

Zum fünftenmal wacht er auf und sieht zu seiner Erleichterung an dem schwachen Lichtschein seitlich von den Fenstervorhängen, daß es endlich früher Morgen ist. Um Harriet nicht zu stören, ist er ganz vorsichtig. Aber irgend etwas an seiner Bewegung, vielleicht ein leichtes Ziehen an der Bettdecke, bewirkt, daß sie sich zu ihm umdreht und im Halbschlaf etwas murmelt. Dann merkt er, wie sie die Hand nach ihm ausstreckt, die oft geübte, schläfrige Geste, ein leichtes Massieren, das ihn anmachen soll. Er zieht den Bauch ein und verlagert den Körper ein wenig, um der Hand auszuweichen. Hoffentlich ist sie noch nicht so wach, daß sie die sanfte Zurückweisung merkt. Nicht heute morgen!

Im grauen Licht der ersten Morgendämmerung betrachtet er seine Frau. Sie liegt auf dem Bauch, und es sieht aus, als wollte sie sich vergraben. Der rosafarbene Träger des Nachthemds liegt verrutscht auf der Schulter. Der offene Mund preßt sich ans Laken. Die Augen sind noch geschlossen. Ihre Haare sind an das Ohr gedrückt, halb verborgen unter dem Kissen. Er beobachtet seine Frau beim Schlafen, die Frau, mit der er seit fünfzehn Jahren zusammenlebt, sieht zu, wie sie atmet. Und dabei hat er, wie schon mehrmals in den letzten Wochen, dieses zitternde Schuldgefühl, das an ihm zerrt wie Seetang an einer Angelschnur. Im Zimmer darunter liegen in einem Aktenhefter sechs Briefe und eine Postkarte. Es würde ihm schwerfallen, ihr Vorhandensein zu erklären. Trotz ihrer scheinbaren Unschuld sind sie so verräterisch wie die Übernachtungsquittungen aus einem Motel. Doch er widersetzt sich dem quälenden Schuldgefühl. Er kann es sich nicht leisten, daß es stärker von ihm Besitz ergreift. Nicht heute, nicht an diesem Morgen.

Er rollt sich herum und blinzelt zur Uhr. Gleich Viertel vor sieben Uhr. Mein Gott, das war bestimmt die längste Nacht seines Lebens, und es sind immer noch fünf Stunden und fünfzehn Minuten, bis es so weit ist. Er weiß jetzt schon, daß er an diesem Vormittag nichts zustandebringen wird, weil er nur an eins denken kann: Wird sie kommen? Eigentlich ist es nicht zu erwarten. Denn sie hat ihm geschrieben, daß sie es beenden will – dieses nebelhafte »Es«, das sie mit Worten erschaffen haben – und er hat nicht darauf gehört. Ja, er ist noch einen bösen Schritt weitergegangen: Er hat ihr das verfluchte Tonband geschickt!

Er schlüpft unter der Bettdecke hervor und geht ins Badezimmer. Der Fliesenboden unter den Fußsohlen ist eiskalt, die Luft so frostig, daß er sofort zu zittern anfängt. Es ärgert ihn, daß er sechshundert Dollar im Monat für die Heizung zahlt und doch noch jeden Morgen den Atem aus seinem Mund quellen sieht. Er stellt die Dusche an und sieht, wie Dampfwolken oben und an den Seiten aus dem Plastikvorhang steigen. Das Badezimmer füllt sich mit feuchtem Nebel, sein Gesicht im Spiegel zerfließt. Er tritt unter die Dusche und stellt sie so heiß ein, wie er es aushalten kann. Er dreht sich, beugt den Kopf und läßt das Wasser über den Nacken rinnen.

Er weiß, daß es kein unschuldiger Briefwechsel gewesen ist. Anfangs hat er sich noch eingeredet, es wäre harmlose, reine Neugier. Doch schon damals war ihm bewußt, daß vom ersten Satz des ersten Kartenbriefes an nichts unschuldig war. Er hat ihr geschrieben, daß er beim Betrachten ihres Fotos das gleiche Gefühl wie damals empfunden hat, als er sie im Innenhof von The Ridge vor einunddreißig Jahren zum erstenmal gesehen hatte. Was wollte er damit sagen? Gut, er hat es sich versagt, an

Siân Richards irgendwie in sexuellem Zusammenhang zu denken – das darf er nicht trotz der Kindheitserinnerungen, trotz aller Versuchung, denn das hieße, das »Es« außer Kontrolle geraten zu lassen. Und doch weiß er, daß seine Gedanken zwar keusch, aber keineswegs unschuldig sind. Denn er hat seiner Frau nichts erzählt, er hat Siâns Foto vor ihr mit dem Ellbogen verdeckt. Damit hat er »Es« erst ins Leben gerufen.

Er erinnert sich, wie er an jenem regnerischen Sonntagnachmittag im Wagen am Strand gesessen und seinen ersten Brief formuliert und wieder und wieder abgeändert hat, um den richtigen Ton zu finden, die richtige Saite anzuschlagen – irgendwo in der Mitte zwischen Offenbarung und Zurückhaltung. Und wie er dann tagelang gewartet hat, in der Überzeugung, daß der Brief irgendwo im Postzimmer ihres Verlegers verlorengegangen ist und gar nicht an sie weitergeleitet wurde.

Aber dann hat sie ihm geantwortet. Er erinnert sich noch immer, wie sehr ihn der zartblaue Brief überrascht hat. Wie seine Hand zitterte, als er den Umschlag mit der ihm unbekannten Handschrift aus dem Postfach zog. Wie er dann draußen im Wagen saß, den Brief öffnete und las, nicht einmal, sondern viele Male, bis er sich so weit beruhigt hat, daß er den Cadillac anlassen und vom Postamt abfahren konnte. Ihre Handschrift war klein, eng, mit sonderbar eckigen Großbuchstaben, und manchmal mußte er ein Wort mehrmals lesen, bis er es entziffert hatte. Aber sie hat geschrieben, sie habe sich über seinen Brief gefreut und glaube sich zu erinnern, daß man ihn Cal gerufen habe. Und am Schluß des Briefes hat sie ihn quasi aufgefordert, ihr wieder zu schreiben, indem sie ihm mitteilte: Da er wisse, wie sie aussehe und was sie beruflich tue, müsse er ihr doch eigentlich auch sagen, wie er jetzt aussehe und was er für einen Beruf ausübe.

Er hat ihren Brief am 25. September erhalten und am

folgenden Tag beantwortet. Und danach mußte er, wie ihm schien, unerträglich lange auf ihren folgenden Brief warten. Jeden Tag fuhr er zum Postamt und hielt nach der engen, gedrängten Handschrift Ausschau. Er dachte daran, was er ihr geschrieben hat, und war überzeugt, daß irgend etwas darin sie abgestoßen hätte. Vielleicht ist er zu geradeaus, zu kühn gewesen, hat zu weitgehende Andeutungen gemacht. Einmal sagte er zu Harriet, er hätte geschäftlich in Boston zu tun. Dann stieg er in den Cadillac und fuhr durch Connecticut und den Staat New York nach Pennsylvanien bis zu der Stadt, die als Adresse in Siâns Brief angegeben war.

Nicht daß er die Absicht hatte, sie unangemeldet zu besuchen. Er wollte nur sehen, wo sie wohnt, als erhoffte er dadurch Aufschlüsse darüber, was aus ihr für ein Mensch geworden war. Schon während der Fahrt war ihm bewußt, daß er sich wie ein Teenager aufführte und nicht wie ein erwachsener Mann mit einer Frau und drei Kindern. Doch er konnte sich nicht dazu überwinden, die Reise abzubrechen. (Jetzt unter der Dusche glaubt er, dies sei vielleicht der eigentliche Sinn der Reise gewesen: Er wollte etwas nachholen, was ihm als Teenager nicht möglich gewesen war – die Radtour durch drei Staaten.)

Die Fahrt durch Connecticut und New York war höchst angenehm verlaufen. Er hörte eine Roy-Orbison-Kassette und danach ein anderes Band, das er sich im September gekauft hat, als er nach einem Song suchte, der ihm am Strand wieder eingefallen ist. Ein Band aus den goldenen Zeiten der Oldies, die er schon als »ihre« Ära ansah. Zudem war es ein schöner Tag. Frisch und mit goldenem Laub auf den Bäumen, schönster Herbst.

Aber nichts hat ihn auf den Anblick ihrer Stadt vorbereitet. Nach der Karte überquerte er die Grenze und fuhr dann den Berg hinauf. Von oben überschaute er die Stadt. Sie sah aus, als wäre sie in eine riesige schwarze Wüste gesetzt. Aus ihren Gedichten wußte er, daß das, was er da vor sich sah, die »schwarze Erde« sein mußte, von der sie geschrieben hatte. Wären ihm diese Gedichte nicht bekannt, hätte er sich in eine surrealistische Gegend verschlagen gefühlt und geglaubt, das Land westlich des kleinen Bergs wäre mit Teer versiegelt und ein Flugplatz. Vorsichtig fuhr er die kurvenreiche Straße hinunter und danach geradeaus in die Stadt. Die fröhliche Stimmung, die ihn auf der Fahrt begleitet hat, verschwand. Das Licht über der schwarzen Erde war unirdisch bleich, und obwohl die Sonne schien, wirkten die Häuser verwaschen oder schmutzig. Er sagte sich, es sei eben der schwarze Ackerboden, der diese Wirkung hervorrief. Der saugte das Licht auf und verschluckte es schließlich.

In der Mitte der kleinen Ortschaft erhob sich eine düstere katholische Kirche mit einem Parkplatz daneben und dem Friedhof dahinter. Gegenüber der Kirche eine Reihe von Ladenschaufenstern – ein Videogeschäft, eine wenig einladende Kneipe mit verblichenen blauen Gardinen vor den Fenstern, eine Immobilienagentur und ein Restaurant, der Gasthof Zwiebel. Dort bestellte er ein Sandwich und fragte die Kellnerin, ob sie ihm den Weg zu der Straße, die er suchte, beschreiben könne. Während er das Sandwich an der Theke des Restaurants verzehrte, fragte er sich, ob er Siân Richard erkennen würde, wenn sie jetzt hereinkäme, und ob sie wissen würde, wer er war, wenn sich ihre Blicke träfen. Seit Tagen dachte er an ihr Wiedersehen nach einunddreißig Jahren und malte sich die verschiedensten Möglichkeiten aus, wie es verlaufen würde. Manchmal stellte er sich vor, daß er, noch bevor er das erste Wort an sie richtete, sie gleich küssen würde.

Aufmerksam schaute er sich alle Frauen im Restaurant an – die an den Tischen und die, die gerade hereinkamen

– aber keine von ihnen ähnelte Siân auch nur im entferntesten. Was würde er tun, wenn sie ihm heute nachmittag begegnete? Er wußte es nicht. Wenn sie ahnte, daß er mehr als vier Stunden mit dem Auto gefahren war, nur um die Stadt zu sehen, in der sie wohnte, hätte sie ihn wohl für geisteskrank gehalten. Und mit großer Wahrscheinlichkeit hätte sie das abgeschreckt. Und doch mußte er an sich halten, um die Kellnerin nicht zu fragen, ob ihr der Name bekannt war.

Danach folgte er den Angaben der Kellnerin zu der Adresse, die er ihr genannt hatte. Die Straße war nicht schwer zu finden. Es führten überhaupt nur drei Straßen aus dem Ort heraus – eine nach Norden zu den Zwiebelfeldern, eine nach Süden und eine, die die dunkle Wüste in der Mitte zu durchschneiden schien. Ihre war die nach Norden, an der die Farmen aufgereiht lagen wie an einer Küste. Zweimal fuhr er an dem Haus vorbei, bis er merkte, daß es das gesuchte war. Ein Pfosten der Veranda verdeckte die Hausnummer. Es war ein graues Haus mit schwarzen Fensterläden und dem für Farmen typischen Fußweg drumherum. Auf dem Rasen vor dem Haus stand eine alte Ulme, deren Blätter sich zu dieser Jahreszeit gerade feurig verfärbten.

Nachdem er wußte, daß es ihr Haus war, fuhr er noch drei-, viermal daran vorbei und sah, daß an allen Fenstern weiße Gardinen hingen, daß der rote Schuppen auf der Rückseite dazugehörte und daß an einer Seite ein Blumengarten angelegt war. An der anderen Seite stand ein wuchtiger gelber Traktor in der Einfahrt. Jedesmal nahm er das Gas weg, wenn er vorbeifuhr, und hielt den Atem an. Er wünschte sich, eine Frau zu sehen, und wünschte es sich auch wieder nicht. Aber nichts rührte sich – kein Schatten war hinter den Fenstern, kein Kind spielte im Garten, kein Mann ging zum Schuppen. Er hätte zu gern gewußt, wo sie war und was genau sie jetzt tat.

Später fuhr er auch die übrigen Straßen entlang, die aus dem Ort führten, und sah alles, was es von der Stadt zu sehen gab – hauptsächlich andere Farmhäuser, die meisten davon in sonderbar lebhaften Farben angestrichen, die ihnen jeden Charme nahmen, den sie ursprünglich gehabt haben mochten. Dann fuhr er über einen anderen kleinen Berg, um zur Universität zu gelangen. Dabei dachte er: Dieses düstere Tal wirkt deprimierend (aber war es überhaupt düster, oder war es nur die Angst, von der schwarzen Erde verschluckt zu werden, die es so düster erscheinen ließ?), und dennoch stimmte es ihn andererseits optimistisch.

Denn wenn er entdeckt hätte, daß Siân Richards in einem hübschen Ort wohnte, an einer sonnendurchfluteten Straße, mit einem Volvo-Kombi in der Einfahrt und einem zehngängigen Motobecane auf der Veranda (oder noch schlimmer in einer eindrucksvollen Wohnfestung auf der Eastside von Manhattan mit einem Portier vor der Tür und einem Porsche in der Garage), hätte es ihm dann nicht allen Mut genommen, weiter auf das so oft erträumte Wiedersehen zu drängen? Und doch mußte er ebenso die Möglichkeit einkalkulieren, daß Siân Richards auf ihrer Farm und in ihrer Ehe vollkommen glücklich war. Daß die Untertöne der Verzweiflung in ihren Gedichten – die Untertöne eines beengten Lebens – nicht von ihren eigenen Lebensumständen herrührten, sondern eine Metapher für größere Dinge waren, die er besser erfassen würde, wenn er mehr von Lyrik verstünde.

Die Universität war nach Studentenzahl klein, hatte aber eine große Landwirtschaftsschule angeschlossen. Charles mußte über brachliegende Felder fahren, um sie zu erreichen. Offenbar waren heute Vorlesungen. Ob Siân da drin war und auch gerade eine hielt? In der Einfahrt ihres Hauses hatte er keinen Wagen gesehen. Unter kahlen Bäumen schritt er zwischen Gebäuden aus roten Ziegelsteinen eine Anzahl von Fußwegen entlang, bis er den größten Teil des Geländes im Zickzack abgewandert war. Mädchen in dicken Pullovern und Jungen in leuchtenden Parkas schauten ihn groß an, wenn sie an ihm vorbeikamen. Jede Frau musterte er eingehend – gleichzeitig voller Hoffnung und Angst, er würde *ihr* begegnen.

Gelegentlich kamen ihm seine Jahre im Heiligen Kreuz wieder in den Sinn. Es dauerte lange, bis er endlich die Heimfahrt antrat. Viel zu spät, um pünktlich zum Abendessen zu Hause zu sein. Er würde sich unterwegs im Wagen also noch eine neue Ausrede zurechtlegen müssen. Er war sicher, Siân Richards nicht von Angesicht zu Angesicht gesehen zu haben. Immerhin war es ihm leichter gefallen, sie sich dort auf dem Campus vorzustellen als in dem grauen Haus in den Zwiebelfeldern.

In den Folgetagen machte er es sich zur Gewohnheit, täglich drei-, viermal zum Postamt zu fahren und nach einem blauen Briefumschlag in seinem Fach zu suchen. Wochenlang, so schien es ihm, kam nichts. Doch endlich schrieb sie ihm. Er fand ihre Briefe merkwürdig. Es war nicht immer leicht, den wahren Sinn herauszulesen. Manchmal schien sie ihn zu ermutigen. Dann wieder, zuweilen in demselben Schreiben, schien sie sich von ihm zurückzuziehen. Es war wie ein Florettgefecht voller Finten: gelegentlich ein Treffer, dann sofortiger Rückzug. Seine eigenen Briefe konnten dagegen für sie nicht schwer zu deuten sein.

Er war sich bewußt, daß er sie bedrängte, auch auf die Gefahr hin, daß sie sich völlig verschließen würde. Eigentlich war es ein außerordentlich kühner Vorstoß von ihm gewesen, als er von der »schrecklichen Einsamkeit« in ihren Gedichten schrieb. Aber das hatte sie ihm anscheinend nicht übel genommen. Manchmal glaubte er auch einen Sinn für Humor an ihr wahrzunehmen. Zum Beispiel, als sie seine Bemerkung über ihren Mann mit einer Bemerkung über seine Frau erwiderte. Oder als sie schrieb: Vielen Dank, aber ich brauche keine Anstandsdame. Vielleicht verfügte sie über einen trockenen Witz. Hoffte er es? Aber sie konnte ihn auch manchmal nerven. So hatte sie geschrieben, er würde enttäuscht sein, wenn sie sich trafen. Tagelang fragte er sich: Was meint sie mit »enttäuscht«?

Und ausgerechnet zu dem Zeitpunkt, da er drauf und dran war, ihr das Wo und Wann eines Treffens vorzuschlagen, schrieb sie ihm, daß sie nach England reiste. Das war ein Tiefschlag. Er war so durcheinander wie ein Teenager. Als er diesen Brief erhielt, hatte er den Verdacht, daß bei ihm ernsthaft etwas nicht stimmte. Es (wieder dieses nebelhafte »Es«, das sie geschaffen hatten – das *er* geschaffen hatte – nur mit Worten), war vielleicht nichts als ein Phantasiegebilde, ein Erzeugnis seiner Einbildung.

Wie konnte ihm eine Frau fehlen, die er nie gesehen hatte? Als Kind, als Mädchen hatte er sie gekannt, aber bei klarem Verstand konnte er nicht behaupten, daß er die Frau kannte. Und doch hat er eine lebhafte Erinnerung an den Abend, als er ihren Brief erhielt. Wie er da in den Garten hinter dem Haus gegangen und in den Nachthimmel mit all seinen Sternen geblickt und sich vorgestellt hatte, wie ein Düsenclipper sie nach England entführte. Und am nächsten Tag schrieb er ihr, daß sie ihm fehlen würde. Das war doch blanker Wahnsinn!

Aber dann kam der Brief mit dem Foto, das sie gefunden und ihm vor ihrer Abreise geschickt hatte. Das Foto hatte ihn gerührt. Es war eine Sache, sie sich als Kind vorzustellen, in einer Zeit, in der er selbst noch ein Kind gewesen war. Aber es war wirklich etwas ganz anderes, sich mit ihr auf einem Foto zu sehen, den Arm um sie gelegt, sie mit niedergeschlagenen Augen und beide deutlich im Bann heißer Gefühle. Doch noch stärker rührte ihn, was sie ihm zu dem Foto schrieb. Allein die Tatsache, daß sie es erst hatte suchen müssen! Ja, das konnte nur bedeuten, daß sie wirklich einmal zusammen gewesen waren und daß sie trotz allem genauso war, wie er sie sich vorstellte. Aber bedeutete es nicht auch, daß sie einen sichtbaren Beweis dafür gebraucht hatte?

Neuerlich ermutigt, schrieb er ihr seinen längsten Brief. Den, in dem er ihr sagte, daß es damals bei ihm Liebe auf den ersten Blick gewesen sei und daß ihm wohl etwas Ähnliches zugestoßen sei, als er drei Jahrzehnte später ihr Foto gesehen hatte. Daß er nach einer »unvollendeten Beziehung« suche. Daß er ihre Hand halten wolle. Und sie schrieb ihm, sie wolle, daß er damit aufhöre. Da blieb ihm keine andere Wahl. Jetzt durfte er ihre Bitte nicht beachten, sondern mußte blindlings weitermachen. Schließlich war er ein gewiefter Verkäufer. Er mußte doch in der Lage sein, sie zu einem Wiedersehen zu bewegen!

Und doch weiß er selbst heute noch nicht, ob sie kommen wird. Es war riskant, einfach willkürlich Tag und Zeit festzusetzen. Wenn sie nun gerade eine Vorlesung halten mußte? Wenn sie eine Besprechung mit ihrem Verleger in der Stadt vereinbart hat? Nun, es war ihm nichts anderes übriggeblieben. Er mußte den Versuch unternehmen, sie zu treffen, das »Es« reifen zu lassen. Heute kann er sich nicht auf seine Arbeit konzentrieren. Seit Wochen fiel es ihm schwer, sich um sein Geschäft zu kümmern. Er kann nicht einfach vergessen, daß das Treffen mit dieser Frau für ihn wichtiger als alles andere ist. Und er hofft (oder fürchtet er es?), daß dieses Treffen ihn irgendwie erleichtern wird – daß Siân Richards in Fleisch und Blut die Phantasiegebilde verscheuchen wird, die er sich geschaffen hat.

Er steigt aus der Dusche, begleitet von der Melodie und dem Text. Leise singt er das Lied zu Ende. Es läßt ihn nicht mehr los, er hört es ständig, manchmal als wiederkehrende Melodie, manchmal als einen Code, den er nicht vollständig knacken kann. Seit September hat er es hundertemal im Geist gesungen. Nach jenem Nachmittag am Strand, als er es zum erstenmal wie ein Echo aus der Kinderzeit angeweht hat, hatte er danach gesucht und es schließlich auf einer alten Langspielplatte in einem Schallplattenantiquariat gefunden. Die ihm bekannte Version stammt von Dion & The Belmonts (eigentlich hätte er das noch wissen müssen), aber er weiß jetzt, daß es noch andere Versionen geben muß, und einige hat er tatsächlich ausgegraben.

Es ist ein alter Song von Rodgers und Hart aus dem Jahre 1937. Er erinnert sich, ihn als Junge unendlich oft abgespielt zu haben (diesen Song und den auf der Rückseite, »That's My Desire«). Das war in der Epoche, als er Siân Richards gekannt hat – das Lied, das im Sommer 1960, als sie sich im Ferienlager kennenlernten, zu den größten Hits gehört hat. Jetzt ist er trotzdem sehr erstaunt darüber, wie er als Junge den Text deuten, wie er ihn überhaupt verstehen konnte, mal abgesehen davon, daß ihn einfach das Sehnsuchtsgefühl darin ansprach. Eigentlich muß man dazu erst einmal das Geheimnis von Verlust und Wiederfinden selbst erlebt haben. – und das sind Emotionen, die ihm mit vierzehn noch nicht vertraut gewesen sein konnten.

Über sein leises Singen hört er, daß sich im Haus schon etwas regt. Harriet ist sicher aufgestanden und frühstückt mit den Kindern. Nicht zum erstenmal in den vergangenen Wochen wundert er sich darüber, daß seine Frau nicht bemerkt hat, wie er abdriftet. Seit Tagen hat er schlecht geschlafen und wenig gegessen.

Er wischt den beschlagenen Spiegel ab und betrachtet sich. Er sieht beschissen aus. Seine Augen sind von mangelndem Schlaf rot unterlaufen, die Haut ist zerknittert. Zum erstenmal im Leben hat er Tränensäcke. Sein Haar ist schütter geworden und erheblich mehr grau als braun. Er denkt an den hochaufgeschossenen Jungen mit dem Bürstenhaarschnitt, an diesen vielversprechenden Jungen. Meine Güte, hätte ihm das nicht alles zustoßen können, als er fünfunddreißig war, einen vollen Haarwuchs hatte und keinen Bauch? Er mustert sich eingehend und entdeckt einen entstehenden Pickel an der Schläfe. Das hat ihm gerade noch gefehlt! Sorgfältig rasiert er sich und klebt ein schmales Heftpflaster auf den entstehenden Pickel. Die Zähne putzt er sich gleich zweimal. Er hat vorgehabt, den grauen Anzug anzuziehen. Jetzt fragt er sich: wirkt er darin nicht zu konservativ? Nein, es bleibt beim grauen Anzug, dazu ein weißes Hemd und eine dunkle Krawatte. Nur nichts Ausgefallenes!

Als er in die Küche kommt, steht Harriet an der Anrichte und macht die Sandwiches für die Schule. Hadley kaut nachdenklich an einem Rosinenbrötchen. Vor ihr liegt ein aufgeschlagenes Schulbuch. Sie ist die einzige seiner drei Kinder, die ihm ähnlich sieht – große braune Augen, etwas abstehende Ohren, regelmäßige, wenn auch nicht ganz gerade Zähne und hellbraune Haare, wie er sie früher hatte. Wieder zerrt das Schuldgefühl an ihm, der Seetang. Er gießt sich eine Tasse Kaffee ein, setzt sich Hadley gegenüber und fragt, was sie da liest. Sie schaut auf und antwortet: Erdkunde, wir schreiben eine Arbeit.

Hadley und er sind Frühaufsteher. Schon als kleines Kind hat sie sich selbst angezogen und war immer lange vor den anderen wach. Er glaubt, daß sie von allen drei Kindern am meisten Verantwortungsgefühl besitzt. Es kann natürlich auch an ihrem Alter liegen. Dennoch kann er nicht sagen, daß er sie mehr liebt als die beiden anderen. Er konnte seine Liebe nie aufteilen und für ein Kind mehr als das andere empfinden. Seine Liebe für sie ist ungeteilt, und so stellt er sie sich auch vor – als einen großen schützenden Wärmefluß, der alle umfaßt und einbezieht.

Harriet, die an der Anrichte steht, fragt ihn, was er heute vorhat. Diese Frage stellt sie ihm fast an jedem Morgen. Danach kann sie sich ihren eigenen Tag besser einteilen. Er sagt ihr, was er eingeübt hat, er müßte nach Boston, zwei Klienten und ein spätes Mittagessen. Es kommt ihm vor, als ob seine Stimme dabei schwächer würde. Die Sätze klingen nicht nur einstudiert, sondern deutlich unwahr. Schon erwartet er bei ihr ein Anzeichen, daß sie die Lüge durchschaut – eine Kopfbewegung, ein Schulterzukken. Doch statt dessen bereitet sie geschickt drei Sandwiches zu und verpackt sie in Plastiktüten. Er merkt, wie ihm das Blut in den Kopf steigt, und als er sich Hadley zuwendet, sieht er, daß sie ihn anstarrt. Er lächelt sie an und trinkt einen Schluck Kaffee.

»Ich geh' dann los«, sagt er, »muß nur noch ein paar Papiere holen.«

Damit schiebt er den Stuhl unter den Tisch, beugt sich hinunter und küßt seine Tochter. Harriet dreht sich nicht um. Seit einigen Jahren gibt er seiner Frau beim Weggehen keinen Kuß mehr. Er hat vergessen, in welchem Jahr er diese Gewohnheit aufgegeben hat, kann sich aber noch an den Vormittag erinnern, an dem er beschloß, das Ritual in Zukunft sein zu lassen. Damals war er in die Küche gekommen und stand an der Tür, als er merkte, daß er es nicht über sich bringen würde, die sieben, acht Schritte zu seiner Frau am Spülbecken zu gehen. Es war ihm unmöglich, ihr den üblichen flüchtigen Kuß auf den leicht geschürzten Mund zu geben, ohne Körperberührung wie zwei Vögel oder wie ein Vogel seinem noch nicht flüggen Sprößling, der sich den Hals nach ihm ausrenkt.

Er hat damals genau aufgepaßt, ob sie ein Zeichen der Beunruhigung von sich gab. Dann hätte er notfalls die Gewohnheit wieder aufgenommen. Aber sonderbarerweise schien sie die Unterlassung ebensowenig zu bemerken wie die Tatsache, daß sie außerhalb des Schlafzimmers keinen körperlichen Kontakt mehr hatten. Manchmal fragt er sich schuldbewußt, ob sie durch den Verzicht auf demonstrative Zärtlichkeiten ihren Kindern ein schlechtes Beispiel gaben. Doch das erscheint ihm als eine läßliche elterliche Sünde, und jetzt fehlt es ihm auch an dem Willen, sie wiedergutzumachen.

Er verläßt die Küche und geht in sein Büro, das ehemalige Vorderzimmer. Jetzt ist es zu einem Zimmer geworden, das vor Papieren, ungeöffneten Kisten und elektronischem Gerät überquillt. Es ist zu klein, um alles aufzunehmen, was er in seinem früheren Bürohaus untergebracht hatte, das jetzt unwiderruflich verloren ist. Er rafft aufs Geratewohl einen Stoß von Papieren zusammen, steckt ihn in die Aktentasche, klemmt sie unter den Arm und geht noch einmal durch die Küche. Vom Garderobenständer in der Ecke nimmt er den Wintermantel, sieht, daß Harriet sich nach ihm umdreht, und winkt ihr flüchtig zu. Schönen Tag noch, sagt sie lächelnd, und er erwidert: Gleichfalls. Seine Tochter sieht er nicht mehr an.

Draußen ist ein grauer, unangenehmer Tag. Nicht ungewöhnlich für die erste Dezemberwoche, aber für Charles eine Enttäuschung. Er hatte sich Sonnenschein gewünscht. Das wäre ein gutes Omen gewesen. Er hat sich seine Route zurechtgelegt – erst auf der 95 nach Westen, dann auf der 7 nach Norden. Er würde knapp drei Stunden brauchen und etwa um zehn dort sein, aber das ist okay. Er fühlt das Bedürfnis, sich umzusehen, umherzuwandern und sich auf die Begegnung einzustellen, bevor sie kommt.

Er legt eine Kassette, *die* Kassette, in den Recorder. Er hat ein Duplikat von dem hergestellt, das er Siân geschickt hat. In seinem Büro liegen Dutzende von Kassetten, die ihm nicht gut genug erschienen waren, weil manche Stellen schlecht . zu hören sind, unerwünschte

Störungen aufgetreten sind oder weil er andere Lieder aufgenommen hat, die er später wieder verworfen hat. Zuerst hat ihn das Unternehmen nur gereizt, später wurde es zu einer Besessenheit. Jeden Abend hat er sich mit Plattenspieler und Recorder zurückgezogen, Langspielplatten und fünfundvierziger Singles aus Geschäften mit alten Aufnahmen aufgelegt, und seine eigenen alten Alben angehört. Manche Stunden hat er in stillen Kneipen verbracht und mit seinem Sony alte Melodien aus der Musicbox aufgenommen. Erstaunlicherweise hat ihn Harriet nicht ein einziges Mal gefragt, was er jeden Abend in seinem Büro trieb. Was mag sie sich wohl dabei gedacht haben, wenn sie Abend für Abend Musik aus seinem Arbeitszimmer kommen hörte? Sie hat nur ein-, zweimal erwähnt, daß ihr sein »Streßzustand« Sorgen mache.

Dann hat er schließlich das fertiggestellte Band, den Recorder und die Kopfhörer abgeschickt. Das war seine verwegenste Tat. Er bereute sie auch schon in dem Moment, als er sah, wie Harry Noonan hinter dem Postschalter das Paket in den Sack für Eilsachen warf. Und er hat auch erwartet, daß ihm das Paket umgehend ungeöffnet zurückgeschickt werden würde. Ihm graute vor seiner täglichen Fahrt zum Postamt. Jedesmal konnte er ja den kleinen, rosa Zettel vorfinden, der besagte, daß ein Paket für ihn angekommen sei. Bestimmt würde auch das beigelegte Foto, auf dem er einen Fisch in der Hand hielt, nachteilige Wirkungen haben. Es war ein scheußliches Foto, aber es war das einzige, das er finden konnte, auf dem er allein zu sehen war – ohne Kinder oder Harriet.

Er lauscht dem ersten Lied auf dem Band, Dions »A Teenager in Love«. In seinen Briefen hat er sich durchweg um einen fröhlichen Ton bemüht, und in diesem Sinne hat er auch die Kassette abgeschickt. Dabei ist ihm genau bewußt – und sicherlich ist ihr das auch nur allzu klar –, daß sein ganzes Leben von ihrer Reaktion abhängt. Ja, wirklich, er hat die Gefühle eines Schuljungen, eines Teenagers gespürt. Auch die unschuldige Sehnsucht eines Teenagers.

Übrigens hat er das sichere, wenn ihm auch kaum verständliche Gefühl, daß sie ihm die ganzen Jahre über irgendwie nahe gewesen ist, wie eine unterirdische Strömung oder ein gedämpfter Rhythmus. Warum wäre er wohl sonst immer auf Frauen geflogen, die Siân ähnlich sahen – groß, mit kleinen Brüsten, mehr oder weniger blond? Wobei es ihm ein ewiges Rätsel geblieben war, warum er eine Frau geheiratet hat, die diesem Bild so gar nicht entsprach. Ganz klar, Siân war die erste, die Vorläuferin. Auch ihr Name, dieser seltene, walisische Vorname war in all den Jahren immer wieder in seinem Bewußtsein aufgetaucht, oft gerade dann, wenn er es am wenigsten erwartete.

Im College hat er ein Jahr lang mit einem Jungen zusammengewohnt, der Shane hieß. Häufig hat er ihn aus Versehen Sean genannt, was anders geschrieben, aber genauso ausgesprochen wird wie Siân. Ihm fällt noch ein, daß er vor sieben, acht Jahren eine Klientin hatte, eine gewisse Susan Wain, und daß er ihr zweimal einen Brief mit der Anrede »Liebe Sian«, ohne den Akzent über dem a, geschickt hat. Unbewußt muß er dabei einige Buchstaben ihres Familiennamens auf den Vornamen übertragen haben, auch das unter dem Einfluß der Vorläuferin. Er selbst hat den Irrtum gar nicht bemerkt. Erst die Klientin mußte ihn darauf aufmerksam machen.

Ebenso hat er sich in den ganzen Jahren zu allem Walisischen hingezogen gefühlt, als versuchte er im Unterbewußtsein ein verlorenes Kindheitserlebnis wiederzufinden – eine Melodie, ein eigenartig gestaltetes Zimmer, die Art, wie das Licht durch ein bestimmtes Fenster eingefallen ist. Er erinnert sich, vor gar nicht langer Zeit Dylan Thomas und Chatwicks *On the Black Hill* gelesen zu haben – ja und noch ein weiteres Buch, Jan Morris' *The Matter of Wales*. Danach hat er beschlossen, wenn er je nach Europa käme, würde er zuerst nach Wales fahren und dann immer weiter in den Süden bis nach Portugal. Wenn er allerdings zum Strand fuhr und Ausschau hielt, hat er sich nie vorgestellt, nach Wales hinüberzusehen – vermutlich, weil es zu weit im Norden liegt.

Er glaubt, sich recht zu entsinnen, muß sie aber noch einmal danach fragen, daß sie einen walisischen Vater und eine irische Mutter hatte, beide Einwanderer der ersten Generation nach dem Zweiten Weltkrieg. Sie hat zwar in ihrer Stimme nicht diesen leicht trällernden Ton, den ihr Vater an sich gehabt hat. An den Akzent ihres Vaters erinnert er sich noch genau von dem Telefongespräch her, das er mit ihm geführt hat, als er aus dem College heimkam. Die seltsam gefärbten Vokale, das Ansteigen und plötzliche Absinken der Stimme im Satzrhythmus. Aber wenn man sie ansah, wurde es ganz deutlich – besonders an jenem ersten Tag im Sommerlager und neuerdings in dem Zeitungsfoto – daß sie keltischer Herkunft ist. Möglicherweise liegt es an dem vollen Schwung des Mundes, an der hohen Stirn oder vielleicht an den Augen mit den hellen Brauen.

Jetzt hört er den zweiten Song »Angel Baby«, Rosie & The Originals. Er mag Rosies näselnden Ton. Haben sie überhaupt noch einen anderen Hit gehabt? Jedenfalls hatte dieser einen fabelhaften, langsamen Beat.

Nachdem Siân und er sich im Sommerlager trennen mußten, haben sie noch monatelang Briefe gewechselt. Ob sie wohl noch ein paar von den alten Briefen besitzt? Ihre Briefe an ihn, das weiß er, sind verlorengegangen, als der Keller in seinem Elternhaus überschwemmt und alles, was darin war, für immer vernichtet worden ist. Warum der Briefwechsel dann eingestellt worden ist, weiß er nicht mehr. Vielleicht erschien er ihnen im Verlauf der Monate immer hoffnungsloser.

Er erinnert sich aber, endlos Pläne geschmiedet zu haben, wie er sie wiedersehen könnte. Jetzt erscheinen ihm diese Pläne eines Heranwachsenden ebenso komisch wie traurig. Wie sollte es ein vierzehnjähriger Junge anstellen, durch drei Staaten zu einem Treffen mit seiner Freundin zu gelangen? In diesem Alter war er ein Gefangener seiner Eltern. Natürlich hat er kein Auto besessen. Ja, er kannte auch niemanden, der ein Auto hatte, ausgenommen Leute, die schon so alt wie seine Eltern waren. Kein Mensch hätte ihn von Bristol in Rhode Island nach Springfield in Massachusetts gebracht.

Er stellt den Ton lauter – das ist sein Lieblingslied: »That's My Desire«. Und jedesmal wartet er auf den Falsettogesang am Schluß. Manchmal versucht er ihn nachzuahmen. So deutlich, als wäre es erst gestern gewesen, erinnert er sich an die Qual der letzten, unwiderruflichen Trennung und an das Vorgefühl dieser Trennung. Wenn diese eine gemeinsame Woche im Sommerlager einem ganzen Leben (im versicherungstechnischen Sinne) entspräche, dann müssen die letzten anderthalb Tage im Auskosten jeder einzelnen Minute so lang wie Jahre gewesen sein.

An jenem letzten Morgen ist er mit einem merkwürdigen Gefühl im Bauch aufgewacht, einem Gemisch aus Furcht, Schuldbewußtsein und starker sexueller Erregung. Merkwürdig, wie deutlich er sich daran erinnert, viel deutlicher als an spätere Ereignisse im College, im Priesterseminar oder in den ersten Ehejahren. Er hatte einen Betreuer, der im Schlafsaal der Jungen LPs abzuspielen pflegte. Abends Johnny Mathis, um die überhitzte Psyche der halbwüchsigen Jungen zu dämpfen. Morgens zum Wecken The Silhouettes und The Shirelles.

An diesem Morgen war »Get a Job« dran. Charles war

nach einer unruhigen Nacht aufgewacht, einer Nacht mit Plänen, wilden Träumen, die ein Kriegsgefangener hätte haben können, der einen Ausbruchsversuch plant – Siâns und seine Flucht. Er stellte sich vor, daß sie sich im Wald verstecken, bis alle Eltern abgefahren waren, und dann einen Bus besteigen würden. Er hat keinerlei Vorstellung, wohin sie fahren sollten – so weit reichte seine Phantasie nicht. Und an diesem Punkt packte ihn die Angst: Wo konnten sie hin? Wie sollten sie zu Geld kommen? Wie lange konnten sie sich vor ihren Eltern oder der Polizei verstecken? Wenn er jetzt an diesen Jungen und seine hektischen, verzweifelten Vorstellungen denkt, muß er lächeln.

An diesem Morgen traf er sie im Eßsaal. Sie hatten die ganze Woche über an einem Tisch gesessen. Sie saß neben ihm, das Armband am Handgelenk. Sie sagte kein Wort. Er erinnert sich, daß sie Bermuda-Shorts und eine ärmellose weiße Bluse angehabt hat. Sie konnten beide nichts essen. Sie schob das Rührei auf dem Teller hin und her. Er war nicht einmal dazu fähig. Er saß nur da mit der Gabel in der Hand. Konnte in Gegenwart der anderen nicht mit ihr sprechen. War unfähig zu irgendeiner Bewegung. Gern hätte er das Armband an ihrem Handgelenk angefaßt oder die Härchen an ihrem Arm berührt. Rechts von ihm saß der Betreuer – wie hieß er doch gleich? – ein großer Kerl mit Bürstenhaarschnitt und einem kurzärmligen Sporthemd, das seine Armmuskeln sehen ließ. Er entsinnt sich, daß sie damals weiße Hemden tragen mußten. Und er weiß auch noch, daß der Betreuer an diesem Morgen ungewöhnlich zufrieden ausgesehen hatte, so daß Charles – damals Cal – dauernden Haß gegen ihn hegte.

Er faßt im Auto gerade nach der Gangschaltung, als ihm urplötzlich klar wird, daß der Betreuer wahrscheinlich auch noch ein Jugendlicher gewesen ist, ein College-

Junge. Jedenfalls jemand, den er heute als Kind ansehen würde und der jetzt mindestens Anfang Fünfzig sein muß.

Auf dem Tisch lag ein blaues Tuch. Vor jedem stand schweres weißes Geschirr. Vor dem Essen wurde gebetet und hinterher wieder. Siân hatte ihren Stuhl zurückgeschoben. Charles war in seiner Verwirrung wie gelähmt. Er konnte an nichts anderes denken als daran, daß dies ihre letzte gemeinsame Mahlzeit war. Nur noch kurze Zeit, dann würden sie nie wieder etwas gemeinsam tun. Bevor sie voneinander Abschied nahmen, mußte er mit ihr zusammen sein. Ganz allein mit ihr.

Er stand auf und fragte sie, ob sie schon gepackt habe. Sie bejahte und schaute dabei auf ihre Füße. Sie trug Turnschuhe, erinnert er sich, ohne Socken. Trotz ihrer Größe hatte sie kleine Füße. Weiße Turnschuhe.

Die ganze Woche über war er mit diesem Mädchen so zusammen gewesen wie noch mit keinem anderen Menschen – weder mit seiner Mutter noch seinem Vater oder seinem besten Freund Billy Cohan. Wie konnte er zulassen, daß man dieses Wesen von seiner Seite riß? Und warum fand er in diesem Augenblick keine Worte, um seine Gefühle und Wünsche auszudrücken?

Und dann hatte sie gesprochen – ein Wunder, das sich seinem unerfahrenen Verstand tief eingeprägt hatte. Möchtest du mit mir Badminton spielen? hat sie ihn gefragt. Sie könnten einmal an diesem letzten Tag den Messebesuch schwänzen und Badminton spielen, bevor die Eltern kamen, bevor sie Abschied nehmen mußten. Nur sie beide . . .

Da ist es wieder. »Where or When.« Das Lied. Ihr Lied? Er hat es an vierter Stelle eingesetzt, wie beim Baseball den besten Schläger, der alles wieder rausreißt.

Der Song wird fast ausschließlich a capella gesungen. Er hört ihn sich von Anfang bis Ende an, spult das Band zurück und spielt ihn noch einmal, wie schon so oft. Danach spielt er das ganze Band zweimal durch und schaltet den Recorder ab. Auch das Radio stellt er nicht an. Er könnte sich nicht auf die Nachrichten konzentrieren, und irgendwelche andere Musik will er jetzt nicht mehr hören. Seit Tagen hat er keine Zeitung mehr lesen können und, seit er ihr Foto gesehen hat, keine Fernsehsendung mehr einigermaßen aufmerksam verfolgt. Er weiß, daß er diese Begegnung durchstehen muß, und sei es nur, um danach wieder ein einigermaßen normales Leben zu führen.

Er orientiert sich anhand der Karte und der Wegbeschreibung, die ihm von The Ridge zugesandt wurde. Die Stadt, zu der das Gasthaus gehört, liegt im Nordwesten von Connecticut, nahe der Grenze zum Staat New York. Er findet die Stadt und fährt weiter. Die Wegbeschreibung hält er mit dem Daumen am Lenkrad fest. Die Stadt ist klassisches Neu-England, kürzlich aufpoliert, vermutlich während des Booms der achtziger Jahre. Die breite High Street wird von dreistöckigen Häusern aus dem 18. Jahrhundert gesäumt, alle weiß, alle mit schwarzen Fensterläden, alle ein Stück von der Straße zurückgesetzt, mit gepflegten Rasenflächen vor den Veranden. Gewohnheitsmäßig zählt er die »Zu verkaufen«-Schilder – sieben in fünf Häuserblocks. Der Gasthof liegt am Stadtrand neben einem privaten See. Die Zufahrtsstraße findet er gleich südlich des Stadtparks. Ein kleiner Wegweiser »The Ridge« mit einem Richtungspfeil – erhabene Goldbuchstaben auf dunkelgrünem Grund – zeigt ihm, daß er richtig eingebogen ist. Hoffentlich sieht Siân den Wegweiser auch.

Beim Weiterfahren werden es allmählich weniger Häuser. Der Gasthof scheint mindestens acht Kilometer von der Stadtmitte entfernt zu sein. Es ist immer noch ein feuchter Tag mit bedecktem Himmel, aber nicht mehr so kalt wie heute morgen. Bei der Fahrt durch die Stadt hat er einen Spirituosenladen und ein Lebensmittelgeschäft bemerkt. Wenn er The Ridge gefunden hat, will er eine Flasche Champagner, ein Sechserpack Bier und Eis kaufen. Gestern abend, nachdem Harriet zu Bett gegangen ist, hat er die Kühlbox in den Kofferraum gestellt. Er ist sich nicht ganz sicher, wie das wirken wird, stellt sich aber vage vor, daß er mit Siân auf dem Gelände von The Ridge oder auch in seinem Wagen erst mal ein Glas Champagner trinken wird, bevor sie zum Essen hineingehen. So wäre es ihm am liebsten. Erst einen Begrüßungsdrink mit ihr allein. Besser, als sie in einem förmlichen Speisesaal vor lauter wartenden Kellnern zu begrüßen.

Er erreicht das Ende der Straße und kommt an eine Steinmauer mit einem schmiedeeisernen Tor, das offensteht. Ein weiteres Schild mit Goldbuchstaben auf grünem Grund zeigt ihm, daß er angekommen ist. Er biegt in eine gewundene Auffahrt mit Ziegelsteinpflaster ein. An beiden Seiten stehen in gleichen Abständen kahle Platanen.

Ihm war schon bekannt, daß das Herrenhaus, bevor es in ein Sommerlager und dann in einen Gasthof umgewandelt wurde, in Privatbesitz war. Jetzt fällt ihm ein, daß das nötige Geld in den zwanziger Jahren von einem Schuhmillionär stammte und daß der letzte Besitzer irgendwann Anfang der fünfziger Jahre verstorben ist. Er hat das Anwesen der katholischen Kirche vermacht. Ob der Gasthof auch der Kirche gehört?

Die lange Auffahrt führt nun durch einen dichten Birkenwald und gibt schließlich den Blick auf das Haupthaus frei. Davor liegen einige konventionelle Gartenanlagen. Er nimmt das Gas weg und hält dann an.

Es ist alles unverändert. Normalerweise bleibt nichts so, wie es einmal war, denkt er. Aber hier ist es geschehen. Erstaunlicherweise sieht der Besitz noch genauso aus, wie er ihn in Erinnerung hat. Eine Überraschung!

Er fährt wieder an und lenkt den Wagen auf einen Parkplatz neben dem Gasthof. Mit einiger Mühe steigt er aus. Es sieht aus, als wäre er plötzlich gealtert.

Das Haus ist ein dreieckiges graues Steingebäude mit guten Proportionen und zwei Seitenflügeln. Das Dach besteht aus grünlich-grauen Schieferplatten, und die Fensterläden sind von einem so verwaschenen Blau, daß sie beinahe farblos wirken. Mit erschreckender Klarheit entsinnt er sich, daß sie auch schon zur Zeit des Sommerlagers beinahe farblos gewirkt haben. Sie erinnern ihn jetzt – damals natürlich noch nicht – an französische Landhäuser, wie er sie von Gemälden und Fotos kennt. Die beiden Flügel sind im rechten Winkel angebaut, so daß sie den mit rechteckigen, handbehauenen Steinen gepflasterten Innenhof einrahmen. Frostaufbrüche und der Zahn der Zeit haben manche Steine etwas angehoben. Doch klugerweise hat niemand etwas an der unebenen Oberfläche geändert. In der Mitte des Hofs steht der Springbrunnen – mit Patina überzogene Bronze und eine anmutige bogenförmige Fontäne. Hier hat er als Kind Pennies und gute Wünsche versenkt.

Auf dem Hof und an der Eingangstür sind keine Schilder mehr angebracht. Nichts deutet darauf hin, daß das Sommerlager seiner Erinnerung inzwischen in einen Gasthof umgewandelt wurde.

Er sieht zum Westflügel hinüber. Dort waren die Schlafzimmer der Jungen. Er kann sogar sein Zimmer sehen. Es ist hinter dem vierten Fenster von links im obersten Stockwerk. Er hat es mit drei anderen Jungen geteilt. Aus der Eingangstür tritt ein Kellner im schwarzen Frack, nickt Charles zu und begibt sich über den Hof zu einer Tür am Ende des Ostflügels. Hinter Charles erhebt sich ein Windstoß und treibt die trockenen Blätter in eine Ekke. An einem Fenster im ersten Stock des Ostflügels wird ein Vorhang zurückgezogen.

Charles klappt den Kragen seines marineblauen Mantels hoch und steckt die Hände in die Taschen. Die Sonne bricht kurz durch die Wolken. Ein Lichtstrahl wandert rasch über die Fassade des Hauses und verschwindet wieder.

Das Mädchen kam als erste an. Sie kam mit ihren Eltern und hatte einen blauen Hartschalenkoffer bei sich. Den trug sie mit beiden Händen vor dem Oberkörper. So ging sie vom Wagen auf den Hof. In der Nähe der Eingangstür blieb sie stehen und setzte den Koffer auf den unebenen Steinen ab. Ihre Eltern waren neugierig, wollten sich alles ansehen und ließen sie allein. Sie war nicht darauf erpicht, sich jetzt schon alles anzusehen. Sie wußte ja, daß sie bis zum Abend sowieso mit allem vertraut sein würde. Sie hatte die Hände locker ineinandergelegt und erwartete die Ankunft der anderen Kinder.

Das Mädchen trug ein blaues Kleid, ein dünnes Baumwollkleid, das ihr knapp bis über die Knie reichte. Sie hatte es auf Geheiß ihrer Mutter angezogen. Doch als die anderen auf den Hof kamen, sah sie, daß die Mädchen alle Shorts und ärmellose Blusen anhatten. Ihr Haar trug sie in diesem Sommer lang. Sie hatte es zum Pferdeschwanz gebunden. Dennoch wàr ihr unangenehm warm. Es war Anfang des Sommers zur Mittagszeit, und die Sonne brannte auf den Hof. Der Himmel über ihrem Kopf war tiefblau und wolkenlos. Sie wünschte sich, ihre Eltern würden wieder abfahren, damit sie sich umziehen konnte. Sie dachte auch daran, schwimmen zu gehen. Sie hatte gehört, daß hier ein See war. Auch wenn man vielleicht in dem See nicht schwimmen konnte, würde es am Wasser kühler sein.

Dann traf der Junge ein. Auch er trug seinen Koffer selbst, aber in einer Hand, denn er war groß und stark. Er ging, gefolgt von seinen Eltern, zur Mitte des Hofs. Seine

Mutter hatte die Lippen rot geschminkt und trug eine Sonnenbrille mit weißem Gestell. Ihr Kleid hatte einen weiten weißen Kragen, und sie hatte Mühe, mit den hochhackigen Schuhen über das Pflaster zu gehen. Sein Vater war ein großer Mann mit breiten Schultern unter dem Jackett. Gesicht, Hals und Handgelenke waren sonnengebräunt.

Seine Mutter zündete sich eine Zigarette an, und das Mädchen konnte selbst quer über den Hof den roten Abdruck des Lippenstifts auf der Zigarette sehen. Prüfend musterte die Mutter die anderen auf dem Hof versammelten Familien, wandte sich dann an ihren Mann und machte hinter der weißbehandschuhten Hand eine Bemerkung. Der Junge war in der Mitte des Hofs stehen geblieben. Er hatte ein weißes Hemd an, dessen Ärmel bis zu den Ellbogen aufgekrempelt waren, und trug eine lange schwarze Leinenhose. Dazu schwarze Schuhe. Gute schwarze Schuhe, wie die Jungen sie zur Messe brauchten. Die Hände hatte er in die Hosentaschen gesteckt. An seinem Handgelenk sah das Mädchen das silberne Uhrenarmband glitzern. Es waren etwa zwanzig oder dreißig andere Leute auf dem Hof.

Als er den Kopf in ihre Richtung drehte und sie zum erstenmal sah, wandte sie sich nicht ab. Er hatte sanfte braune Augen und einen Bürstenhaarschnitt und war sonnengebräunt wie sein Vater. Sie selbst hatte, wie sie wußte, eine weiße Haut. Sie konnte noch so viel Sonnenöl benutzen, sie wurde einfach nicht braun. Der Junge sah das Mädchen lange an, und ihr war, als lächle er – ein schüchternes, nervöses, ungeübtes Lächeln. Er sah das Mädchen so lange an, daß es seiner Mutter auffiel. Sie drehte sich um, weil sie nachschauen wollte, wer oder was die Aufmerksamkeit ihres Sohnes erregt hatte. Die Mutter sah das Mädchen an. Es war ein starrer, prüfender Blick. Da wurde das Mädchen rot und wandte schließlich doch den Kopf ab.

Jahre später schaute ich in den Spiegel und dachte: Diesen alternden Körper darf ich ihm nicht zeigen.

Die Sonne Afrikas hatte meine Haut verbrannt und Flecken und Falten hinterlassen. Am Unterleib hatte ich die Narbe eines Kaiserschnitts. Meine Brüste waren klein. Ich hatte immer kleine Brüste gehabt, aber es waren nicht mehr die eines jungen Mädchens. Ich hatte ja zwei Kinder gestillt. Mein Haar wurde an den Seiten schon grau.

Manchmal, wenn ich mit dir zusammen war, hatte ich das Gefühl, mein Körper habe mir einen bösen Streich gespielt.

Auf der Fahrt zu The Ridge hörte ich laut die Kassette, um meine Gedanken zu übertönen. Als ich auf den Parkplatz bog, lief gerade »Crying« – die passende Ankündigung meines Kommens.

Ich sah das Gebäude mit den hellblauen Fensterläden und dachte: Wir waren ja noch Kinder.

Beim Aussteigen bemerkte ich auf der anderen Seite des Parkplatzes einen großen amerikanischen Wagen. Ein Modell, das ich nicht kannte, womöglich noch nie gesehen hatte. Die Wagentür ging auf, und ein Mann stieg aus. Er trug einen marineblauen Mantel über dem Anzug. Sein Haar war leicht ergraut und am Scheitel schon schütter. Sein Kopf wirkte gepflegt. Der Mann kam mir sehr groß vor. Mit einer etwas eckigen Bewegung warf er die Tür zu. Ich mußte an Fotos von T. S. Eliot und von Scott Fitzgerald denken. Und hatte den Eindruck, einen Mann aus einem anderen Jahrzehnt, aus einer anderen Epoche zu sehen.

Der Mann sah mich an, und ich wandte mich ab.

Am See wirbelte der Wind das Wasser auf, so daß es

wie ein fließendes Gewässer aussah, ein breiter Wasserlauf, ein Fluß.

Wir saßen in unseren Mänteln Seite an Seite auf der Holzbank und sahen dem fließenden Wasser zu. Und uns war, daß das, was wir an diesem Tag sahen, die verfließende Zeit war.

Es ist eine Minute nach zwölf, als das kleine schwarze Auto – ein Golf? – die Auffahrt heraufkommt. Der Wagen fährt mit geübtem Schwung auf den Parkplatz und stoppt scharf. Es ist ein Golf, vielleicht fünf Jahre alt. Am Steuer sitzt eine Frau – eine Frau in seinem Alter. Er hat nur einen ganz flüchtigen Eindruck von einem hübschen Profil, einem hübschen Kinn, und sein Herz macht einen Sprung. Aber als er sieht, wie sie mit kurzen, raschen Bewegungen aussteigt, die Tür zuschlägt und abschließt, denkt er: Das ist jemand, der hier arbeitet, vielleicht die Empfangsdame.

Er stößt seine Wagentür auf, schaut zum VW hinüber und steigt auch aus. Aber die Frau wendet sich abrupt ab, und Kopf und Körper verschwimmen vor seinen Augen. Sie trägt einen langen schwarzen Mantel und darunter anscheinend ein Kostüm. Obwohl der Himmel bedeckt ist, hat sie eine Sonnenbrille auf. Er sieht hochhackige schwarze Schuhe und eine Handtasche am Schulterband. Das Haar hat allerdings die richtige Farbe – dunkelblond mit einem rötlichen Schimmer –, und die Frau trägt es im Nacken zusammengesteckt. Möglich ist es durchaus, daß sie es ist, denkt er. Er sieht ihr nach, wie sie ohne Zögern zur Eingangstür des Gasthofs geht. Dann verschwindet sie im Haus.

Die schwere Tür öffnet sich vor einem langen Foyer mit schwarzen und weißen Fliesen im Schachbrettmuster. In der Mitte erhebt sich eine auf Hochglanz polierte Holztreppe. Jetzt erinnert er sich an die Treppe. Auf ihren breiten Stufen hat sich jeden Abend das ganze Lager, die Kinder und die Betreuer, vor dem Schlafengehen versammelt, um das »Treppensingen« abzuhalten.

Er öffnet große, verglaste Fenstertüren, die links und rechts vom Foyer abgehen, und findet dahinter leere Aufenthaltsräume. Dann fällt ihm ein, daß der Speisesaal über der Treppe liegt. Die klappernden Geräusche, die von oben kommen, haben sein Gedächtnis aufgefrischt. Eine Hand am Geländer, steigt er die Treppe hinauf, und in seinem Magen bildet sich ein schwerer Klumpen.

Auf dem Treppenabsatz sind Messing und Holz, ein dicker weißer Wandanstrich, große Freesien- und Lilien-Buketts und ein rosenfarbener Perserteppich zu sehen. Ein magerer kleiner Mann im Frack will ihm den Mantel abnehmen. Charles dreht sich geflissentlich, zieht einen Arm aus dem Ärmel – und sieht sie am Tisch des Oberkellners stehen. Sie betrachtet ihn prüfend, gibt aber kein Zeichen des Erkennens von sich. Sie hat ein schwarzes Kostüm und eine weiße Bluse an, eine Seidenbluse mit weichen Falten an dem tiefen Halsausschnitt. Er kann ihr Schlüsselbein und eine dünne goldene Halskette sehen. Sie hat noch immer die Sonnenbrille auf. Doch dann erkennt er die goldenen Ohrringe, einfache schwere kreisrunde Ringe in den Ohrläppchen.

»Siân?«

Seine Stimme ist heiser, als er den Namen ausspricht, als habe er seit längerer Zeit nichts gesagt. Er räuspert sich.

Sie legt den Kopf zur Seite.

»Charles?«

Sie nimmt die Sonnenbrille ab. Nun kann er sie genauer betrachten. Ihre Augen sind fast marineblau mit kleinen goldenen Flecken, und jetzt erinnert er sich, wie stark der Kontrast dieser dunklen Augen mit ihrer hellen Haut damals auf ihn gewirkt hat. In den Augenwinkeln und darunter nisten Fältchen, aber ihre Stirn ist makellos – eine hohe weiße Stirn ohne eine einzige Falte. Sein Blick bleibt an ihrem Mund haften.

»Ich wollte das Armband anlegen«, sagt sie, »als Erkennungszeichen. Aber ich konnte es nicht finden und war schon spät dran.«

Sie lächelt mit geschlossenen Lippen und neigt fragend oder abwartend den Kopf leicht zur Seite. In den hochhackigen Schuhen ist sie fast so groß wie er. Ohne Schuhe, so schätzt er, ist sie größer als einfünfundsiebzig. Sie hat lange Beine und trägt einen einfachen, gerade geschnittenen Rock, der knapp über die Knie reicht.

Aber ihre Stimme ist ihm fremd. Genauso wie ihr seine fremd sein muß. Wenn es nach den Stimmen geht, sind sie Fremde füreinander. Hat sich seine Stimme wohl sehr verändert seit damals? War er in jenem Sommer eigentlich schon im Stimmbruch? Ihre Stimme ist jedenfalls tiefer, als er erwartet hat. Und sie spricht langsam.

»Das Armband war gar nicht nötig«, sagt er.

Es sieht so aus, als lächle sie wieder, allerdings in Richtung des Oberkellners, der hinter Charles gewartet hat. Charles hat das Gefühl, daß er sich zusammenreißen und die Dinge in die Hand nehmen muß. Er nennt dem Mann seinen Namen und entscheidet sich auf für einen Nichtrauchertisch, sieht sie dann aber fragend an. Raucht sie vielleicht? Sie schüttelt den Kopf. Er muß an seine Mutter denken, die auch im Auto bei geschlossenen Fenstern zu rauchen pflegte. Er wartet, als sie die Sonnenbrille in die Handtasche steckt und eine andere Brille aufsetzt. Eine Brille mit hellen Gläsern und dünnen Drahtbügeln. Er hat nicht gewußt, daß sie Brillenträgerin ist. Hatte sie schon als Kind eine Brille? Mag sein, denkt er, aber falls ja, dann hat sie sie kaum getragen.

Schweratmend folgt er ihr durch den Speisesaal. Manchmal überspringt sein Herz einen Schlag. Andere

Gäste blicken auf, wenn sie an ihnen vorbeigeht. Nun ja, die Leute werden immer aufmerksam, wenn eine großgewachsene Frau durch einen Saal geht. Der Oberkellner führt sie zu einer Polsterbank vor der Wand. Er stellt den Tisch zurecht und fordert sie mit einer Handbewegung zum Platznehmen auf. Charles läßt sich neben ihr nieder und wendet sich ihr zu. Es scheint ihr unangenehm zu sein, daß sie nebeneinander sitzen. Sie schlägt die Beine übereinander. Der Rock rutscht ein Stückchen den Oberschenkel hinauf. Er wirft einen kurzen Blick auf die Spanne zwischen dem Knie und dem Rocksaum. Die Strümpfe sind glatt und dunkel getönt. Er bestellt einen trockenen Wodka-Martini mit Zitronenscheibe und wünscht sich, er könnte sich lockerer geben. Sie bestellt ein Glas Wein.

»Den Recorder«, sagt sie, »zuerst wollte ich ihn gar nicht behalten. Es ist mir nicht recht, daß du mir Sachen schickst. Erst gestern abend habe ich mir die Kassette angehört. Es war . . .«

Sie hält inne, weil ihr das richtige Wort nicht einfallen will.

Er wartet, und als sie den Satz nicht beendet, sagt er: »Von mir aus sollte es etwas Fröhliches sein. Ein Scherz, sozusagen.«

Möglicherweise hat er wirklich etwas Fröhliches darin gesehen, aber nur zum Teil. Seine wahre Absicht ging jedoch viel tiefer. Das weiß er, und er weiß, daß sie es weiß.

»Ich hatte seit Jahren keinen dieser Songs mehr gehört«, sagt sie, »diese Lieder . . .« Sie spielt mit ihrem Goldkettchen und fährt fort: »Es war wie eine Ausgrabung. Ja, so kam es mir vor.« Sie schlägt den Blick nieder, als hätte sie schon zu viel gesagt. »Das ist alles sehr merkwürdig.«

»Da hast du recht.«

»Kannst du dich daran erinnern? Woran erinnerst du dich?«

»Ich erinnere mich an manches«, sagt er, »an manches sehr genau. An anderes aber nur ganz verschwommen.«

Ein Kellner bringt die bestellten Drinks. Charles nimmt sein Glas, läßt die Eiswürfel herumwirbeln und trinkt einen Schluck. Er beobachtet, wie sie ihr Glas an die Lippen setzt, innehält und ihn ansieht. Dann hebt sie das Glas in seine Richtung. »Worauf trinken wir?«

»Auf unser Wiedersehen«, sagt er ohne Zögern.

»Und auf die verfließende Zeit«, fügt sie ebenso schnell hinzu.

Er nickt, und ihre Blicke begegnen sich, als sie beide einen Schluck trinken. Danach sagt er leichtsinnig: »Und auf die nächsten einunddreißig Jahre!«

Das scheint sie zu erschrecken, aber sie antwortet nicht darauf.

Statt dessen sieht sie sich im Saal um und sagt: »Am meisten hat mich überrascht, daß sich hier so gut wie nichts verändert hat. Irgendwie hatte ich erwartet, daß es jetzt ganz anders aussieht.«

Er betrachtet ihr Profil, das er schon flüchtig vom Wagen aus gesehen hat. Schon immer hat es ihn gewundert, wieviel einem ein kurzer Blick auf das Profil über einen Menschen verraten kann – zunächst sein Alter, dann sein Gewicht, manchmal auch seine ethnische Herkunft. Sie hat zwar ein klassisches Profil, denkt er, ist aber keine klassische Schönheit. Wahrscheinlich war sie es nie. Dafür hat sie eine zu hohe Stirn und zu helle Augenbrauen. Aber bestimmt hat er noch nie einen so fesselnden Mund gesehen. Ob es daran liegt, daß er sich an diesen Zug ihres Gesichts nach all den Jahren erinnert, daß er möglicherweise unbewußt alle anderen Frauen daran gemessen hat? Würde er ihren Mund auch so fesselnd finden, wenn er ihr heute zum erstenmal begegnet wäre? Sie hat einen langen weißen Hals. Aus der Nähe erkennt er jetzt kleine Hautverfärbungen an den Handrücken und im Blusenausschnitt. Wie Sommersprossen und doch auch wieder nicht so. Die Nägel sind kurzgeschnitten und nicht lackiert. Wie er trägt sie einen Ehering.

Er folgt ihrem Beispiel und läßt den Blick durch den Speisesaal schweifen. Auf einer Seite sind die Fenstertüren. Er weiß noch aus der Erinnerung, daß sie auf einen sanft abfallenden Rasen führen, über den es zum See geht. Die Fenster mit ihren Spitzbögen lassen nur diffuses Licht in den Saal. Die hohe Decke ist gewölbt und mit Mosaiken geschmückt, die in verblaßten Tönen – blau und pfirsichfarben – Engel darstellen. Jetzt fällt ihm wieder ein, daß hier beim Abendessen viele Witze über die nackten Engel gerissen wurden. Als Kinder aßen sie damals an langen Tischen – zu acht, zu zehnt, zu zwölft an einem Tisch, und immer hörte man das Geräusch von Stühlen, die über den Fußboden gerückt wurden. Jetzt stehen an der Südwand mit schweren Damasttüchern gedeckt kleine Eßtische vor den Sitzbänken, und es gibt Stühle mit rot-weiß gestreiften Seidenpolstern. Auf allen Tischen stehen weiße Blumen in hübschen Vasen.

»Was meinst du, ob das Essen hier gut ist?« fragt sie.

»Auf jeden Fall besser als damals, als wir hier gegessen haben.«

Sie lächelt.

»Eigentlich war es doch ein sehr gutes Sommerlager«, sagt er, »verglichen mit anderen.«

»Ja, das stimmt«, antwortet sie, »allerdings haben wir ja gar keine Vergleichsmöglichkeiten gehabt.«

»Ich glaube«, sagt er, »ich habe damals überhaupt kaum für etwas anderes Augen gehabt als für dich.«

Er nimmt die Hand vom Bankpolster, legt sie auf ihre ihm zugewandte Schulter und merkt, daß sie sich unter der Berührung abwehrend versteift. Auf ihn wirkt die Berührung, die erste Berührung seit damals, wie ein elektrischer Schlag. Obwohl sie natürlich eine Fremde für ihn ist, hat er das Gefühl, sie seit ewigen Zeiten zu kennen.

Er nimmt die Hand wieder von ihrer Schulter.

Vielleicht, denkt er flüchtig, hat sie Hemmungen vor körperlicher Liebe. Gleichzeitig kommt ihm ein anderer, ein unangenehmer Gedanke. Vielleicht mißt sie die verlorene Zeit, die einunddreißig Jahre, an der Summe aller sexuellen Erlebnisse, die sie gehabt hat, an allen ihren Freunden, an allen Nächten mit ihrem Mann. Diese Erkenntnis versetzt ihm einen Schlag. Vorübergehend wird ihm fast ein wenig übel. Als sie wieder etwas sagt, muß er sie deshalb bitten, es zu wiederholen.

»Erzähl mir von deiner Frau«, sagt sie noch einmal. Dabei greift sie nach ihrem Glas, als wolle sie einen Schluck trinken.

Immer noch im Widerstreit der Gefühle, zögert er mit der Antwort. Warum fordert sie ihn dazu auf? Dann begreift er. Das ist die Reaktion auf seine Berührung. Er leert sein Glas und beißt auf die Zitronenschale. »Sie hat kurzgeschnittene dunkle Haare«, sagt er und hält inne. Er weiß nicht weiter. Schließlich sagt er lahm: »Sie ist ein gutes Wesen.«

»Liebst du sie?«

Er schweigt und sucht nach der richtigen Antwort. Lügen darf er nicht. Sie würde es sofort merken, das spürt er. Er läßt die Eiswürfel und die Zitronenschale in dem leeren Glas kreisen. Dann sagt er langsam und bedächtig: »Ich liebe sie mehr als früher.«

Sie setzt das Glas an die Lippen und scheint über eine Antwort nachzudenken. Er sieht sie an, und der Raum zwischen ihnen füllt sich mit Bildern: Sie beide als Kinder. Das Foto, das sie ihm geschickt hat. Das Mädchen, das sie mit siebzehn gewesen sein könnte. Die Frau, die sie mit achtundzwanzig oder mit fünfunddreißig gewesen

sein mag. Sie in den Armen eines anderen Mannes – ihres Ehemannes?

Über ihren Ehemann weiß er so gut wie nichts. Vermutlich hat er viel mehr Haare als Charles, und wahrscheinlich – bei diesem Gedanken zuckt Charles innerlich zusammen – hat er weniger Bauch. Er stellt sich vor, wie sie mit aufgelösten Haaren im Bett liegt. Er sieht sie, wie sie ein Kind stillt. Die Bilder werden unscharf und verfließen ineinander. Es schwindelt ihn leicht, und er bestellt beim Kellner noch etwas zu trinken.

»Möchtest du noch ein Glas Wein?« fragt er sie. Zu seiner Überraschung trinkt sie ihr Glas aus und nickt.

»Es ist schwer, das alles zu begreifen, nicht wahr?« sagt sie. Dabei schüttelt sie leicht den Kopf, als könne sie sich noch nicht mit der Tatsache abfinden. Als könne sie wie er kaum glauben, daß einunddreißig Jahre ihres Lebens vergangen sind. Ganz zu schweigen davon, daß sie ihn seit so langer Zeit kennt. Aber, denkt er gleich darauf, in Wirklichkeit haben wir uns ja gar nicht richtig gekannt.

Er betrachtet die anderen Gäste im Restaurant: an einem Tisch Geschäftsleute, an mehreren Tischen Ehepaare. Meist sind es ältere Paare. Der Kellner bringt ihnen die Speisekarte und zählt die Spezialitäten auf. Geduldig hören Charles und sie den Mann an, doch er zumindest nimmt kein einziges Wort auf. Er könnte jetzt auch gar nicht die Speisekarte lesen – er hat seine Lesebrille im Wagen liegenlassen.

Als der Kellner weg ist, fragt er sie: »Hast du Hunger?«

Sie schüttelt den Kopf.

»Du hast recht«, sagt er, »du siehst wirklich nicht so aus wie auf dem Foto.«

Das scheint ihr peinlich zu sein. Mit einer abwehrenden Handbewegung sagt sie: »Ich glaube, sie wollten mich interessanter und eindrucksvoller darstellen, als ich wirklich bin.«

»Das meine ich nicht«, sagt er, »ich meine, daß du mir jetzt vertrauter bist als auf dem Foto. Ja, für mich siehst du jetzt sehr vertraut aus.«

Sie wendet sich von ihm ab, als wollte sie den Kellner rufen. »Oh«, sagt sie dann, »beinahe hätte ich es vergessen. Ich habe dir etwas mitgebracht. Ich fand es bei den Fotos in der Kiste.«

Sie bückt sich nach ihrer Handtasche, einer schwarzen Ledertasche an einem langen Riemen, macht sie auf und holt mehrere an einer Ecke zusammengeheftete Blätter hervor. Es sind verkleinerte Fotokopien einer Art Zeitung. Sie reicht sie Charles.

»Das ist so etwas wie eine Lagerzeitung. Man hat sie uns am letzten Tag ausgehändigt. Sie gibt einen kurzen Überblick über die Ereignisse der Woche. Und zum Schluß sind sämtliche Teilnehmer und Betreuer mit ihren Heimatadressen aufgeführt.«

Charles blättert die Papierbögen durch. Er besieht sich noch einmal das Titelblatt mit dem von Hand gezeichneten Kreuz, auf dem die Worte »The Ridge« stehen. Darunter sind die Daten ihrer Lagerzeit vermerkt. Dann legt er den Stapel auf die Sitzbank zwischen sie und sich.

»Ich habe meine Lesebrille im Wagen liegenlassen«, sagt er.

»Es ist merkwürdig«, sagt sie, »aber außer deinem Namen kam mir kein einziger anderer bekannt vor.«

Ihre Lider sind leicht gesenkt. Die leichte Tönung der Brille verändert ihre Augenfarbe. Statt marineblau sehen sie beinahe schwarz aus. Sie hat kaum Make-up aufgetragen, soweit er es beurteilen kann, und ihr Mund weist nur den Hauch eines dunkelroten Lippenstifts auf. Er weiß, daß er sie nach ihrem Mann fragen sollte, nachdem sie ihn nach seiner Frau gefragt hat. Und einiges würde er schon gern über ihre Ehe erfahren, wenn auch nicht unbedingt von ihr. Nein, er will mit ihr nicht über ihren Mann sprechen – nicht heute, nicht gerade jetzt.

»Du siehst überhaupt nicht wie die Frau eines Farmers aus«, sagt er.

Zum erstenmal muß sie lachen. »Na ja, du siehst auch nicht gerade wie ein Versicherungsagent aus.«

»Wie sieht denn ein Versicherungsagent aus?« fragt er. Er würde sie gern fragen, was sie von ihm hält – ist er hoffnungslos alt geworden? Ist sie enttäuscht? – aber das kann er natürlich nicht tun.

Sie schaut wieder auf die Zeitungsblätter mit dem Kreuz auf der Titelseite. »Ich kann mich kaum an irgendwelche religiösen Veranstaltungen in dieser Woche erinnern«, sagt sie, »eigentlich sonderbar. Bis auf die Feier, von der ich dir schrieb, und die Gottesdienste unten am See. Sie kamen mir, wenigstens in der Erinnerung, nicht sonderlich katholisch vor. Keineswegs prunkvoll. Sie hatten mehr mit der Natur als mit Gott zu tun.«

Da muß er ihr recht geben. Er entsinnt sich noch eines Priesters, eines großen, athletisch gebauten Mannes mit dichten, schwarzen Haaren – Pater Soundso –, der gleichzeitig als Schwimmlehrer tätig war. Und an eine Reihe von Laien als Betreuer. Aber an keine einzige Nonne.

»Wie hieß doch noch der Priester?« fragt er.

Sie überlegt eine Weile. »Pater Dunn?« fragt sie tastend.

Er lächelt. »Danke. Übrigens hast du recht. Sie haben uns nicht mit Religion traktiert. Zum Glück. Außerdem war das klug.«

»Ich erinnere mich noch an den See. Aber vorhin habe ich ihn nicht gesehen.«

»Wir können ja einen Spaziergang dahin machen«, schlägt er vor.

Sie rutscht ein wenig zur Seite. Es sieht aus, als wäre sie mit dem Spaziergang nicht einverstanden.

»Du siehst auch nicht wie eine Dichterin aus«, sagt er,

»allerdings weiß ich wirklich nicht, wie eine Dichterin aussehen sollte.«

Ihre Hand liegt jetzt zwischen ihnen auf der Sitzbank. Er legt seine Hand darüber.

Einen Moment lang dreht sich der Saal um ihn, als wäre er betrunken.

»Ist dir das unangenehm?« fragt er sie leise. Sie schüttelt den Kopf, sieht ihn aber nicht an.

So sitzen sie minutenlang. Sie will ihm wohl ihre Hand nicht entziehen. Er ist unfähig, seine Hand wegzunehmen. Obgleich er sie nur ganz leicht berührt, spürt er die Wärme ihrer Hand unter seiner. Sein Blick schweift durch den Saal bis zum Kellner. Wenn er jetzt zu ihnen an den Tisch käme, würde er ihn umbringen ...

Als sie wieder spricht, tut sie es mit so leiser Stimme, daß er nicht genau weiß, ob er sie richtig verstanden hat.

»Als du mir das vom Händehalten geschrieben hast ...«

Während er gespannt auf das Ende des Satzes wartet, streichelt er ihre Hand ganz sanft.

Sie beugt sich herüber, kommt ihm um einen winzigen, aber höchst bedeutenden Millimeter näher und blickt auf seine Hand. Dann entzieht sie ihm die ihre, wendet sich ihm aber nun voll zu. Ihr Blick ist klar und verrät keinerlei Beunruhigung.

»Ich hatte auch einen Sohn«, sagt sie rasch, »als er neun war, kam er bei einem Autounfall ums Leben.«

»Das tut mir sehr leid«, sagt Charles.

»Es war vor sechs Jahren. Er hieß Brian.«

Sie erzählt ihm das mit ruhiger Stimme. Ganz so, als hätte sie sich von Anfang an vorgenommen, es ihm zu erzählen. Als könnte sie nicht länger bleiben, wenn er es nicht erführe. Da fühlt er das volle Gewicht all dessen, was sie beide erlebt haben, die zahllosen Augenblicke, in denen sie fern voneinander Dinge durchzumachen und zu ertragen hatten. Die Zeit ihrer Trennung umfaßt ein ganzes Lebensalter – ein Lebensalter, angefüllt mit anderen Menschen, anderen Lieben, mit geschlechtlicher Liebe, mit Kindern und Arbeit. Sie hatte ein Kind zu begraben. Er kann sich ihr Leid kaum vorstellen. Sie haben sich einmal eine Woche gekannt und sich danach drei Jahrzehnte nicht mehr gesehen. Dieses riesige Defizit erschüttert ihn.

»Ich habe auch keinen Hunger«, sagt er leise, »holen wir unsere Mäntel und gehen zum See. Wir können immer noch später essen, wenn wir wollen.«

Sie öffnet den Mund, als wollte sie etwas sagen, schließt ihn aber wieder. Sie schien etwas sagen zu wollen, brachte es wohl aber nicht über die Lippen. Mit den Fingerspitzen berührt sie flüchtig seinen Handrücken auf der Sitzbank.

Er legt ihr den Mantel um die Schultern. Sie hüllt sich darin ein wie in ein Cape. Im Foyer findet er die Tür, von der es zum See hinuntergeht. Als sie ins Freie tritt, zieht sie den Mantel enger um sich. Hier ist der Wind stärker. Noch immer ist es kalt, und der Himmel ist weiterhin bedeckt. Sie hören eine Fensterscheibe klappern. Der Wind lockert ihre Frisur ein wenig. Einzelne Strähnen hängen an den Seiten herab.

Mit dem Arm an ihrem Rücken führt er sie über eine breite Veranda.

»Warte einen Augenblick!« sagt er, »vermutlich hättest du jetzt lieber eine Thermosflasche mit heißem Kaffee, aber ich habe etwas zur Feier unseres Wiedersehens mitgebracht.«

Auf dem Weg zum Wagen sind seine Beine weich wie Gummi. Eigentlich geht er viel zu schnell. Aber er will sie ungern allein lassen, nicht mal eine Minute. Sie könnte ja nach dem kurzen Wiedersehen heimlich verschwinden.

Er hat ein paar bewußte Gedanken, aber keinerlei Pläne. In seinen Ohren dröhnt es wie ein verzweifelter Beat. Als er den Kofferraum aufschließt, zittern seine Hände. In dem Lebensmittelgeschäft hat er auch Plastikbecher gekauft. Jetzt ärgert er sich, daß er nicht daran gedacht hat, Champagnergläser mitzubringen.

Als er zurückkommt, steht sie, an das Steingeländer gelehnt, am Ende der Veranda und schaut auf den See. Sie hat den Mantelkragen hochgeschlagen und die Arme um sich gelegt. Vor ihr fällt die Rasenfläche leicht ab. Dann kommt eine dichte Baumgruppe. Hinter den Bäumen kann man ein schimmerndes Oval erkennen. Das ist das gegenüberliegende Seeufer.

»Irgendwo muß hier der Weg sein«, sagt er.

»Ja, ich entsinne mich.«

»Kannst du in diesen Schuhen laufen?«

»Ich glaube schon. Werde es wenigstens versuchen.«

Als sie die Treppe hinuntergeht, hält sie sich am Geländer fest. Dabei hinkt sie ein wenig und sagt zur Erklärung: »Mein Knie. Von einem Skiunfall.«

Vor seinem geistigen Auge ersteht ein weiteres Bild – sie ist im Skianzug und stemmt die Stöcke in den Schnee. Aber wer ist bei ihr? Ihr Mann? Eine Freundin?

Er geht etwas nach rechts versetzt hinter ihr, in einer Hand die Flasche, in der anderen die Becher.

Über die Schulter fragt sie: »Glaubst du, daß sie etwas dagegen haben, wenn wir hier über ihren Besitz spazieren und unseren eigenen Champagner trinken?«

»Hier ist Amerika. Da kann man tun, wozu man Lust hat.«

Sie sieht ihn lächelnd an. Jetzt sind sie auf der Rasenfläche, und er geht neben ihr. Sie scheint auf einmal fröhlicher, aufgeschlossener zu sein. Die leichte Trauer, die sie im Restaurant umgab, ist verflogen.

»Na, wir wissen doch, daß das nicht stimmt«, sagt sie

schnell. »Hoffentlich erzählst du mir nicht noch, daß du Republikaner bist.«

»Ich habe geahnt, daß du mich danach fragen wirst. Ist denn das so wichtig?«

»Ja, selbstverständlich ist das wichtig.«

»Nun, ich habe noch nie gewählt. Damit bin ich wohl aus dem Schneider.«

»Du hast noch nie gewählt?«

»Und dann gibt es noch etwas, das dir mißfallen wird.«

»Was ist das?«

»Ich fahre einen Cadillac.«

Ihre Hacken sinken im Rasen ein. Wenn sie am See sind, wird er ihr anbieten, sie abzuputzen.

»Ach, dann warst du das auf dem Parkplatz?«, fragt sie.

»Du hast mich direkt angesehen«, bestätigt er lachend. »Ich fand es unglaublich, daß du mich ansiehst und dann schnell weggehst. Ich dachte schon, ich hätte dich abgeschreckt.«

»Also, direkt angesehen habe ich dich nicht. Und selbst wenn ich gewußt hätte, daß du das bist, kann ich dir versichern, daß mich nichts auf Gottes weiter Erde dazu gebracht hätte, über den Parkplatz auf dich zuzugehen und mich vorzustellen.«

»Ich hielt dich schon für die Empfangsdame?«

Das scheint sie zu verblüffen. »Die Empfangsdame?«

»Du kamst so schnell angefahren wie jemand, der verspätet zur Arbeit kommt. Es sah ganz danach aus, als ob du dich hier auskennst.«

»Ich war nur nervös.«

»Warum?«

Sie erreichen den Waldweg, der zu der Kapelle am See führt.

»Eben wollte ich gerade *Cal* zu dir sagen«, antwortet sie. »Es fällt mir schwer, dich Charles zu nennen. Als ich ankam, habe ich die Kassette gehört. Roy Orbison mit ›Crying‹. Ein wunderbares Lied.«

»Er hat übrigens die meisten seiner Hits selbst geschrieben.«

»Ich weiß nicht viel über diese Musik, aber daran kann ich mich erinnern.«

»Einmal bin ich zu einem seiner Konzerte gegangen. In Providence. Es war unglaublich. Es war ein Mann, der viel Leid in seinem Leben durchgemacht hat. Er und seine Frau fuhren Motorräder. Seine Frau hatte einen Unfall und war auf der Stelle tot. Und ich glaube, er hat mindestens einen oder sogar zwei Söhne bei einem Brand verloren.«

Kaum hat er es ausgesprochen, da wird ihm bewußt, was er gesagt hat. Sie gehen jetzt hintereinander, sie vor ihm. Sie schaut nach unten, um nicht ins Stolpern zu kommen.

»Meine Güte«, sagt er, »entschuldige bitte.«

Ein leichtes Achselzucken von ihr. Als wolle sie ihm sagen, es habe nichts zu bedeuten. Ungefähr hundert Meter weit gehen sie schweigend den Fußweg entlang. Über ihren Köpfen schwanken die Wipfel der hohen Fichten im Wind. Gelegentlich raschelt ein Tier im Unterholz. Irgendwo in der Luft hört er den Ruf von Wildgänsen, der Schwarm ist aber nicht zu sehen.

Sie kommen auf eine Lichtung. Einfache, grob zubehauene Holzbänke stehen auf einem Teppich von Fichtennadeln. Hinter der Lichtung liegt der See. Man hat einen weiten Blick über das graue, bewegte Wasser. In der Mitte der Lichtung, dicht am Ufer, hat einmal das Kreuz gestanden – ein knapp mannshohes Holzkreuz.

»Ich kann mich an alles erinnern«, sagt sie.

Er geht an ihr vorbei auf die Bank zu, die dem See am nächsten steht, setzt sich hin und genießt kurz den Blick. Dann stellt er die beiden Plastikbecher auf die Bank und öffnet die Champagnerflasche. Sie setzt sich, die Hände in den Manteltaschen, auf die andere Seite neben die Becher. Der Korken knallt und fliegt auf den See zu. Rasch fängt Charles den herausspritzenden Champagner in einem Becher auf und reicht ihn ihr dann. Danach füllt er den anderen Becher und trinkt einen Schluck. Eigentlich wollte er noch einen Trinkspruch ausbringen. Doch statt dessen schaut er aufs Wasser. Es scheint zu fließen, aber das ist eine optische Täuschung. Worte wie »Schicksal« oder »Bestimmung« liegen ihm auf der Zunge, doch er spricht sie nicht aus. Er denkt daran, wie sie als Kinder hier saßen, und er erinnert sich, als wäre es erst gestern gewesen, wie er ihre Hand gehalten hat – und wie stark ihn das erregt hat.

Nach einer Weile bricht sie das Schweigen. »Ich wollte es dir im Restaurant sagen, konnte es aber nicht. Es ist so, daß ein Todesfall zwei Menschen irgendwie aneinander bindet, selbst wenn sie nicht . . .«

Er wartet, daß sie weiterspricht.

Sie macht eine kurze Handbewegung. »Ich meine, ich wollte sagen, damit sie sich gemeinsam daran erinnern.«

»Kommt daher der melancholische Ton in deiner Lyrik?«

»Oh, das weiß ich nicht«, sagte sie. »Das ist überhaupt schwer zu beantworten. Ich glaube auch nicht, daß es unbedingt Melancholie ist.« Sie nimmt einen langen Schluck Champagner. Er hebt die Flasche, um nachzufüllen, und sie läßt es geschehen.

»Was hast du mit dem ›Scheißdreck‹ gemeint?« fragt sie. »In deinem Brief stand, du wolltest versuchen, dich ›philosophisch über den Scheißdreck zu erheben‹.«

»Unwichtige Dinge«, sagt er, »finanzielle Angelegenheiten. Ich bin im Augenblick nicht gerade gut gestellt.«

»Das ist zur Zeit keiner.«

»Das mag stimmen. Jedenfalls war es mir gar nicht recht, daß du nach England gefahren bist.«

»Du bist komisch. Da hast du mich doch noch nicht mal gekannt.«

»Das weiß ich nicht so genau. Die Postkarte, die du mir geschickt hast, hat mir sehr gefallen.«

»Der Pub hätte dir auch sehr gefallen.«

»Der mit den vierzig Sorten Malz-Whisky. Es war an deinem Geburtstag.«

»Ja.«

»Wie alt bist du geworden? Sechsundvierzig?«

»Ja. Wann hast du Geburtstag?«

»Am Neujahrstag.«

»Dann bist du . . .?«

»Fünfundvierzig jetzt.«

»Dann bin ich ja älter als du.«

»Nur zwei Monate. Eine ältere Frau.«

»Haben wir das damals eigentlich gewußt? Meine Schwester hat einen Goldfisch nach dir Cal genannt.«

»Und da sagst du, *ich* wäre komisch.«

»Als ich aus dem Lager nach Hause kam, muß ich ununterbrochen von dir erzählt haben. Seit wann hat man nicht mehr Cal zu dir gesagt?«

»Das war irgendwann in der Highschool, glaube ich.«

Sie schaut auf das Wasser, als sähe sie dort eine Erscheinung. Er folgt ihrem Blick.

»Charles, was ist mit uns in jener Woche geschehen?«

»Ganz einfach«, sagt er. »Wir haben uns verliebt.«

»Ist das möglich? Können sich zwei vierzehnjährige Kinder verlieben?«

»Was meinst du?«

Sie blickt zur Seite, in den Wald jenseits der Lichtung. »Wo ist es? Weißt du es?«

»Ich glaube, es muß dort sein, wo du hinschaust.«

»Es ist seltsam. Noch Monate danach, vielleicht auch länger, habe ich gedacht, ich würde dich mal heiraten.«

»Ich habe während der ganzen Heimfahrt im Auto geweint«, sagt er, »meine Mutter hat mir das später immer wieder vorgehalten. Die Fahrt hat drei Stunden gedauert. Ich hab' dir ja geschrieben, was sie gesagt hat, als ich ihr von dem Armband erzählte, das ich dir geschenkt hatte.«

»Schade, daß ich es nicht gefunden habe.«

»Wahrscheinlich hat es sich längst grün verfärbt oder in seine Bestandteile aufgelöst. Ich glaube, ich habe in dem Lagergeschäft anderthalb Dollar dafür bezahlt.«

»Das war für dich eine Menge Geld.«

»Ich erinnere mich noch«, sagt er lachend, »daß ich in jenem Sommer vom Zeitungsaustragen vierundzwanzig Dollar gespart und davon einen Plattenspieler und einen Haufen Platten gekauft habe.«

»Diese Kassette – hast du die Lieder von den Platten übernommen?«

»Die meisten. ›Where or When‹ war der Hit in dem Sommer, als wir uns kennengelernt haben. Ich habe es mir unzählige Male vorgespielt.«

»Der Text . . .«, sagt sie und trinkt nachdenklich einen Schluck Champagner. Es sieht aus, als dächte sie über den Text nach.

»Es ist erstaunlich«, sagt er, »aber noch erstaunlicher ist für mich, daß ich ihn damals schon verstanden habe. Ich nehme an . . .« Er schaut auf den See – der jetzt eine starre, glatte Ebene, ist. »Wenn ich sie so oft gehört habe, nachdem ich dich in jenem Sommer kennenlernte, muß ich mir dabei wohl ein zukünftiges Wiedersehen ausgemalt haben. Mit anderen Worten, ich habe das Lied nicht so aufgefaßt, wie es gemeint war – ein Mann erinnert sich an eine frühere Liebe –, sondern ich sah mich als einen Jungen, der dich nach einiger Zeit wiedersehen wird. Nimm zum Beispiel die Zeile ›Du trägst dasselbe Kleid, das du einst trugst . . .‹ Ich muß dabei gedacht haben, ich würde dich eines Tages wiederfinden, und dann würdest du wieder das dünne Baumwollkleid anhaben, das dir knapp über die Knie reichte.«

»Oder Bermuda-Shorts.«

»Oder Bermuda-Shorts.«

»›Es ist, als sprächen wir die gleichen Worte ...‹«

Er sieht sie an und fügt eine weitere Zeile hinzu: »›Du lächelst mich genau wie damals an ...‹«

»›Doch ich weiß ...‹« Die Stimme scheint ihr zu versagen.

»›... ich weiß nicht mehr, wo oder wann‹«, sagt er leise.

Den Becher in der Hand, sitzt er da und hat ein Bein über das Knie des anderen gelegt. Sind es wirklich noch dieselben Bänke, auf denen sie als Kinder gesessen haben? Kopfschüttelnd gesteht er sich ein, daß er dies nie begreifen wird. Sie sind zugleich die Kinder, die sie einmal waren, und der Mann und die Frau, die sie jetzt sind. Wie das Wasser dieses alten Sees: Es ist noch dasselbe wie damals und doch auch wieder nicht. Wie die Bäume über ihren Köpfen – dieselben Bäume und doch auch wieder nicht. Noch nie hat er einen wirklich klaren Begriff von dem Phänomen Zeit gehabt. Jetzt weiß er, daß die Zeit noch viel geheimnisvoller ist, als er es sich vorgestellt hat.

»Mir gefällt noch eine andere Zeile gut«, sagt er nach einer Weile, »die steht in dem Originaltext. Nicht in der Version, die Dion & The Belmonts sangen. ›Und was du heute erlebst, ist wie ein Echo früherer Zeit ...‹«

Geräuschvoll zieht ein Schwarm Wildgänse über sie hinweg. Plötzlich beugt sie sich vor und bedeckt ihr Gesicht mit den Händen.

Er legt ihr die Hand auf die Schulter und will sie an sich ziehen, aber sie wehrt sich.

»Was ist?« fragt er.

Eine eiserne Klammer legt sich um sein Herz.

Jetzt habe ich sie verloren, denkt er. Nach all den Jahren, in denen ich sie nicht haben durfte.

»O Gott«, bricht es aus ihr heraus.

»Wozu Gott bemühen? Charles genügt.«

Rasch richtet sie sich auf. Plötzlich umspielt ein Lächeln ihren vollen Mund, aber ihre Augen sind feucht.

Sie sieht ihn an. Ihr Blick geht von seinen Augen über den Mund zu seinem Scheitel. Es ist, als sähe sie ihn zum erstenmal. Und wieder schaut sie ihm in die Augen, als könne sie in seine Seele blicken.

Er weiß, daß das nicht schwer sein kann. Sie muß ihm alles, was er fühlt, vom Gesicht ablesen können.

Er hebt ihr Kinn mit einer Hand an, dreht ihren Kopf zu sich herum und küßt sie.

Ihre Lippen sind voll und weich. Er fühlt, wie sie nachgibt. Ihre Steifheit löst sich. Er legt die Arme um sie, zieht sie an sich, und sie legt unter dem Mantel den Kopf an seine Schulter.

Sie atmet tief ein. »Du riechst so gut«, sagt sie und fährt in deutlichem Erstaunen fort: »Ich erinnere mich genau, daß du damals ebenso gerochen hast.«

Er küßt sie auf den Scheitel. Sie drückt den Mund an den Stoff seines Hemdes, fährt mit den Fingern an zwei Knöpfen vorbei und berührt seine Haut. Er wünscht, sie würde ihm das Hemd aufknöpfen, rechnet aber nicht ernsthaft damit. Vielleicht wird er es selbst tun. Statt dessen nimmt sie seine Krawatte und wickelt sie sich um die Hand.

»Bist du in meine Krawatte verliebt?« fragt er.

Sie lacht ein wenig.

Suchend gleiten seine Hände unter ihren Mantel, unter die Kostümjacke. Ihre Körperwärme dringt durch den Seidenstoff der Bluse. Wieder küßt er sie, ihr Mund öffnet sich, und ihm wird so schwindlig wie in einem Karussell.

Sie seufzt ganz leise.

Er faßt sie unters Kinn, dreht ihr Gesicht ganz zu sich und küßt sie wieder. Sie läßt den Kopf ein wenig zur Seite sinken, findet seine Hand und küßt erst einen Finger, dann den nächsten. Er fährt mit einem Finger zwischen ihre Lippen. Sie schließt den Mund und behält den Finger darin, bis er ihn herauszieht. Beim nächstenmal tastet er nach ihrer Zunge. Dann wieder und wieder.

Er zieht den Finger aus ihrem Mund und legt die Hand um ihre Brust. Er fühlt sie durch den Stoff. Dann öffnet er den obersten Blusenknopf, schiebt den Büstenhalter etwas zur Seite, küßt ihre Brustspitze und leckt mit der Zunge daran. Er staunt selbst über seine Kühnheit.

Sie reißt sich los wie bei einer Rauferei unter Schulkindern.

Es ist noch keine Minute vergangen, seit er sie zum erstenmal geküßt hat. Wie ist es so schnell zu allem gekommen?

Ihr Gesicht ist gerötet, ihre Lippen sind dunkel. An einer Seite haben sich ihre Haare gelöst. Ihre Bluse ist auf, die linke Brust liegt fast frei.

»Ist das eine Todsünde?« fragt sie.

Er holt Luft. Die Frage ist für jemanden der nicht mehr an Todsünden glaubt, leicht zu beantworten.

»Ganz und gar nicht«, sagt er im gleichen unfrommen Tonfall wie sie. Und dann setzt er noch eins drauf. »Also ich glaube«, sagt er und glaubt es nun wirklich, »daß der liebe Gott, nachdem er uns wieder zusammengeführt hat – zu guter Letzt nach so vielen Jahren – erzürnt wäre, wenn wir nichts daraus machen würden.«

Sie lächelt zwar, zieht sich aber weiter zurück, und er sieht, wie sie sich die Bluse zuknöpft und ihr Haar wieder aufsteckt.

»Ich finde es so merkwürdig, daß ich mich noch an deinen Geruch erinnern kann«, sagt sie, lehnt sich an ihn und pustet durch das Hemd auf seine Brust. Doch bevor er sie packen kann, ist sie von ihm weggerückt und sagt lachend: »Ich liebe dein Hemd.« Sie sitzt jetzt kerzengerade.

Er ist keiner Bewegung fähig.

Sie sieht ihn an, doch ihr Blick verrät, daß sie sich weiter zurückziehen will.

»Ich bin halb erfroren«, sagt sie mit abgewandtem Blick, steht auf und wickelt sich in ihren Mantel.

Aufgeregt erhebt er sich auch. Er will sie hier behalten, will ihr sagen, daß er sie wärmen möchte. Doch er findet nicht die rechten Worte. Wie leicht könnte sie ihn mißverstehen!

Hinter ihr her geht er den Weg zurück, über die Rasenfläche bis zum Parkplatz. Flasche und Gläser wirft er in einen Abfallkorb.

Dann holt er sie ein und sagt: »Wir haben noch gar nicht gegessen.«

»Ich könnte nichts essen. Nicht jetzt.«

»Nein?«

»Und außerdem muß ich nach Hause.«

Er nickt.

»Du hast mich doch zum Mittagessen eingeladen, damit du zum Abendessen wieder bei deiner Frau sein kannst, nicht wahr?«

Er denkt nicht daran zu lügen. »Ja«, sagt er, »und auch, weil ich dachte, daß du dich um diese Zeit leichter freimachen kannst.«

Nun sind sie bei ihrem Wagen angelangt. Sie steht vor der Fahrertür und kramt in ihrer Handtasche nach den Schlüsseln. Eine alltägliche Handlung. So als wäre sie eine Klientin, die er aus Höflichkeit zu ihrem Wagen begleitet hat. Doch in ihm brennt das Verlangen, und zugleich packt ihn so tiefe Reue, daß er sich vor seelischem Schmerz krümmen könnte.

Als sie die Schlüssel gefunden hat, wendet sie sich ihm

wieder zu. Sie öffnet den Mund, offenbar um ihm Lebewohl zu sagen.

Dann aber sagt sie: »Es ist möglich, daß ich es nicht tun kann.«

Donnerstag, 9.40 Uhr abends

Liebe Siân,

ich will zum Telefonhörer greifen. Ich will, daß Du meine Hand hältst. Ich will Dich anrufen und die ganze Nacht den Hörer neben mir liegen lassen und wissen, daß wir ständig in Verbindung sind.

Ich werde Dich nicht anrufen.

Als ich Dich heute nachmittag vom Parkplatz abfahren sah, fühlte ich mich völlig verlassen.

Briefe erscheinen mir jetzt so nichtssagend. Soll ich Dir überhaupt noch welche schreiben? Was heute geschehen ist, war nicht unschuldig. Wie gern würde ich Dir versichern, daß es unschuldig war, aber das wäre eine Lüge.

Ich will mit Dir schlafen und Dich lieben, bis die Zeit stillsteht.

Wenn ich jetzt die Redaktion der literarischen Sonntagsbeilage anrufe und ihnen sage, daß Du einen Mann geküßt hast, der einen Cadillac fährt, ist Dein Ruf ruiniert.

Charles

Freitag, 2 Uhr morgens

Siân,

fünfzehnmal habe ich den Hörer abgenommen und wieder aufgelegt. Ich will Dich anrufen und Dir sagen, daß wir uns noch heute in The Ridge treffen müssen. Dann will ich Dir diesen Brief persönlich übergeben.

Du hast mir gesagt, es sei möglich, daß Du es nicht tun kannst. Ich will Dich davon überzeugen, daß es nichts Wichtigeres im Leben gibt als das, was wir jetzt tun müssen.

Da ich nicht schlafen konnte, bin ich aufgeblieben und habe gelesen. Ich habe eins meiner alten philosophischen Bücher hervorgekramt, ein Werk des französischen Phänomenologen Merleau-Ponty, in dem er über die Sexualität schreibt. Da bin ich auf diesen Absatz gestoßen: »Leben und Sexualität sind untrennbar miteinander verbunden«, schreibt er, »daher ist es bei keiner Entscheidung oder Handlung möglich, sie als ›sexuell‹ oder als ›nicht sexuell‹ zu bezeichnen. Es gibt kein Leben ohne Sexualität und keine Sexualität ohne andere Lebensäußerungen.« Weiterhin sagt er, daß niemand gerettet und niemand ganz verloren sei.

Letzteres fand ich recht tröstlich.

Ich glaube, ich war auch halb erfroren, verstehe aber immer noch nicht ganz, warum.

Dein Gesicht ist mir so vertraut wie mein eigenes.

Es hätte viel schlimmer kommen können. Stell Dir nur mal vor, wir hätten uns erst mit fünfundsechzig wiedergesehen und nicht mit fünfundvierzig!

Charles

Freitag, 5 Uhr morgens

Liebe Siân,

ich bin immer noch angezogen. Vielleicht werde ich dieses Hemd nie wieder ausziehen und mir die Krawatte einrahmen. Ich sehe furchtbar aus. Die ganze Nacht habe ich »Where or When« gehört. Vor ungefähr einer halben Stunde kam meine Frau runter und hat mich gefragt, ob ich krank wäre.

Du und ich, wir haben schon einunddreißig Jahre verloren. Ich kann es nicht ertragen, noch einen einzigen weiteren Tag zu verlieren.

Mein Arbeitszimmer sieht chaotisch aus. Ich habe nicht mal Deinen letzten Gedichtband finden können, obwohl ich das Unterste zuoberst gekehrt habe. Nachdem ich Dich wiedergesehen habe, möchte ich jedes Gedicht von Dir noch einmal lesen. Ich will alles über Dich erfahren.

In diesem Haus ist es scheißkalt. Ich zahle jeden Monat sechshundert Dollar für die Heizung und muß hier trotzdem im Wintermantel sitzen.

Ich möchte Deine andere Brust küssen.

Ich will daran glauben, daß alles, was wir tun, geschehen mußte – es war nur eine Frage der Zeit. Mein Timing hätte nicht schlechter sein können, aber es hätte auch nicht besser sein können. Das ist unbestreitbar, denn jetzt habe ich die Frau kennengelernt, die Du einmal werden solltest.

Charles

Freitag, 11 Uhr vormittags

Liebe Siân,

ich habe nicht geschlafen. Gegessen habe ich seit Mittwochabend nicht mehr. Seit ich von The Ridge heimkam, habe ich Coors Light getrunken, aber es hat mich keine Spur müde gemacht. Ich weiß, daß ich mich ins Bett legen sollte, aber ich muß Dir noch eine Geschichte erzählen, bevor ich diese Briefe zur Post bringe.

Ich bin zum Buchladen gefahren, um mir noch einmal Deinen Gedichtband zu kaufen. Den Band, den ich besaß, habe ich nämlich heute morgen auf der Frisierkommode meiner Frau gefunden. Ich war ins Schlafzimmer gegangen, um das Hemd zu wechseln, und da lag das Buch – wie ein radioaktives Isotop. Ich habe keine Ahnung, warum sie sich ausgerechnet dieses Buch von allen Büchern in meinem Arbeitszimmer zum Lesen ausgesucht hat, aber ich kann es ihr natürlich nicht wegnehmen oder sie bitten, es mir zu geben.

Ich ging zum Ladentisch, hinter dem ein Mann und eine Frau standen. Ich bat den Mann, mir das Buch herauszusuchen. Er tippte den Titel in einen Computer ein, und ich sagte: »Wissen Sie, Sie müssen es vorrätig haben. Jedenfalls hatten sie es vor einigen Monaten, denn da habe ich es hier gekauft.« Dann sagte die Frau: »Ja, ich erinnere mich, auf der Rückseite war ein großes Foto irgendeiner Blondine.« Ich sagte: »Sicher, so werden Bücher heutzutage vermarktet.« Und sie erwiderte mir: »Das stimmt, sogar bei geisteswissenschaftlichen Werken müssen sich die Autorinnen zum Fotografieren die Bluse ausziehen.«

Ich sagte zu ihr: »Das Foto ist der Dichterin selbst peinlich.«

»Sie kennen sie?« fragte die Frau.

»Sie war meine Freundin, als ich vierzehn war«, sagte ich.

Charles

Er hat immer gern Volleyballspiele gesehen: die schnellen Bewegungen der Spieler, die Hochsprünge beim Abblokken gegnerischer Schüsse, ein Dutzend zugleich in die Luft gereckte Arme, die Schmetterbälle am Netz. Sie sind verspätet eingetroffen. Hadley ist schon auf dem Spielfeld, und die Sporthalle ist halbvoll von Eltern und ihren Sprößlingen, die wegen des Spiels extra früher Abendbrot gegessen haben.

Er entdeckt Hadley in ihrem blauen T-Shirt und den weißen Shorts sofort. Wenn sie zum Sprung hochsteigt, wippt ihr Pferdeschwanz. Charles geht hinter seiner Frau und den beiden anderen Kindern zu der Längsseite, wo die Tribünen sind. Schon Hadleys wegen wollte er das Spiel nicht versäumen. Aber als er jetzt mit raschem Blick sieht, wer alles zum Zuschauen gekommen ist, möchte er am liebsten wieder verschwinden. Whalen ist da. Und Costa auch. Charles hatte allein an diesem Tag siebenundzwanzig Anrufe auf dem Anrufbeantworter, und er hat auf keinen reagiert. Whalen hat sich aus der Bank gemeldet. Der wird ihm wahrscheinlich heute abend auf die Pelle rücken. Und General-Motors-Vertretung drängt auf Bezahlung der fälligen Rate. Dann die Telefongesellschaft. Optima. Sein Citibank-Visum. Die MasterCard.

Er ist ziemlich sicher, daß Harriet nicht weiß, wie schlecht es um ihre *(seine)* finanzielle Lage bestellt ist. Was schon daraus hervorgeht, daß sie den weiter unten sitzenden Eddie und Barbara Whalen zunickt. Charles nimmt Anna auf den Schoß. Dabei begegnet er Muriel Carneys Blick. Tom ist im Krankenhaus. Seit dem Thanksgiving Day.

Es ist eine große Sporthalle. Früher gehörte sie zur Highschool der Stadt, wurde aber inzwischen an die Mittelschule abgegeben. Die Mädchen auf dem hellen Parkettboden wirken klein und unschuldig. Sie sind noch richtige Kinder, auch wenn sie in ihren Bewegungen – wie Jack beim Baseball – die Bewegungen der großen Athleten nachahmen. Sie haben sie ja im Fernsehen oder bei Highschool-Spielen gesehen. Komisch, denkt Charles, wie viele von seinen Altersgenossen Töchter in Hadleys Alter haben. Whalen, Costa, Carney. Auch Lidells Sarah ist hier.

Da er nicht weiß, wie es steht, fragt er seine Nachbarin nach dem Spielstand. Hadleys Team liegt zwei Punkte zurück. Er sieht, daß seine Tochter, die am Netz spielt, bereits schwitzt. Sie ist die Größte in ihrem Team, und sie ist noch im Wachstum. Er schätzt, daß sie mit siebzehn einsachtzig ist.

Hadley springt hoch, blockt einen Schuß ab und schmettert ihn auf den Hallenboden. Die Menge jubelt. Charles ruft ihren Namen. Er blickt Harriet an, die freudig erregt lächelt. Dabei sieht er, daß Whalen sich ihnen auf der Tribüne nähert. Er hält den Mantel sittsam mit einer Hand vor dem Schritt zusammen und zwängt sich unter Entschuldigungen an den anderen Eltern vorbei. Dieses Arschloch! Whalen will ihn hier in Harriets Gegenwart zur Rede stellen. Er kann ihm nicht entgehen. Angst befällt ihn. Sein Blutdruck steigt. Er sieht starr nach vorn und ahnt, daß er hochrot im Gesicht ist.

»Callahan!«

Whalen hat sich hinter Charles gehockt. Whalen hat eine weiche weiße Haut. Die wenigen dünnen Haarsträhnen sind sorgfältig über den kahlen Kopf gekämmt.

Charles wirft ihm einen raschen Blick zu und gibt sich stillschweigend das Versprechen: Sollte ich mal eine Glatze kriegen, werde ich keinen Versuch machen, sie zu verbergen.

»Eddie?«

»Habe die ganze Woche bei dir angerufen. Auch heute.«

»Ich weiß.«

Charles sieht zu Harriet hinüber, die den Blick mit leichtem Stirnrunzeln erwidert. Sie scheint überrascht zu sein, daß Whalen auf einmal hinter ihm sitzt.

Charles wendet sich ab und dreht sich zu Whalen um. »Ich habe das Geld nicht.«

»Du bist schon drei Monate im Rückstand.«

»Das weiß ich.«

»So geht das nicht weiter mit deiner Hypothek, Charles. Du müßtest uns wenigstens ungefähr sagen, wann du ...«

Charles gibt keine Antwort. Wie widerwärtig ihm dieser jammernde Ton ist! Charles weiß, daß er den Kopf nicht aus der Schlinge ziehen kann, will es aber vor Whalen nicht zugeben. Nicht gerade jetzt.

»Ich würde dir ja gern entgegenkommen, Callahan«, sagt Whalen, und die jammernde Stimme klingt jetzt noch eine Oktave höher, »das weißt du. Aber die Zeiten sind schlecht. Wir sitzen selbst auf dem trockenen.«

Charles hebt Anna von seinem Schoß und setzt sich so hin, daß nur Whalen ihn hören kann.

»Hör mal, du Arschloch«, sagt er langsam und mit vollem Bedacht und betont noch das *Arschloch.* Natürlich weiß er, daß er damit sein eigenes Schicksal besiegelt. »Ich sehe mir hier ein Scheiß-Volleyballspiel an, in dem deine und meine Tochter mitspielen. Ich sitze hier mit meiner Frau und meinen beiden anderen Kindern, und verdammt noch mal, ich denke nicht daran, ausgerechnet jetzt mit dir über diese verdammte Hypothek zu diskutieren. Ist das klar?«

Er sieht, wie Whalens Teint die grauweiße Farbe seines Hemds annimmt. Whalen öffnet den Mund und schließt ihn wieder. Charles wendet sich dem Spielgeschehen zu. In seinen Ohren dröhnt es, das macht der Blutdruck. Seine rechte Hand ist zur Faust geballt. Er hört, wie Whalen hinter ihm abrupt aufsteht. Auf dem Spielfeld verpatzt Hadley zwei Aufschläge. Damit wechselt das Aufschlagsrecht zur anderen Seite. Charles leidet innerlich mit seiner Tochter.

Heute ist kein Brief gekommen. Er ist zwei-, dreimal zum Postamt gefahren. Seiner Berechnung nach könnte frühestens heute ein Brief von ihr ankommen. Allerdings hätte sie ihm dann sofort nach ihrer Rückkehr von The Ridge schreiben und den Brief gleich darauf schicken müssen. Was höchst unwahrscheinlich ist. Er weiß nicht, ob sie überhaupt vor fünf Uhr nach Hause gekommen ist, und um diese Zeit schließt das Postamt. Er weiß ja nicht einmal, ob sie ihm schreiben, ob er sie je wiedersehen wird. Sein eigenes Paket von Briefen hat er am Samstag abgeschickt. Sie würden wohl morgen ankommen. Es kann durchaus sein, daß sie nicht antworten und ein weiteres Treffen ablehnen wird. Als sie an ihrem Wagen standen, sagte sie ja, es sei möglich, daß sie es nicht tun könne . . .

Sein Blick kehrt aufs Spielfeld zurück. Er hat keine Ahnung, wer vorn liegt. Hat Hadley durch die verpatzten Aufschläge den Punkt wieder eingebüßt, den sie durch ihren Block erkämpft hat? Er könnte Harriet fragen, möchte aber jetzt nicht mit ihr sprechen. Sie könnte ihn über Whalen ausfragen.

Das gegnerische Team, das er zum erstenmal genauer beobachtet, hat mehrere gute Spielerinnen. Die Gäste spielen in schwarzen Hemden und roten Hosen. Unter ihnen ist eine kleine Spielerin mit einem erstaunlich wuchtigen Aufschlag, den keiner aus Hadleys Team erreichen kann. Costas Tochter wirft sich mutig danach, verpaßt den Ball aber.

Dann sieht er ein anderes Mädchen aus dem Gästeteam, das mindestens so groß wie Hadley ist. Das Mädchen hat dunkelblonde, auf dem Hinterkopf zu einem Knoten geschlungene Haare. Sie steht an der Grundlinie, in Erwartung des Aufschlags. Sie schaut auf ihre Füße, legt kurz die Hände ineinander und steht sprungbereit. Da fordert der eine Trainer eine Auszeit. Woraufhin sie sich mit einer Hand lässig an den Haarknoten faßt. Sie hat nicht die kraftvolle Haltung einer Athletin, wirkt dafür aber anmutig und gesetzt. Costas Tochter bindet sich einen Schnürsenkel, und die anderen Spielerinnen warten, bis sie fertig ist. Das große Mädchen aus dem Gästeteam hat Schweißtropfen auf der Oberlippe und an den Schläfen. Auf einmal blickt sie quer übers Spielfeld zu Charles herüber, als wüßte sie, daß er sie beobachtet.

Hat er Halluzinationen? Es muß wohl so sein. Das Spiel geht weiter, die Spielerinnen laufen hierhin und dorthin. Aber er sieht da unten in dem Wirbel hochgereckter Arme und schlanker kleiner, vom spiegelnden Parkettboden hochschnellender Körper nur Siân. Ihn schwindelt ein wenig, aber er weiß genau, daß er dort Siân sieht. Natürlich ist diese Halluzination eine Folge seiner überreizten Sinne. Seit Tagen hat er weder gegessen noch geschlafen. Und doch empfindet er die Vision als ein Geschenk. Es ist wie ein Blick in die Vergangenheit, der ihm bisher verwehrt geblieben ist. Er sieht, wie das Mädchen vom Boden hochschnellt, und weiß, sie ist Siân.

Hat er sie verloren? Der Schmerz bohrt sich wie ein Stachel in sein Herz. Er reißt die Augen weit auf. Dann wirft er einen raschen Blick auf seine Frau und sieht, daß Harriet ihn anstarrt. Schnell guckt er wieder aufs Spielfeld.

Die Halluzination löst sich ebenso plötzlich auf, wie sie gekommen ist. Hat er Siân gesehen, wie sie in dem Alter wirklich war, oder wie er sie sich vorstellt?

Er fühlt eine Hand auf seinem Knie. Es ist Harriets. Sie hat den Arm über Jack und Anna, ihre Kinder, hinweg nach ihm ausgestreckt.

»Charles«, sagt sie.

Am Abend im Bett tastet seine Frau wieder nach ihm. Er weiß, daß er sie diesmal nicht abweisen kann. Nicht daß sie ihn auffordert – sie haben sich nie gegenseitig aufgefordert –, ihre Berührung ist eher eine Frage. Er läßt sich von ihr streicheln und hofft nur, daß sein Körper reagieren wird. Doch mit geschlossenen Augen sieht er im Dunkeln andere Gesichter und andere Bilder, die ihn ablenken.

Siân als junges Mädchen. Siâns Gesicht am See. Siâns entblößte Brust. Es sind keine sexuellen Vorstellungen. Er könnte eher weinen. Aber das darf nicht sein. Rasch denkt er an Whalen und sein Jammern. Sein Körper reagiert nicht, er bleibt hoffnungslos schlaff.

Um die Gefühle seiner Frau nicht zu verletzen, flüstert er: »Ich will, daß du zuerst kommst.« Sofort wälzt er sich herum und führt seine Hand an ihren Körper. Hoffentlich läßt sie es zu, übersieht sein Versagen und gestattet ihm, es so zu machen.

Doch sie fängt seine Hand ab.

»Ich bin einfach zu müde«, sagt er lahm.

Sie nimmt seine Hand von ihrem Körper, dreht sich um und wendet ihm den Rücken zu.

Noch vor acht ist er am Postamt. Er läßt den Motor des Cadillac laufen und wartet darauf, daß Harry Noonan kommt und die Eingangstür zu den Postfächern aufschließt. Heute früh ist Charles vor Harriet aufgestanden, um einen Annäherungsversuch wie gestern abend zu vermeiden. Er hat geduscht, sich rasiert, sich angezogen, Kaffee getrunken und sich in sein Bürozimmer begeben. Ohne Erfolg versuchte er, den Wirrwarr auf seinem Schreibtisch zu ordnen. Dabei lauschte er auf die morgendlichen Geräusche, die seine Frau und die Kinder in den anderen Zimmern machen.

Jetzt denkt er noch einmal kurz an seinen Ausfall gegen Whalen gestern nachmittag in der Turnhalle. In seinem Magen entsteht wieder ein Knoten. Nervös trommelt er auf das Lenkrad. Es war unklug von ihm, sich von seinem Ärger so hinreißen zu lassen. Die Bank wird die Hypothek kündigen, das hält er jetzt für sicher. Aber da er Kinder hat, können sie ihn nicht gleich aus dem Haus werfen, sondern müssen ihm mindestens sechzig Tage Zeit lassen, eine andere Wohnung zu finden. Also werden Harriet und die Kinder Weihnachten noch im eigenen Haus feiern können, und er kann sich vorstellen, daß er Harriet erst im neuen Jahr sagen muß, wie es steht.

Weihnachten. Neujahr.

Siân hat gesagt, es sei möglich, daß sie ihn nicht wiedersehen wird. Vielleicht liegt jetzt schon ein Brief von ihr da drin im Postamt, in dem sie ihm das endgültig mitteilt. Noch schlimmer wäre es, wenn gar kein Brief gekommen ist. Oder könnte das ein gutes Zeichen sein?

Endlich um vier nach acht kommt Harry Noonan in seinem grauen Isuzu Trooper angefahren. Charles nickt ihm durch die Windschutzscheibe zu und wartet, bis Harry die Tür geöffnet hat, ehe er aussteigt. Daß Charles so früh im Postamt erscheint, ist nicht ungewöhnlich – er fängt seinen Tag häufig mit der Postabholung an – aber es soll auch nicht so aussehen, als könne er es heute gar nicht abwarten. Doch nach ein, zwei Minuten folgt er Noonan durch den Vorraum mit den Postfächern, in die noch keine Post eingeworfen ist. Noonan ist, ohne sich den Parka ausgezogen zu haben, schon mit dem Sortieren der Briefe beschäftigt.

»Callahan.«

»Harry.«

»Haben Sie schon was von dem Unwetter gehört, das heute hier erwartet wird?«

»Nein. Wahrscheinlich wird es nur Regen geben. Eisregen. Dann haben wir Glatteis auf den Straßen.«

»Ja, wahrscheinlich.«

Noonan schiebt ihm ein Häufchen bekannt aussehender Umschläge zu – einen von der Telefongesellschaft, andere von der Citibank und der Bank – und einen großen gefütterten Umschlag. Ein blauer Brief ist nicht dabei. Charles hat nur Augen für den gefütterten Umschlag und greift nach ihm. Die Adresse ist in ihrer Handschrift, ein Absender steht allerdings nicht drauf. Sofort fängt Charles' Hand an zu zittern, seine Brust wird eng. Er klemmt sich den Brief unter den Arm und steckt die bebenden Hände in die Manteltaschen. Er will so schnell wie möglich in die Abgeschlossenheit seines Wagens und dort den Brief aufmachen.

»Danke, Harry«, sagt er und wendet sich zum Gehen.

»Callahan!«

Charles dreht sich um und sieht, wie Noonan ihn über den Rand seiner Halbgläser anguckt.

»Sie haben Ihre Post liegenlassen.«

Charles sitzt im Wagen, hat den Brief in der Hand und klopft damit zweimal ans Lenkrad. Er hat das gleiche Gefühl wie als Kind, wenn er sein Zeugnis bekam oder den Brief öffnete, der ihm die Zu- oder Absage vom College mitteilte. Es ist der gleiche Augenblick des Zögerns vor der Entscheidung zwischen Freude oder Vernichtung. Er murmelt unzusammenhängende leise Gebete.

Dann holt er tief Luft, atmet wieder aus und schlitzt den Umschlag auf.

Drin liegen drei blaue Kuverts, mit »1«, »2« und »3« numeriert. Er öffnet den ersten und überfliegt rasch den Text, süchtig wie ein Junkie. Seine Augen weiten sich. Er fängt an zu blinzeln. Ein gedämpfter, halberstickter Laut entringt sich seiner Kehle – ein Laut in der Mitte zwischen Schluchzen und Seufzer. Nein, hier kann er die anderen Briefe nicht lesen. Er legt den geöffneten und die beiden ungeöffneten auf den Beifahrersitz, steckt den Schlüssel ins Zündschloß und setzt fast blind rückwärts aus dem Parkplatz. Im selben Moment prasseln die ersten Regentropfen hart und dicht gegen die Windschutzscheibe. Er fährt zur Brücke und zum Strand.

Donnerstag abend, 11.20 Uhr

Lieber Charles,

seit einer Viertelstunde sitze ich hier und habe doch nicht angefangen zu schreiben. Es ist, als wäre ich sprachlos geworden, weil ich zuviel zu sagen habe und nicht die rechten Worte finden kann. Aber nun werde ich anfangen.

Es ist leichter, auf einer Holzbank zu sitzen und stummer Musik zu lauschen, als Dir zu erklären, warum ich kaum an etwas anderes denken kann. Und warum ich beim Rückweg über die Rasenfläche zum Parkplatz noch ein ganz anderes Gefühl hatte. Möglicherweise fange ich heute an aufzutauen. An sich wäre das etwas Gutes. Aber die Frage ist: Was wird dann aus mir und meiner Familie?

Ich fand Deine Nähe wohltuend. Dein Körper und Deine Stimme waren mir wohlvertraut. Dir schien es umgekehrt ebenso zu gehen. Wie es dazu gekommen ist, kann ich Dir nicht sagen. Wir beide am See – wir waren wirklich vorhanden und zugleich eine Metapher für etwas, das ich kaum begreife.

Meine Phantasie spielt mir einfache Bilder vor, die wohl das Erzeugnis emotionaler Erschöpfung sind – das Ergebnis jahrelanger Bemühungen, meine Ehe aufrechtzuerhalten. Ich träume davon, daß Du meine Hand hältst. Nein, ich habe kaum leidenschaftliche sexuelle Träume. Was heute nachmittag geschah, kam unerwartet für mich.

Obgleich ich mich nach Deiner Frau erkundigte, hast Du nicht nach meinem Mann gefragt. Ich habe bei unserem Treffen versucht, Dir etwas über meine Ehe mitzuteilen, aber wahrscheinlich habe ich es zu ungeschickt angefangen. Als ich Stephen in den letzten Semestern kennenlernte, deutete ich sein Schweigen falsch. Ich hielt es für liebenswerte Zurückhaltung. Und hatte keine Ahnung, daß er zur Zeit unseres Kennenlernens die beiden glücklichsten Jahre seines Lebens genoß, da er noch keine Farm am Hals hatte.

Jetzt ist er mit der Farm verheiratet – mehr als mit mir. Aber wirklich glücklich ist er hier nie geworden. Und doch ist sie sein Schicksal.

Es ist nicht viel, was ich darüber geschrieben habe, und doch komme ich mir schon sehr untreu vor.

Ich muß jetzt zu Bett gehen. Aber ich bezweifle, daß ich Schlaf finden werde.

Ich stelle mir vor, daß wir uns in Zukunft in unregelmäßigen Zeitabständen treffen, viele Jahre – möglicherweise bis ins hohe Alter – ein Faden, der unser beider Leben verbindet.

Wenn ich bestimmte Bewegungen mache, meine ich den Duft Deiner Haut zu riechen.

Siân

Freitag, 9.20 Uhr vormittags

Charles,

ich bin froh, daß ich Dir diesen Brief geschrieben habe, und ich werde ihn Dir mit dem zweiten zusammen schicken. Doch im hellen Morgenlicht sieht alles anders aus. Angesichts der Familie, eines Kindes, eines Hauses und eines gemeinsamen Lebens sehe ich ein, daß meine Träume unmöglich zu erfüllen sind. Ich glaube, daß Du das irgendwie, irgendwo ebenfalls ahnst. Wahrscheinlich besteht eine starke geistige Verwandtschaft zwischen uns. Vielleicht ist es das, was uns als Kinder und dann wieder gestern anzog. Aber ich weiß auch, daß sich das nicht fortsetzen läßt. Bestimmt wird Dir ein Stein vom Herzen fallen, wenn Du diese Worte liest.

Die Vision, die ich hatte, war mir so verführerisch erschienen. Aber habe ich mir wirklich vorgestellt, ich könnte Dich ab und zu wiedersehen und in den Zwischenzeiten mein Leben weiterführen, ohne an Dich zu denken?

Du wirst verstehen, daß das, was gestern vorgefallen ist, nicht zufällig geschah, sondern möglicherweise der erste von tausend Schritten war. Deshalb müssen wir es jetzt beenden. Was in diesen kurzen Augenblicken auf der Bank mit uns geschah, war gefährlich.

Als ich gestern von The Ridge nach Haus fuhr, hatte ich das köstliche Gefühl, eine echte Frau zu sein, und wünschte mir, ich könnte dieses Gefühl ewig in mir als wunderbares Geheimnis bewahren.

Ich habe die ganze Nacht nicht geschlafen.

Ich möchte nichts tun, was Deiner Frau oder Deiner Familie weh täte.

Siân

Freitag, 6.45 Uhr nachmittags

Charles,

Du wirst mich für verrückt halten, oder zumindest denken, ich sei kurz davor, verrückt zu werden.

Nachdem ich Dir heute morgen diesen Brief geschrieben hatte, ging ich mit meiner Tochter zum Kinderspielplatz. Es war dort sehr still und friedlich – die Jahreszeit ist schon so weit fortgeschritten, daß kaum noch einer hinkommt. Aber Lily war dick angezogen, ihr war nicht kalt. Sie begab sich sofort zu dem kleinen Sandkasten. Ich war ihr dafür dankbar, denn so konnte ich mich auf eine Bank setzen und hatte Zeit zum Nachdenken.

Ich kann aber nur an Dich denken.

In dem Restaurant hast Du die Hand auf meine Schulter gelegt. Und danach hieltest Du meine Hand, und ich wandte den Kopf ab, und Du fragtest mich, ob mir das unangenehm sei, und ich sagte nein. Wenn ich ehrlich gewesen wäre, hätte ich gesagt: »Mir ist die Luft weggeblieben.«

Und wie ich so auf der Bank saß und meine Tochter spielte, dachte ich: Das ist doch Wahnsinn. Gerade habe ich diesem Mann in einem Brief geschrieben, daß es so nicht weitergehen kann. Und dabei will ich nichts anderes – nichts anderes – als daß er mich körperlich liebt.

Ich gehe herum wie im Fieber. Ich kann nicht schlafen, und ich kann nicht essen.

Es ist mit Sicherheit besser für alle Beteiligte, wenn wir uns nicht wiedersehen.

Du sollst wissen, daß ich für alles, was jetzt geschieht, mindestens so viel Verantwortung habe wie Du.

Ich frage mich die ganze Zeit über, in jeder Minute, in jeder Stunde: Was ist das?

Siân

Seine Hände sind so naß und durchgefroren, daß er kaum das Telefon bedienen kann. Er hat seine Brille vergessen und kann die Zahlen auf den Tasten nicht erkennen. Er tippt die Nummer ein, als schriebe er Blindenschrift. Er steht an einem öffentlichen Münzapparat auf dem Bürgersteig neben dem Quick Stop. Hoffentlich kommt jetzt keiner vorbei, der ihn kennt. Warum telefoniert Callahan bei diesem Dreckwetter von einem öffentlichen Münzapparat aus, obwohl er es keine drei Kilometer weit bis zu seinem Haus hat? Der Eisregen trifft ihn wie mit feinen Nadeln im Nacken. Er klappt den Kragen hoch. Wenn er nur einen Schirm bei sich hätte! Die Nässe rinnt ihm an der Nase entlang.

»Hallo?«

Eine Frauenstimme meldet sich. Es ist Siân. Aber sie spricht so zurückhaltend, daß es sich anhört, als hätte sie den Hörer lieber gar nicht abgenommen.

»Siân?«

Schweigen. Langes Schweigen.

»Hier ist . . .«

»Ich weiß, wer da ist«, sagt sie langsam. Dann hört er einen leisen Laut, einen winzigen kehligen Laut. »O mein Gott . . .«, sagt sie.

»Charles genügt . . .«

»Ich weiß, ich weiß.« Ihre Stimme klingt gepreßt. Vielleicht weint sie. Aber da er sie nicht sehen kann, weiß er es nicht. Dann überstürzen sich ihre Worte. »Als ich dir sagte, es sei möglich, daß ich es nicht tun könne, dachte ich, ich würde nie mehr etwas von dir hören.«

»Du mußtest doch wissen, daß ich anrufen würde«, sagt er, »hast du meine Briefe schon erhalten?«

»Nein.«

»Dann wirst du sie heute bekommen. Eben sind deine bei mir eingetroffen.«

Wieder herrscht Schweigen am anderen Ende. Doch er glaubt, sie atmen zu hören.

»Siân?«

»Ja?«

»Wir müssen uns wiedersehen, das weißt du doch.«

»Ja.«

»Wir wollen uns heute treffen. Jetzt gleich!«

»Ich kann nicht . . .«

»Nein, heute nicht. Das Wetter ist scheußlich. Schneit es bei dir?«

»Eisregen.«

»Hier auch. Morgen?«

»Morgen?«

»Ich will nicht länger warten. Und ich werde auch nicht warten. Ich muß dich sehen.«

»Ich will's versuchen.«

»Selbe Stelle?«

»Gut.«

»Aber früher. Kannst du gegen zehn da sein?«

Sie scheint zu überlegen, zu rechnen. »Ja«, sagt sie zögernd, »ich glaube, ja.«

»Gut.« Er atmet tief aus. »Siân?«

»Ja.«

»Du wirst mich für verrückt halten, aber für den Fall, daß mir etwas zustößt und ich nicht hinkomme, sollst du wissen, daß ich dich liebe.«

Das Schweigen auf ihrer Seite zieht sich so lange hin, daß er schon glaubt, sie hätte aufgelegt. Er wünscht, er könnte ihr Gesicht sehen.

»Und noch etwas«, sagt er.

»Was?« fragt sie leise.

»Ich kann nicht sagen, woher ich es nach einem einzigen Rendezvous weiß«, sagt er, »aber ich bin ganz sicher . . .«

»Was denn?«

»Daß ich dich immer geliebt habe.«

Er steht neben seinem Wagen, als sie auf den Parkplatz fährt. Zehn nach zehn. Es ist ein klarer, frostiger Tag. Mit dem Unwetter von gestern ist die Tiefdruckfront weitergezogen und hat einen fast neonblau leuchtenden Himmel hinterlassen. Sie steigt aus dem Wagen, hängt sich die Schultertasche um und schließt die Tür. Er sieht ihr entgegen, als sie quer über den Parkplatz auf den Cadillac zukommt. Sie stehen sich eine Zeitlang gegenüber. Dann umarmt er sie und zieht sie fest an sich. Sie läßt es willig geschehen. Es ist, als habe auch sie seit Tagen auf diesen Augenblick gewartet. Er merkt, daß sie bebt. Und da sagt sie auch schon: »Ich zittere ja.« Sie sagt es so, als wäre es ihr peinlich. »Na ja, dann zittere ich eben.«

Er löst sich von ihr, hält sie auf Armeslänge von sich, betrachtet ihr Gesicht und küßt sie dann. Ihr Mund öffnet sich. Er hat das Gefühl, als ob er sich in sie ergießen würde.

Dann macht er sich los und sagt: »Ich habe ein Zimmer genommen.«

Ihr Zittern hört auf. Schon glaubt er, sie wollte Einspruch erheben, wäre noch nicht bereit, mit ihm in ein Zimmer zu gehen, nicht mit dem einverstanden, was daraus folgt. Doch sie sagt nichts, sondern scheint darauf zu warten, daß er sie hinbringt. Er nimmt ihre Hand und geht mit ihr über den Parkplatz, die Vordertreppe zum Gasthof hinauf und ins Foyer. Auch heute trägt sie Schwarz – schwarzen Mantel, hochhackige schwarze Schuhe – und er spürt ihr leichtes Hinken beim Gehen mehr, als daß er es sieht. Im Foyer dreht er sich zu ihr um und sagt: »Vielleicht fällt es dir etwas schwer, so einfach am Empfangsschalter vorbeizugehen. Ich habe uns schon eingetragen.«

»Schon gut«, sagt sie, »ich habe keine Schuldgefühle.«

Er kann sich nicht erinnern, wann er das letzte Mal auf so heimliche Weise ein Zimmer mit einer Frau genommen hat. Bestimmt nicht, seit er verheiratet ist. Er ist Harriet in der Ehe treu geblieben und nimmt an, daß sie ihm auch treu war. Es ist auch kaum Schuldgefühl, das ihn jetzt überkommt. Er benimmt sich einfach ungeschickt – wie ein junger Mann, der noch wenig Erfahrung mit Frauen hat.

Nicht zum erstenmal fragt er sich auch, ob es klappen wird – ob er im Bann einer seelischen Erregung, die er nicht beschreiben kann, in der Lage sein wird, Siân körperlich zu lieben. Er hat in den letzten Tagen versucht, sich den Akt vorzustellen. Doch seine Phantasie hat nicht ausgereicht. Er kann sie und sich nur als Kinder sehen. Am liebsten würde er ihr sagen, er hätte das Zimmer nur genommen, damit sie allein sein und sich unterhalten könnten, ohne daß jemand mithört, um sich auf diese Weise näher kennenzulernen. Aber das würde unaufrichtig klingen.

Sie geht, ein wenig rechts versetzt, vor ihm. Er gibt ihr die Richtung an. Das Zimmer liegt im obersten Stockwerk des Westflügels. Es ist der Flügel, in dem früher die Jungen geschlafen haben. Das Zimmer hat Aussicht auf den See. Er ist bereits hier gewesen und hat es sich angesehen.

Er steckt den Schlüssel ins Türschloß, macht die Tür auf und läßt sie als erste hineingehen. Mitten im Zimmer steht ein einfaches Himmelbett mit einer weißen Oberdecke aus imitiertem Samt. Die anderen Möbel im Zimmer – eine hohe Frisierkommode, die den Fernseher verdeckt und auf der ein Waschbecken mit Porzellanschüssel und Kanne steht, zwei Sessel mit Seidenpolster – sind aus Kirschholz entweder tatsächlich aus dem 18. Jahrhundert oder nachgemacht. Auch jetzt, da er das Zimmer zum zweitenmal betritt, staunt er wieder über die Veränderung, denn als er als Junge hier gewohnt hat, gab es in jedem Zimmer nur je zwei Stockbetten und vier Kleiderhaken.

Siân bleibt mit den Händen in den Taschen stehen, geht dann ans Fenster und schaut hinaus. Er stellt sich zu ihr und legt eine Hand auf ihre Schulter. Die Sonne spiegelt sich gleißend im Wasser. Er will ihr den Mantel ausziehen, doch sie läßt Mantel und Handtasche einfach zu Boden gleiten. Darunter trägt sie einen schwarzen Rock mit grauer Jacke. Das Haar hat sie wieder zu einem Knoten am Hinterkopf aufgesteckt.

Er beugt sich zu ihr und preßt die Lippen auf ihren Nacken. Das läßt sie erschauern. Sie neigt ein wenig den Kopf nach vorn.

»Du weißt es noch«, flüstert sie hauchzart.

»Natürlich weiß ich es noch«, sagt er.

Er dreht sie zu sich und geht so die zwei, drei Schritte mit ihr zum Bett. Sie setzt sich auf die Bettkante. Er nimmt neben ihr Platz.

Sie zeigt die geöffneten Hände vor. »Ich bin nicht . . .«

Sie sieht ihn fragend an und öffnet den Mund, als wolle sie den Satz beenden, aber er küßt sie und wirft sich mit ihr aufs Bett. Ihre Lippen sind einladend geöffnet, doch er spürt, daß sie sich auch jeden Augenblick wieder zurückziehen könnte. Seine Hand gleitet unter ihren Rock, tastet über ihre Hüfte, ihren Bauch. Er will ihren Körper sehen und schlägt den Rock hoch.

Sie hat einen kurzen schwarzen Slip an. Er zieht ihn ihr aus, und sie läßt es sich gefallen. Er findet ihre Scham und führt einen, dann den zweiten Finger ein. Langsam gleiten die Finger lustvoll vor und zurück. Dabei beugt er sich über sie. Sein Mund ist dicht über dem ihren. Sie öffnet leicht die Lippen, zum Kuß bereit. Er sieht ihre Zähne und die Zunge. Auch er hat den Mund geöffnet, küßt sie aber noch nicht. Ihre Münder nähern sich immer mehr. Sie hebt den Körper, um ihm entgegenzukommen. Er spürt ihren Atem an seinen Lippen. Er zieht die Finger aus ihrer Scham, legt sie an ihren Mund und zeichnet die Umrisse ihrer Unterlippe nach. Sie faßt nach seiner Hand, nimmt seine Finger, steckt sie sich in den Mund und bewegt sie langsam vor und zurück, wie er sie in ihr bewegt hat.

Rasch öffnet er den Gürtel und dringt in sie ein. Dabei stützt er sich mit den Händen auf, denn er will ihr ins Gesicht sehen. Sie erwidert den Blick und legt die Beine um ihn. Er fühlt die kühle glatte Haut ihrer Beine an seinen Oberschenkeln. Sie sieht ihn unverwandt an und schließt die Augen nur einmal kurz und fest, als sie kommt. Er kommt bald nach ihr, und in diesem Augenblick weiß er, daß er nie wieder mit einer anderen Frau schlafen will als mit Siân Richards.

Nach einer Weile dreht sie unter ihm den Kopf zur Seite. Er richtet sich auf, um sie anschauen zu können. Sie lächelt.

»Was ist?« fragt er und lächelt auch.

Langsam schüttelt sie den Kopf und schaut ihn wieder so fest an, wie ihn noch keine Frau angeschaut hat – weder Harriet noch irgendeine andere. Ihr Lächeln ist voller Verständnis, und das geht weit über die Vorgänge dieses Tages auf diesem Bett hinaus.

»Ich habe so lange auf dich gewartet«, sagt sie.

In ihrem schwarzen Slip sitzt sie auf der Bettkante. Die Jacke und den Rock hat sie ausgezogen. Das Haar hat sich halb gelöst und fällt auf einer Seite herab. Er liegt fast nackt unter der Decke, den Kopf auf dem Kissen. Er sieht es gern, wenn sie sich im Slip bewegt.

»Trägst du immer Schwarz?« fragt er sie.

Sie zuckt mit den Achseln und schlägt die Beine übereinander. »Kann sein. Das ist am einfachsten. Es paßt zu allem.«

»Ich werde jeden Mann umbringen, der jemals hört, wie du einen Orgasmus hast.«

»Es hat nicht viele gegeben«, sagt sie, »und wenn wir in diesem Tempo weitermachen, werden wir bald öfter zum Höhepunkt kommen als in unseren Ehen.«

Sie hatten sich drei- oder viermal geliebt. Genau kann er es nicht sagen. Ein Liebesakt ist in den anderen übergegangen. Nach jedem Mal haben sie sich aufs neue erregt. Zum Mittagessen sind sie noch nicht gekommen.

»Bei mir wird es jedenfalls nicht mehr lange brauchen«, sagt er.

Sie lacht. »Es ist süß, daß du das sagst.«

»Es ist wahr.«

»Merkwürdig«, sagt sie. »Als Vierzehnjährige haben wir nicht gewußt, wie uns geschah, und jetzt mit sechsundvierzig Jahren wissen wir wieder nicht, wie uns geschieht.«

»Einer von uns ist erst fünfundvierzig.«

Sie schlägt leicht auf seinen Arm. Er tut so, als täte es schrecklich weh.

»*Ich* kann es nicht erklären«, sagt er. »Ich kann es nur mit den Gefühlen vergleichen, die ich als Vierzehnjähriger für dich hatte.«

Er setzt sich auf und küßt sie wieder auf den Nacken. »Wenn ich das jetzt tue«, sagt er, »spüre ich einen sexuellen Duft. Hat irgendwie mit meinem Atem an deinem Hals zu tun.« Er lehnt sich zurück und betrachtet ihren Nakken. »Da hat dich der Storch gebissen«, sagt er.

»Was?«

»Da hat dich der Storch gebissen. Ich meine, da hast du ein Muttermal. Sieht jedenfalls so aus. Knapp über dem Haaransatz.«

Sie faßt sich an den Nacken. Dann steht sie auf, geht ans Fenster und sieht auf den See. Er steht auf und stellt sich neben sie. Er hat nur das aufgeknöpfte Hemd an.

»Das war schon sehr sonderbar«, sagt er, »als wir vorige Woche da unten saßen und aufs Wasser blickten.«

»Was hat es dir bedeutet?«

»Ich weiß nicht«, sagt er, »ich dachte, jeden Augenblick wird Johannes der Täufer aus dem See steigen.«

»Das ist aber keine streng katholische Vorstellung.«

»Nein.«

»Woher kommt sie?«

»Ich wollte eigentlich nur ins Wasser springen und rein werden. Und ich wünschte, mir nie mehr vorstellen zu müssen, daß du mit einem anderen Mann zusammen bist.«

Sie legt ihm die Hand auf die Schulter und läßt sie dann auf seinen Rücken gleiten.

»Ich glaube, es mußte so kommen«, sagt sie.

»Können wir uns darauf verlassen?« fragt er.

Nach kurzem Schweigen antwortet sie: »Wenn du dich darauf nicht verlassen kannst, dann kannst du dich auch auf das Universum nicht mehr verlassen.«

Das Zimmer wird weit. Seine Brust droht zu zerspringen. Er möchte das Fenster aufreißen und zu den Kellnern hinausschreien.

»Ich glaube, wir sind dazu bestimmt, ein Paar zu werden«, fährt sie fort.

Er lächelt. Das Wort »Paar« gefällt ihm sehr. Er denkt dabei an etwas Primitives, Einfaches, Animalisches, an etwas, das man tut, ohne nachzudenken, ohne vorher zu überlegen. Es erinnert ihn daran, wie sie seinen Geruch wiedererkannt hat.

»Ja«, sagt er. »Das glaube ich auch.«

»Und dabei habe ich noch nicht einmal deine Kinder gesehen.«

»Ich deins auch nicht.«

»Wir beide werden keine Kinder mehr haben«, sagt sie. »Das heißt, wahrscheinlich werden wir keine Kinder mehr haben. Also, ich meine, wir sollten keine Kinder mehr in die Welt setzen.«

Das bringt ihn ins Grübeln. Er ist entsetzt, daß er nicht früher daran gedacht hat – aber noch mehr entsetzt ihn sein nächster Gedanke: Einerseits macht er sich Sorgen, daß sie ohne Schutz miteinander verkehrt haben, andererseits spürt er den heißen Wunsch, sie geschwängert zu haben.

»Ich hätte vorher davon sprechen müssen«, sagt er, »aber ...«

Sofort schüttelt sie den Kopf. »Nein, ich habe nichts mitgebracht. Aber vielleicht ist das für mich auch kein Problem mehr.«

Er weiß zwar nicht ganz genau, was sie meint, geht aber nicht weiter darauf ein. »Wir haben schon genügend Kinder«, sagt er.

»Und wir kennen uns erst seit sechs Tagen.«

»Sechs Tage und eine Woche.«

»Sechs Tage, eine Woche und einunddreißig Jahre«, sagt sie.

Er zieht sie an sich. Ihr Kopf liegt an seiner Schulter. In einem Brief hat sie ihn gefragt: »Was ist das?« Vielleicht gibt es darauf gar keine Antwort. Ist ihre Beziehung ein Rückschritt oder ein Fortschritt? Sind sie nur damit beschäftigt, eine unreife Kinderliebe wieder ins Leben zu rufen? Oder ist dies die Gelegenheit – die Chance ihres Lebens –, ein reiches, reifes sexuelles Liebesleben mit dem Menschen zu führen, der für einen bestimmt ist? Merkwürdig, wie diese Fragen auch in dem Lied enthalten sind, das er wiederentdeckt hat und nun so liebt. *›Und was du heut erlebst, ist wie ein Echo früherer Zeit.‹*

Sie faßt nach seinem Hemdstoff, führt ihn an ihr Gesicht und atmet tief ein.

»Ich rieche dich so gern«, sagt sie.

Sie hat sich, so gut sie konnte, zurecht gemacht und auch ihre Frisur wieder in Ordnung gebracht. Allerdings hat sie kein Make-up bei sich, um die schwachen Flecken an ihrer Stirn abzudecken. Ihre graue Jacke ist zerknautscht. »Beim nächstenmal«, sagt sie, noch im Zimmer, und ihre Worte machen ihm das Herz leicht, »muß ich Verschiedenes mitbringen, damit ich vor dem Mittagessen duschen und mich besser zurechtmachen kann.«

Sie sitzen auf derselben Wandbank wie neulich. Der Speisesaal sieht im großen und ganzen genauso aus wie vor einer Woche. Nur daß man die reinweißen Vorhänge vor den Fenstertüren zugezogen hat, um die Mittagsgäste vor den trapezförmigen Ausschnitten des Sonnenlichts zu schützen, die sonst um diese Zeit in den Saal fallen würden. Er hat einen Wodka, sie ein Glas Wein getrunken. Er hat Austern, sie Lachs gegessen. Erstaunlich – oder vielleicht gerade nicht erstaunlich –, daß er zum erstenmal seit Wochen wieder richtigen Hunger hat. Er ist zwar erschöpft, aber auch glücklich. Sie sitzt ihm leicht zugewandt. Ihr Knie stößt an seinen Oberschenkel. Seine Hand liegt auf ihrem Bein. Obwohl sie kein Lächeln zeigt, strahlt ihr Gesicht.

»Du bist schön«, sagt er. Er weiß, daß sie keinen makellosen Körper besitzt. Er allerdings auch nicht. Aber schließlich ist sie auch keine sechsundzwanzig mehr, sondern sechsundvierzig. Und doch kann er sich in diesem Augenblick nicht vorstellen, daß ihn irgendeine andere Frau mehr reizen könnte als sie.

»*Du* bist schön«, sagt sie.

»Das hat, glaube ich, noch nie jemand zu mir gesagt.«

Sie legt ihm zart die Hand aufs Knie. »Ich habe so etwas noch nie getan«, sagt sie, »ich meine, ich war noch nie untreu.«

»Ich auch nicht.«

Sie nimmt die Hand weg und fährt langsam fort: »Man kann eigentlich auch nicht sagen, daß wir eine ausgesprochen schlechte Ehe führen. Nur ist es so, daß Stephen und ich uns nicht sehr nahestehen. Wir ... wir machen kaum mal ...« Ihre Handbewegung verrät, was sie meint.

Rasch hebt er eine Hand. »Nicht!« sagt er. »Ich will nichts davon hören. Nicht jetzt.«

Sie schaut auf das Tischtuch.

»Wir müssen vorsichtig sein«, sagt er.

Sie stimmt ihm sofort zu. »Ich möchte deiner Frau nicht weh tun.«

»Nein, das meine ich nicht. Ich meine, wir beide müssen behutsam miteinander umgehen.«

Sie sieht ihn prüfend an. »Manchmal denke ich schon an die nächsten einunddreißig Jahre«, sagt sie.

»Ich auch.«

»Und ich frage mich, wieviel Zeit uns noch bleibt. Beginnt jetzt die zweite Hälfte des Lebens? Oder schon das letzte Drittel? Wir haben durch Zufall eine neue Welt für uns entdeckt. Wenn du an jenem Morgen nicht die Sonntagszeitung gekauft hättest, würden wir jetzt nicht hier sitzen.«

»Kommt es denn auf die Zahl der Jahre an?« fragt er und merkt selbst, wie er sich ereifert, »ist es die Sache nicht wert, auch wenn es nur ein Jahr, nur einen Monat dauert? Ist das nicht ebenso wertvoll – oder geht es wirklich darum, so viele Stunden wie möglich zu hamstern?«

Sie schweigt. Natürlich kann sie diese Frage nicht beantworten. Jetzt greift sie in ihre Handtasche. »Ich habe dir ein paar Fotos mitgebracht«, sagt sie, »um dir einen Begriff von den inzwischen vergangenen Jahren zu geben. Und ich wollte dir auch meine Tochter zeigen.«

Er nimmt ihr den sauber aufgehäuften kleinen Stoß Fotos aus der Hand und setzt die Brille auf.

»Das bin ich in der Highschool«, sagt sie und zeigt auf das Foto eines Mädchens mit Pagenkopf in einem einfachen Pullover und mit einer Perlenkette. Auf diesem Foto trägt sie keine Brille, und es fällt ihm auf, daß sie viel älter aussieht, als sie damals war. Sie kann ja erst sechzehn höchstens siebzehn gewesen sein. Doch die Augen haben einen alterslosen Ausdruck – einen Ernst, der ihre Jugend Lügen straft. »Und das bin ich in Senegal.« Er betrachtet das Foto einer hochgewachsenen, mageren, knochigen Frau mit Sonnenbrille, der ein buntes, um die Brust geknüpftes, lang fallendes Tuch als Kleid dient. »Das haben die Frauen dort alle getragen«, erklärt sie. Auf dem Foto sind noch andere Frauen zu sehen, aber keine Männer. Sie zeigt ihm weitere Fotos – darunter einige von einem hübschen kleinen Kind mit langen blonden Haaren. Ein Foto ihres Mannes ist nicht darunter.

Plötzlich bleibt sein Blick an einem Foto hängen, und er hält inne. Es zeigt Siân mit einem Baby. Sie sieht aus, als sei sie Ende Zwanzig oder Anfang Dreißig, und sie wiegt das Baby in den Armen, als wolle sie es gleich stillen. Das muß ihr verstorbener Sohn sein.

Er legt den Stoß Fotos auf den Schoß und schaut auf die gegenüberliegende Wand.

»Es tut mir weh, dich so zu sehen. Damals konnte ich nicht bei dir sein«, sagt er.

Dann gibt er ihr die Fotos zurück. Er spürt den Zeitdruck, unter dem sie stehen. Verstohlen schaut er auf seine Armbanduhr, aber sie hat es bemerkt.

»Wie spät ist es?« fragt sie.

»Das sage ich dir nicht«, antwortet er.

»Ich muß es aber wissen«, sagt sie.

»Ich habe gehofft, wir könnten noch einmal ins Zimmer gehen. Aber ich weiß, du kannst nicht.«

»Wir kommen ja wieder her.«

»Wann?«

»Kann ich noch nicht sagen. Es ist für mich schwer wegzukommen.«

»Aber wir müssen uns wiedersehen.«

»Ja.«

»Kann ich dich anrufen?«

Sie sieht auf ihre Hände herab. Dann hebt sie den Kopf und seufzt. »Zwischen vier und fünf ist er fast nie im Haus«, sagt sie, »aber dann habe ich Lily. Es wird nicht leicht sein.«

Während er die Rechnung begleicht, legt sie den Mantel um die Schultern. Dann verlassen sie den Speisesaal. Er steckt die Hände in die Hosentaschen und zieht wegen der Kälte die Schultern hoch. Den Wintermantel hat er oben im Zimmer gelassen. Wenn sie weg ist, muß er ihn holen. Nebeneinander gehen sie über den Parkplatz zu ihrem Auto.

Sie nimmt seinen Arm und sagt: »Wir dürfen nicht daran denken, was gewesen sein könnte. Sonst machen wir uns nur verrückt.«

Sie steckt den Schlüssel ins Türschloß. Dann schaut sie zu ihm auf. Er kann nur daran denken, daß sie ihn in wenigen Sekunden verlassen wird.

»Dürfen wir das eigentlich tun?« fragt sie.

Er antwortet: »Ich kann mir nicht vorstellen, daß wir es nicht tun sollten.«

Dann legt er den Arm um sie und zieht ihren Kopf an seine Schulter. In diesem Moment fährt ein Auto auf den Parkplatz. Am Lenkrad sitzt eine ältere Frau mit kurzem, graumeliertem Haar. Vielleicht eine Kellnerin oder eine Köchin. Die Frau sieht ihn an, zeigt ein breites Lächeln und macht ihm das ermunternde Zeichen mit dem hochgestellten Daumen. Er erwidert ihr Lächeln.

»Das ist es«, sagt er zu Siân.

Einige Minuten später betritt er das Zimmer, um den Mantel zu holen. Das Bett ist noch nicht gemacht. Es sieht verwühlt aus. Er setzt sich auf die Bettkante. Da sieht er einen Fleck auf dem Laken. Er befühlt den Fleck mit dem Finger und schließt die Augen. Wie können wir je getrennt sein, denkt er, bei diesem Beweis unserer Vereinigung?

Schon am zweiten Tag ahnte das Mädchen, daß der Junge sie ansprechen würde. Sie hatte den ganzen gestrigen Nachmittag über – in den Räumen des alten Herrenhauses und draußen auf dem Rasen und sogar am Schwimmbecken, in dem ihnen das Schwimmen gestattet wurde – gemerkt, daß er sie beobachtete. Er trug eine rote Badehose und machte mit klappmesserartig abgewinkelter Körperhaltung einen Kopfsprung. Als er wieder heraus kam, hatten sich die nassen Haare trotz ihrer Kürze an den Kopf angelegt, und wieder sah er zu ihr.

Am zweiten Tag verließ sie kurz vor Mittag den Werkkundesaal, in dem die anderen noch waren, und ging den Weg zum See hinunter. Dieser Spaziergang war zwar nicht im Zeitplan aufgeführt, aber auch nicht verboten. Obwohl sie sich nicht abzukapseln pflegte, war sie doch oft lieber allein.

Sie dachte: Wenn man von der breiten Rasenfläche in den dichten Wald kommt, ist es, als beträte man eine Kathedrale, deren Wände aus hohen Fichten bestehen und nicht aus dem großen, behauenen Steinen der katholischen Kirche nahe ihrem Zuhause. Vom See wehte eine Brise über den Weg zwischen den Bäumen, und der Pfad lag in dunklem Schatten, abgeschirmt von der gleißenden Mittagssonne.

Sie hatte die Hände in die Taschen gesteckt, und als sie die Schritte hinter sich hörte, ging sie ruhig weiter, blieb nicht stehen und drehte sich nicht um. Sie erreichte die Lichtung und setzte sich auf die Bank, die dem See am nächsten stand. Daß sie hier im Lager war, hatte nichts mit dem Kreuz zu tun. Schon mit vierzehn war ihr klar, daß das Kreuz bereits Geschichte war und nur eine der vielen Krücken darstellte, nach denen die Erwachsenen griffen, um sich Mut zu machen. Dennoch mochte sie die strenge Zucht und die Rituale ihrer Kirche und den Klang der lateinischen Worte.

Er setzte sich auf eine Bank in ihrer Nähe und schaute wie sie aufs Wasser. Mit einem Seitenblick auf sie sagte er in schüchternem Ton: Hallo. Und sie sagte auch: Hallo. Dabei sah sie ihn flüchtig an. Er nannte ihr seinen Namen und sie ihm ihren, obwohl sie ihre Namen schon kannten. Er fragte sie, woher sie komme, und sie fragte ihn, woher er komme, und sie beantworteten die Fragen lässig, ohne zu ahnen, daß sie mit den Antworten ihr Schicksal besiegelt hatten. Sie dachte: Er ist genau wie ich, nicht verschlossen, aber gern für sich allein.

Er sagte, er sei aus dem Saal gegangen, in dem die anderen noch waren, weil er bereits eine Geldbörse habe und keinen Sinn darin sehe, sich noch eine im Werkunterricht zu basteln, noch dazu eine, die mit einer Kordel zusammengehalten würde. Sie nickte lächelnd. Sie sagte, sie habe auch nicht viel für Werkunterricht übrig. Sie sei mehr für andere Tätigkeiten – Schwimmen, Bogenschießen und Badminton. Er forderte lächelnd und überrascht über die eigene Keckheit damit sein Schicksal heraus, indem er ihr berichtete, daß er ein ziemlich guter Badminton-Spieler sei und daß sie mal gegeneinander spielen sollten. Im gleichen selbstironischen Ton wie er erwiderte sie, sie sei auch ganz gut, und er könne von Glück sagen, wenn sie mit ihm spielte. Danach saßen sie schweigend da und schauten aufs Wasser hinaus. Eine Weile behielten sie noch ihr Lächeln bei, bis es nach einiger Zeit verblaßte.

Er stand auf, kam näher und setzte sich auf ihre Bank. Er hatte einen Stock in der Hand. Mit der Spitze malte er Figuren in die Erde zu ihren Füßen. Sie sprachen von ihren Eltern und ihren Schulen, den hiesigen Betreuern, dem Tageslauf im Camp, und jeder wußte, daß die lässigen Fragen und Antworten nur dazu da waren, um einen anderen Dialog zu verschleiern, einen Dialog mit abgewandten Blicken und kleinen Handbewegungen. Sie schlug die Beine übereinander. Er kratzte sich am Arm.

Der See eignete sich nicht zum Schwimmen. Das Ufer war dunkel vor Wurzeln und Unkraut. Doch es gab Fische im See, und selbst jetzt in der heißen Sonne sahen sie manchmal einen Barsch an die Oberfläche kommen. Dann schlug eine Glocke zwölfmal, das Zeichen zum Mittagessen. Das durften sie nicht versäumen. Man würde nach ihnen suchen und sie ausfragen. Das hätte ihr zwar wenig ausgemacht, doch dann würden die anderen wissen, daß man sie zusammen überrascht hatte, und würden auf sie acht geben.

Sie stand als erste auf und sagte, sie müßten in den Speisesaal gehen. Er warf den Stock ins Wasser. Sie sah ihn durch die Luft segeln und auf der Oberfläche aufschlagen. Schon bei diesem ersten Treffen war ihnen klar, daß sie einzeln zurückgehen mußten. Daher sagte er wie ein Kavalier, er wolle vor dem Zurückgehen noch mal ins Boothaus schauen. So konnte sie als erste über den Rasen hinaufgehen, und das größere Risiko nahm er auf sich.

Nach kurzem Zögern willigte sie ein. Sie wußte, daß er ihr Zögern bemerkt hatte. Daß sie eigentlich viel lieber auf der Lichtung geblieben wäre, wo sich gerade etwas zwischen ihnen angesponnen hatte. Er steckte die Hände in die Taschen und malte mit der Spitze seines Turnschuhs Zeichen in den weichen, trockenen Boden. Vom Hügel hörten sie das Zuschlagen einer Fliegenschutztür und das gedämpfte Klappen anderer Türen.

Heute nachmittag, sagte er, und sie nickte.

Als wir noch Kinder waren, hieltest du meine Hand. Und später, als wir zusammen auf dem feuchten, zerknitterten

Bettlaken lagen und ich sagte: Was haben wir getan! – da sagtest du: Ich halte doch nur deine Hand.

In dem Sommer, als ich dich kennenlernte, blutete mir das Herz. In dem Winter, in dem wir uns wiedersahen, besann ich mich. Das war es, was wir beide am meisten vermißt hatten – meine Weiblichkeit.

In dem Zimmer des Gasthofs, dem Zimmer, das einmal ein Schlafzimmer für Jungen gewesen war, schobst du den Finger in mich, und ich dachte: So intim bin ich noch mit keinem Mann gewesen.

In dem Zimmer des Gasthofs lag ich unter dir. Dein Gesicht war über meinem. Ich sah zu dir auf – dein Mund und deine Augen . . .ich dachte: Ich kenne diesen Mann. Ich hatte dich wiedererkannt.

Ich brachte Fotos mit in den Gasthof, um dir zu zeigen, wie ich einmal gewesen bin. Doch dann merkte ich sofort, daß es ein Fehler gewesen war, denn ich las dir an den Augen ab, wie weh es dir tat, und du sagtest mir auch: Es tut weh, daß ich damals nicht bei dir war.

Du hast im Zimmer auf dem Sessel gesessen. Ich saß rittlings auf dir und schaute dir ins Gesicht. Du trugst ein Hemd mit blauen Streifen und eine rote Krawatte, die du gelockert hattest. Ich sah den Umriß deines Gesichts, das gutgeschnittene Kinn, die braunen Augen, den Mund, die gerade Unterlippe, und ich sah den Jungen, der mich verlassen hatte, und den jungen Mann, den ich nie kennengelernt habe.

Ich sah dich auf der Bettkante sitzen und dich vorbeugen, um dir die Schuhe anzuziehen. Ich stand hinter dir, und du wußtest nicht, daß ich dich beobachtete. Ich sah die Krümmung deines langen Rückens. Ich dachte: Wie verletzlich er ist! Ich werde diesen Mann immer lieben.

Ich wollte dir Fragen stellen, brachte aber kein Wort heraus. Hast du es gewußt, als du deine Kinder gezeugt hast? Hast du deine Frau geküßt, als sie in den Wehen lag?

Wann hast du deiner Frau gesagt, daß du sie liebst? Hast du deine Frau für schön gehalten?

Und jetzt möchte ich gern eins wissen: Wie stark verzerrt die Zeit die Erinnerung?

Als er in der Schlange steht, fühlt er sich als Gegenstand der allgemeinen Neugier. Er weiß nur nicht, ob sein unrasiertes Aussehen oder etwas ganz anderes der Grund ist – weil er gleichzeitig geistesabwesend und doch hochkonzentriert, locker und doch nervös erscheint. Er ist die ganze Nacht auf gewesen und hat Briefe geschrieben, von denen er jetzt vier in ein Päckchen gesteckt hat. Geschlafen hat er nur zwei Stunden, heute morgen in Kleidern auf der Couch, nachdem die Kinder aus dem Haus waren. Seit er von The Ridge heimgekommen ist, hat er es nicht über sich gebracht, das Schlafzimmer zu betreten und das Ehebett anzusehen, als würde er damit einen doppelten Betrug verüben – gegenüber seiner Frau und der Frau, die er gestern körperlich geliebt hat.

Er kommt sich vor wie in einer Falle. Er ist jetzt der dritte in der Schlange. Mindestens sieben Personen stehen noch hinter ihm. Möglicherweise, denkt er, starren mich alle deshalb so an, weil sie wissen, daß ich mein Büro verloren habe und mit einiger Gewißheit auch bald mein Haus verlieren werde. Ein weiteres Opfer der Rezession. Selbst Harriet schreibt sein bizarres Verhalten seinen finanziellen Schwierigkeiten zu, was ihn einerseits erleichtert und andererseits Schuldgefühle in ihm hervorruft. Sie fragt ihn auch nicht mehr, warum er nicht ins Bett gekommen ist oder warum er nichts zu sich nimmt. Es ist, als hätte sie beschlossen, über diese kleinen Absonderlichkeiten vorerst hinwegzusehen.

Er ist zur denkbar ungünstigsten Zeit ins Postamt gegangen, um Viertel nach zwölf zur Mittagszeit und außerdem im vorweihnachtlichen Ansturm. Er überlegt, ob er gehen und später wiederkommen soll. Aber er muß diese Briefe wegschicken. Jetzt rückt er eins vor und ist zweiter in der Schlange. Er nimmt sich den Adressenvordruck für einen Eilbrief vom Schalter und holt den Füller aus der Jackettasche. Dabei denkt er, wie heute schon den ganzen Vormittag über, daran, was sie gestern zu genau dieser Uhrzeit getrieben haben. Er erlebt diesen Tag in viertelstündlichen Abschnitten immer wieder neu. Um Viertel nach zwölf haben sie noch im Bett gelegen, waren noch nicht zum Essen hinuntergegangen. In seinem Kopf jagen sich erotische Bilder. Heute wird er sie um vier anrufen. Er muß einfach ihre Stimme hören.

Die ältere Frau vor ihm legt ihre Handtasche aufs Pult, nimmt die Geldbörse heraus und zählt erschreckend umständlich in Scheinen und Münzen auf, was sie zu zahlen hat. Selbst der normalerweise mit stoischer Ruhe ausgestattete Noonan schaut ungeduldig auf die Armbanduhr und dann auf die lange Schlange, die bis zur offenen Tür reicht. Von draußen strömt kalte Luft herein. Noonan seufzt.

»Callahan«, sagt er und nickt ihm über den Kopf der Frau hinweg zu.

»Harry«, sagt Charles.

»Kalt draußen.«

»Bitterkalt.«

»Was bringen Sie?«

»Einen Eilbrief.«

Die Frau vor Charles räumt den Platz. Charles legt das Kuvert auf den Schalter. Was wird sich Noonan bei der Adresse denken? Zum zweitenmal in dieser Woche – die Adresse, an die er schon seit dem Herbst Briefe schickt. Noonan betrachtet den Umschlag, wiegt ihn ab und macht sich daran, die Eilpostadresse aufzukleben, die Charles inzwischen ausgefüllt hat.

Da kommt ihm plötzlich eine Idee. Er sieht auf die lange Menschenschlange hinter sich und dann über den Schalter zu Noonan. Der hat ihm gerade gesagt, wie hoch das Porto ist, und wartet darauf, daß Charles zahlt.

Niemand wird das verstehen, sagt sich Charles. Aber sie wird es verstehen. *Sie* ja.

»Einen Moment noch, Harry.«

Charles zieht sich erst den Wintermantel, dann das Jakkett aus und legt beides auf das Schalterpult. Er lockert die Krawatte und nimmt sie ab. Dann knöpft er das Hemd und die Manschetten auf. Er zieht das Hemd aus und faltet es zu einem möglichst kleinen Bündel zusammen. Dann greift er über den Schalter, steckt das Hemd zu den Briefen in den großen Umschlag, klebt ihn wieder zu und schiebt ihn Noonan hin. Noonan sieht Charles an. Charles zieht Jackett und Mantel wieder an und steckt die Krawatte in eine Tasche. Den Wintermantel knöpft er bis zum Kragen zu und zückt schließlich die Brieftasche.

»Was kostet es jetzt?« fragt er Harry Noonan.

4

Die Luft am frühen Morgen war mild und feucht. Der Tag versprach, heiß zu werden. Aber vorläufig wehte vom Wasser her noch eine kühlende Brise. Am meisten gefiel ihr, wie das rosarote Licht, durch die Blätter der Bäume gefiltert, auf das grüne Laubwerk am Ufer fiel. Es war der dritte oder vierte Tag, und bisher hatten sie jeden Tag eine Möglichkeit gefunden, zusammenzusein. Am Abend zuvor hatte er gesagt, sie wollten sich in aller Frühe am Bootshaus treffen.

Er war schon da. Sie entdeckte ihn schon von weitem – ein weißes Hemd im Dunkeln, das sich über ein Boot beugte und an der Leine zerrte. Unter dem Baldachin des

Waldes ging sie auf die Anlegestelle zu. Als sie die Verabredung getroffen hatten, hatte keiner von ihnen Einwände erhoben wie: Das dürfen wir aber nicht – oder: Man könnte uns ertappen. Die anderen schliefen noch, als sie sich aus dem Zimmer schlichen.

Später saß sie im Heck, während er in der Mitte des Bootes saß und ruderte. Sie bewunderte die glatten Rollbewegungen seiner Arme, wenn er die Riemen durchzog, obwohl er sie manchmal in der Eile nicht richtig eintauchte. Dann übersprühte sie ein dünner Wasserfall. Einmal veränderte er seinen Sitz im Boot, und ihre Knie berührten sich, seine in der Baumwollhose und ihre nackten. Da sah er flüchtig zu ihr auf und wandte sich rasch wieder ab. Er ruderte zur Mitte des Sees und ließ das Boot dann außer Sichtweite zum Weststrand treiben. Dabei zog er die Riemen ein und ruhte sich aus.

Am Hals und an der Stirn schwitzte er bereits. Er zog Schuhe und Socken aus, übergab ihr seine Armbanduhr und sprang ins Wasser. Später kam sie zu der Ansicht, daß er es nicht nur getan hatte, um sich abzukühlen, sondern auch um die Spannung zwischen ihnen abzubauen. Lachend tauchte er wieder auf und sagte zu ihr, falls er ertränke, solle sie die Uhr seinem kleinen Bruder schicken. Sie lächelte und wünschte, sie könnte auch ins Wasser springen und mit ihm schwimmen. Aber sie konnten doch nicht beide in nassen Kleidern zurückkehren, und außerdem durften sie das Boot nicht beide verlassen, ohne es durch eine Leine oder einen Anker zu sichern.

Er schwamm weg und kam dann wieder zurück. Mal schwamm er auf der Seite, mal pflügte er sich im Kraulstil durchs Wasser. Im Frühlicht sah das Wasser noch dunkel aus. Doch ein Stückchen weiter entfernt hatte die Seeoberfläche schon einen rosigen Schimmer.

Er kam wieder zum Boot, legte sich auf den Rücken und begann es zu umkreisen. Er wirkte glücklich. Das

Schwimmen schien ihn überhaupt nicht anzustrengen. Er prustete Wasser aus wie ein Wal. Es machte ihm Spaß, vor ihr ein wenig anzugeben. Und er stellte ihr Fragen. Es fiel ihm leichter, solche Fragen vom Wasser aus zu stellen. Hatte sie schon mal etwas richtig Schlimmes angestellt? Hatte sie zu Hause einen festen Freund? Und sie antwortete ihm bereitwillig. Sie habe keinen Freund, sagte sie, und einmal sei sie als Anhalterin mit einem Trucker ein Stück auf dem Highway mitgefahren.

Und wie ging das aus? fragte er und hielt sich mit einer Hand am Boot fest.

Er hat mich in die nächste Stadt gefahren.

Und dann? fragte er.

Schon tat es ihr leid, daß sie ihm ausgerechnet dieses Erlebnis erzählt hatte.

Er hat versucht, mich zu küssen, sagte sie.

Das Wort hing zwischen ihnen, ein Reizwort für Vierzehnjährige, ein Wort, an das sie ständig dachten. Er wirkte betroffen und scheute sich, weiter zu fragen. Doch ihr war klar, daß sie ihm von sich aus antworten mußte.

Ich habe ihn nicht rangelassen, sagte sie. Ich bin weggerannt und den ganzen Weg zu Fuß nach Haus gegangen.

Wie weit? fragte er.

Acht Kilometer.

Er stieß sich vom Boot, ließ sich wie erleichtert sinken und tauchte dann wieder auf.

Aber da hast *du* doch nichts Schlimmes getan? fragte er.

Doch, sagte sie. Ich bin ja schließlich zu ihm eingestiegen.

Er schien zu überlegen und sagte dann: Also das war eine Dummheit von dir, aber nichts Schlimmes.

Mir kam es aber schlimm vor, sagte sie.

Hast du es deinen Eltern erzählt? fragte er.

Natürlich nicht, sagte sie.

Aber bei der Beichte hast du es bestimmt erzählt, sagte er. Ich möchte wetten, daß du es für eine Sünde gehalten hast.

Er umklammerte den Bootsrand und hievte sich hinein. Das Hemd klebte ihm am Körper, und die Haut schimmerte pfirsichfarben durch. Die Hose schmiegte sich an seine Schenkel. Sie schaute weg.

Sie geriet in leichte Verwirrung. Sie hatte es damals tatsächlich für eine Sünde gehalten. Auch jetzt noch. Weil sie sich unnötig in Gefahr begeben hatte.

Er ruderte jetzt schnell zum Ufer zurück. Rasch tauchten das Bootshaus und das Kreuz wieder auf. Bald würden die anderen zur Morgenandacht herkommen. Was würde Cal wohl mit seinen nassen Kleidern machen?

Als sie unter dem Bootshaus anlegten, gab sie ihm die Armbanduhr zurück. Im Zwielicht konnte sie seinen Gesichtsausdruck nicht erkennen, zumal die Sonne hinter ihm stand. Dagegen konnte er ihr Gesicht sehen. Bei der Übergabe der Uhr spürte sie kurz die Berührung seiner Hand.

Du bist genau wie ich, sagte er zu ihr.

Als die anderen zur Andacht kamen, saß sie schon auf einer Bank. Eine Freundin fragte sie, warum sie beim Frühstück gefehlt habe, und sie antwortete, sie hätte einen Spaziergang gemacht. Geräuschvoll suchten die anderen einen Sitzplatz, manche wechselten ihn wieder. Während sie auf den Priester wartete, stützte sie sich seitwärts mit dem Arm auf der Lehne ab, als wäre sie müde. In Wirklichkeit hielt sie so den Platz für Cal frei. Sobald er kam, setzte sie sich gerade hin, und er nahm neben ihr Platz. Seine Haare waren noch naß, aber Hemd und Hose waren trocken. Sie wechselten kein Wort.

Der Priester trat auf die Lichtung und stellte sich neben das Kreuz. Die Kinder erhoben sich, knieten nieder und setzten sich wieder. Sie schaute aufs Wasser. Jetzt schimmerte es nicht mehr rosig – es war blau. Ihre Hände lagen locker zusammengelegt auf ihrem Schoß. Ihr war, als könne sie die Wärme des Jungen durch den Ärmel ihrer Bluse spüren.

Mit einer schnellen Bewegung, wie nach vorheriger Überlegung, nahm der Junge eine ihrer Hände von ihrem Schoß und hielt sie auf der Bank zwischen ihnen. Seine Hand war trocken, aber noch kühl vom Schwimmen, und sie merkte, daß sie leicht zitterte. Er hielt ihre Hand fester, um das Zittern zu unterdrücken. Sie hatte plötzlich Schmetterlinge im Bauch, und ihr Gesicht brannte. Mit dem Blick auf ihre Füße hörte sie, wie der Priester zu seiner Litanei anhob. Wasser und Sonne drehten sich um sie.

Am Himmel hängt schweres Grau. Es fängt leicht an zu schneien. Die Flocken sind klein, wie von einem Brand verwehte Asche. Er wartet schon länger als eine halbe Stunde auf dem Parkplatz und macht sich Sorgen, daß sie in den Schneesturm geraten könnte. Heute morgen hat er mindestens ein halbes dutzendmal den Wetterbericht gehört. Da der Schneesturm von Westen heranzieht, ist sie wahrscheinlich schon seit einiger Zeit mittendrin. Die Voraussage deutet auf heftige Niederschläge, den ersten großen Schneefall dieses Winters.

Seine Kinder haben beim Frühstück gehofft, daß es schulfrei gibt. Dabei fangen morgen schon ihre Weihnachtsferien an. Er denkt an Harriet. Sie hatte heute morgen ihren pinkfarbenen Flanellmorgenrock an, brachte ihn noch bis an die Tür, wünschte ihm eine gute Fahrt und war besorgt, weil er bei so schlechtem Wetter fortfahren mußte. Er verspürt einen Stich. Er hat ihr vorlügen müssen, daß ihn Geschäfte ins westliche Pennsylvanien riefen und er dort übernachten müßte.

Er steigt aus dem Wagen, knöpft den Mantel zu und

bindet den Schal fester. Der Parkplatz ist glatt. Auf dem dünnen feuchten Schnee rutscht er bei jedem Schritt, und die Fußabdrücke verlängern sich dadurch. Er geht zum Ende der Einfahrt und hält nach ihr Ausschau. Zum erstenmal wird er eine ganze Nacht mit Siân verbringen. Zum erstenmal werden sie in einem Bett schlafen können. Sie sind noch nie im Dunkeln zusammengewesen. Vorher mußte sie immer gleich nach dem Mittagessen abfahren, damit sie rechtzeitig zu Hause war, um für ihre Tochter das Abendessen zuzubereiten.

Er kommt sich vor wie ein Mann, der nicht einmal halb so alt wie er ist und bisher nie mit einer Frau zusammen war. Die Aussicht darauf, die ganze Nacht mit einer Frau zu schlafen, erscheint ihm als unvergleichlich schönes Geschenk. Dennoch spürt er den Zeitdruck. Denn schon verrinnen die Minuten ungenutzt. Er kann nur eine genau bestimmte Anzahl von Stunden mit Siân zusammen sein. Dann muß sie ihn wieder verlassen. Und wenn sie ihn verläßt, ist die Zeit abgelaufen. Es ist wie vor einer Hinrichtung. Als Junge hat er sich, wenn er im Bett lag, manchmal ausgemalt, wie sich ein zum Tode Verurteilter fühlen muß, wenn er sieht, wie auf der Uhr die Minuten verticken, die er noch leben darf. Ein schlimmeres Schicksal konnte er sich nicht vorstellen – genau zu wissen, wann man sterben würde.

Sie sind jetzt einschließlich der ersten Verabredung zum Mittagessen viermal zusammen gewesen. Jedesmal haben sie sich hier vor dem Gasthof getroffen und sind dann gleich auf ihr Zimmer gegangen. Er ist hier bekannt, und wenn er telefonisch das Zimmer bestellt, begrüßt man ihn herzlich. Bei den beiden letzten Rendezvous hat die Geschäftsführung ihnen eine Suite mit Doppeltüren bereitgestellt. Siân hat sofort im Scherz gesagt, man hätte sie in einen schalldichten Raum geschickt.

Er ist ganz verkrampft, so schmerzlich verlangt sein

Körper nach ihr. Zum zehntenmal in dieser halben Stunde starrt er auf die Armbanduhr. Er kann jetzt nicht mehr an sie denken, ohne daß erotische Erinnerungen vor seinem geistigen Auge aufsteigen: Siân mit dem Rücken zu ihm, an eine keusche Tapete mit blauen Blumen gepreßt. Siân im heißen Badewasser, während er angezogen auf dem Toilettendeckel saß, Bier aus einem Wasserglas trank und zusah, wie ihre Brüste auf dem Wasser schwammen. Siân, wie sie den Nacken beugt, als er den Reißverschluß ihres Kleides aufzieht und ihm die lange Linie ihres weißen Rückens darbietet. Die feuchten Innenseiten ihres Oberschenkels . . .

Es ist ja nicht so, daß sie oder er oder sie beide zusammen besonders erfahren oder abenteuerlustig sind. Es ist vielmehr so, daß ein Körper nach dem anderen verlangt, daß sie zusammenpassen und sich in einer Sprache ohne Worte verstehen. Irgendwie scheint ihm Eros mit Zeit verknüpft zu sein, zumindest für sie beide. Es liegt an der viel zu knappen Zeit, an den kurzen, genau abgemessenen Minuten. Er muß ihr etwas sagen, bevor sie ihn wieder verläßt. Keine Geste, kein Wort darf verschwendet sein.

Paradoxerweise liegt es aber andererseits auch an der schier endlosen Dauer ihrer verlorenen Jahre. Immer wenn er mit ihr zusammen ist, denkt er an alle die versäumten Tage und Stunden, als sich ihre noch jugendlichen Körper nicht kannten, an die Tausende von Nächten, in denen er sie in Ruhe und ohne Zeitdruck, ohne Schuld- und Angstgefühle hätte berühren können. Sie werden nie erfahren, wie es ist, wenn man großzügig mit der Zeit umgehen kann. Im Gegenteil, ihm kommt es immer vor, als hätten sie die Stunden, die sie zusammen verbringen, gestohlen oder aus dem Treibgut gerettet. Es sind Auszeiten von ihrem wirklichen getrennten Leben.

Unruhig macht er kehrt. Jetzt schneit es ihm ins Gesicht. Er geht zum Parkplatz zurück. Im Halbdunkeln unter den tiefhängenden Wolken liegt der Gasthof einladend vor ihm. Die Tür ist mit Mistelzweigen geschmückt. Kleine elektrische Kerzen brennen auf den Fensterbrettern. Er hat Siân ein Geschenk mitgebracht, das er ihr heute abend überreichen will, bevor sie zum Essen hinuntergehen. Dies wird, dies muß ihr gemeinsames Weihnachten sein. Danach werden sie sich bis nach den Feiertagen nicht wiedersehen können. Ja, vielleicht nicht vor dem neuen Jahr.

Er weiß nicht, wie er die Feiertage überstehen soll. Als er daran denkt, fühlt er wieder den Seetang an der Leine, das Gewicht der Schuld, den chaotischen Zustand seines Lebens und seine Unfähigkeit, Ordnung hineinzubringen. Er hat eine Frau und drei Kinder – sie haben sich nichts zuschulden kommen lassen, sie hängen an dem Ritual des Heiligen Abends und des Weihnachtsmorgens, und sie ahnen nichts von seiner Untreue. Er hat seine Familie in jeder Hinsicht betrogen, indem er eine andere Frau begehrt und mit ihr geschlafen hat. Nicht genug damit, kann er sich auch des Eindrucks nicht erwehren, sie durch das Unglück seines finanziellen Ruins noch zusätzlich betrogen zu haben. Falls er keine neue Vereinbarung mit der Bank treffen kann, muß er Harriet in den nächsten Tagen die Wahrheit sagen: daß sie nicht nur das Haus und alle Wertgegenstände darin verlieren werden, sondern daß er fast mit Sicherheit den Bankrott erklären muß, wenn er die ihn bedrängenden Gläubiger loswerden will. Er weiß nicht, was schlimmer ist – ihr zu gestehen, daß er eine andere Frau liebt, oder ihr mitzuteilen, daß er nicht mehr so für sie sorgen kann, wie er es einmal versprochen hat.

Er glaubt, daß ein so großer Betrug unverzeihlich ist. Manchmal aber fragt er sich, ob die kleinen Betrügereien, die er begangen hat, nicht eigentlich noch schlimmer sind. Dabei denkt er daran, daß er seine Frau in den vergangenen Wochen Dutzende von Malen belogen hat. Am Sonnabendabend ist er von einer Weihnachtsfeier in der Nachbarschaft zweimal weggegangen, indem er vorgab, nach den Kindern sehen zu wollen. Doch in Wirklichkeit ist er zu einer Telefonzelle gefahren und hat Siân angerufen. Er wußte, daß sie an diesem Abend allein zu Haus war. »Was für eine Qual!« hat er an dem Abend am Telefon zu Siân gesagt.

Ein andermal hat er absichtlich Milch in den Ausguß geschüttet und dann seiner Frau gesagt, er werde ins Lebensmittelgeschäft fahren, damit die Kinder Milch zum Frühstück hätten. Das ist bestimmt unverzeihlich, Vaterliebe zu heucheln, um einen Ehebruch zu ermöglichen. Auch in diesem Fall lag ihm nur daran, zu einer Telefonzelle zu fahren und seine Geliebte anzurufen. Er kennt inzwischen jede Telefonzelle in der Stadt und in den benachbarten Gemeinden. Er weiß genau, in welcher Telefonzelle er wahrscheinlich nicht gestört, in welcher er direkt mit AT & T verbunden wird, welche günstiger am Tag und günstiger am Abend zu benutzen sind. Er kann Siâns Telefonnummer und die Nummer seiner Kreditkarte mit und ohne Brille, im Hellen und im Dunklen blind eintippen. Und er tut es so hastig wie ein Rauschgiftsüchtiger, der verzweifelt seinen Dealer zu erreichen versucht.

Nicht zum erstenmal fragt er sich auch, wie Siân das bei sich zu Hause anstellt. An dem Ton, in dem sie sich mit Hallo meldet, erkennt er sofort, ob ihr Mann bei seinem Anruf im Zimmer ist oder nicht. Sie haben schon Zwiegespräche geführt, die zum Lachen wären, wenn es nicht so ernst wäre. Er spricht mit ihr, er stellt ihr Fragen, und sie antwortet so undurchsichtig, als beantwortete sie die Publikumsrundfrage eines PBS-Fernsehsenders oder bespreche eine politische Angelegenheit. Bestimmt hat er in den wenigen Wochen mehr Gedanken mit ihr ausgetauscht und ihr mehr mitgeteilt, als er es je mit irgendeinem anderen

Menschen getan hat. Er hat auch nie mit seiner Frau so gesprochen, wie er mit Siân spricht.

Er ist nie in Siâns Haus gewesen. Doch wenn er mit ihr telefoniert oder wenn er tagsüber an sie denkt – ein ständiger Fluß von Bildern und Gedanken, unterbrochen nur durch vorübergehende, mühevolle Willensanstrengungen, um sich auf eine dringende Aufgabe zu konzentrieren oder eine ihm eben gestellte Frage zu beantworten –, dann versucht er sich vorzustellen, wie wohl ihr Leben mit Mann und Kind ablaufen mag. Manchmal stellt er sich vor, daß sie im T-Shirt und mit Pferdeschwanz an der Anrichte lehnt, den Telefonhörer in der einen Hand, während sie mit der anderen eine Mahlzeit zubereitet. Häufig hört er bei seinen Anrufen, wie sie sich gleichzeitig um ihre dreijährige Lily kümmert, die anscheinend ununterbrochen zu ihren Füßen hockt und plappert. Er hält sie für eine gute Mutter. Es gefällt ihm, wie sie mit ihrer Tochter und über ihre Tochter spricht.

Eine weniger klare Vorstellung hat er von ihrer Rolle als Ehefrau. Er kann sich einfach nicht vorstellen, daß Siân mit einem anderen Mann am Tisch sitzt, einen anderen Mann umarmt oder mit einem anderen Mann im Bett liegt. Er spürt – sie hat es durchblicken lassen –, daß ihre Ehe nicht gut ist, es vielleicht nie war. Sie hat angedeutet, daß in dieser Beziehung eine Leere herrscht. Begierig hat er das aufgesogen und wahrscheinlich noch ausgeschmückt. Schließlich hat er ja auch aus ihrer Lyrik herausgelesen, daß sie an seelischen Defiziten leidet und in einer gefühlsmäßigen Wüste lebt.

Abgesehen von ihrer Bemerkung, sie sei innerlich wie erfroren, hat sie kaum je über ihr Sexleben mit ihrem Mann gesprochen, und er hat sie auch nicht ausgefragt, obwohl ihn der Gedanke daran dauernd verfolgt. Wenn er mit ihr zusammen ist, liegt ihm die Frage danach oft auf der Zunge, daß er schon Angst hat, er würde sie eines Tages trotz bester Vorsätze wirklich aussprechen. Zuweilen gaukelt er sich vor, daß ihr Mann und sie überhaupt nicht mehr sexuell miteinander verkehren. Dann wieder wird ihm klar, daß das wohl nicht sein kann. Und dann wird ihm beinahe übel. Aber ist es denn vorstellbar, daß Siân mit ihrem Mann nicht mehr geschlafen hat, seit er ihr den ersten Kuß gab?

Er wischt sich den Schnee vom Kopf und stampft mit den Füßen auf die Erde, denn es ist kalt. Einmal sagt er laut: »Verdammte Scheiße!« Als könnte er dadurch die Verzweiflung verjagen, die ihn allmählich wie aufkommender Nebel bedrängt. Er spürt sie vornehmlich, wenn er sich Siân mit ihrem Kind bei ihr zu Hause vorstellt oder wenn er seine eigenen Kinder in seinem Haus beobachtet. Ein Leben ohne Siân ist für ihn unvorstellbar. Und doch hat er keine Ahnung, wie er das erreichen soll. Selbst wenn er es übers Herz brächte, Harriet und seine Kinder zu verlassen – was ihm zu Zeiten ebenso unmöglich erscheint, wie sich einen Fuß abzuschneiden –, würde Siân dann das gleiche tun? Würde sie es überhaupt tun *wollen*? Würde ihr Mann dann einfach stillschweigend einwilligen und seine Farm aufgeben? Unmöglich!

Und danach? Würde Siân mit ihrer Tochter nach Rhode Island kommen, um mit ihm zusammenzuleben? Oder konnten sie sich auch irgendwo anders niederlassen? Und falls ja, was wurde dann aus seinem Geschäft? So blutarm es zur Zeit auch ist, so funktioniert es doch sowieso nur in dieser Gegend, in der er so viele Menschen kennt. Wenn er es über die Rezession hinweg retten kann, so ist das nur in dieser Umgebung möglich. Oder sollte es wirklich möglich sein, irgendwo anders ganz neu anzufangen?

Dann hört er ihren Wagen in die Einfahrt kommen, ehe er ihn zu Gesicht bekommt – das Geräusch rutschender Reifen auf schlüpfrigem Pflaster. Er wirbelt herum. Sie bremst, und der Wagen schlittert noch sanft einen halben Meter weiter. Schon kurbelt sie das Fenster herunter. Ihr Gesicht ist gerötet, vor Ärger über das schlechte Wetter oder – wie er hofft – vor Ungeduld, mit ihm zusammen zu sein. Er beugt sich hinab und küßt sie auf den Mund. Sie lächelt strahlend. Sie scheint genau so froh zu sein wie er, daß sie diesen ganzen Tag für sich haben.

»Ich dachte schon, du kämst nicht mehr«, sagt er.

»Das gibt es nicht, daß ich nicht komme«, sagt sie.

Er schließt die Doppeltüren auf und läßt sie vorangehen. An den Fenstern sind elektrische Kerzen, im Kamin brennt Feuer, auf einem Tisch zwischen den Fenstern steht eine Schale voll Obst. Sie dreht sich zu ihm um, und ihre Miene verrät gelinde Überraschung.

»Haben sie . . .?«

Er nickt.

»Sie wissen also Bescheid«, sagt sie.

»Selbstverständlich wissen sie es«, sagt er lächelnd. Das Kaminfeuer und das Obst sind wie ein Omen – ein Zeichen, daß andere sie gesehen haben und ihnen wohlgesinnt sind. Sie legt den Mantel ab und läßt ihn auf einen Sessel gleiten. Diesmal hat sie ihr Haar nur an den Seiten aufgesteckt, hinten fällt es ihr locker in den Nacken. Sie ist an den Schläfen stärker ergraut, als er bisher bemerkt hat. Sie scheint um ihre Frisur bemüht, betastet sie und streicht eine Haarsträhne zurück. Ihr Gesicht ist von der Kälte gerötet. Sie trägt ein schwarzes Kleid mit langen Ärmeln. Jetzt nimmt sie auf einem Sessel Platz und entledigt sich der Lederstiefel. Der schmelzende Schnee an den Sohlen und Hacken hinterläßt kleine Lachen auf dem polierten Parkett.

Er kniet vor ihr und vergräbt den Kopf in ihrem Schoß. Sie legt beide Hände um seinen Hals und beugt sich zu ihm.

Er spürt die Wärme ihrer Oberschenkel an seinem Gesicht, die weiche Wolle des Kleides an seinen Wangen. Sie hält ihn wie ein Kind. Er könnte weinen. Es ist doch etwas so Einfaches, was sie sich wünschen – eine Zeit, die Zeit ihres Lebens, oder was davon noch übrig ist, miteinander zu verbringen. Und doch liegen vor diesem bescheidenen Ziel zahllose Komplikationen: ein Labyrinth von Bindungen und Verpflichtungen, von Täuschungen und Betrügereien. Warum, warum, warum? Zum hundertstenmal fragt er sich, warum sie damals nicht irgendwie in Verbindung bleiben konnten – mit allem, was dazugehört –, bis sie erwachsen wurden und wieder zueinander fanden? Welch ein Wahnsinn, daß sie sich als Kinder kennenlernen mußten, als sie noch nicht über ihr Leben bestimmen durften!

Zorn, Kummer und Wollust steigern sein Verlangen nach dieser Frau ins Unermeßliche. Ein Schauer überläuft ihn. Er hebt ihren Rock bis zu den Hüften. Er könnte sie vor Liebe verschlingen und fürchtet doch, ihr versehentlich weh zu tun. Er hebt den Kopf, damit sie ihm ins Gesicht sehen kann. Ihre Hände gleiten über seine Wangen. Vielleicht weint er wirklich.

Dann zieht er sie vom Sessel auf den Fußboden, schiebt den Rock bis zur Taille hoch und zieht ihr das Höschen aus. Seine Zunge findet ihre Scham, er küßt und liebkost sie. Er wartet auf den leisen Ton, der aus ihrer Kehle dringt, ein schwacher Hilferuf wie von einem kleinen Tier. Und er sieht, wie sie den Kopf zurückwirft, sieht den leicht geöffneten Mund und den zarten weißen Bogen des Halses.

Und als sie kommt, denkt er, daß es für ihn vielleicht keinen erotischeren Anblick gibt als das leichte Beben ihrer Nasenflügel.

»Er ist wunderschön«, sagt sie und dreht sich einmal für ihn im Kreis. Der Morgenrock ist aus elfenbeinfarbener

Seide und sehr kurz, was sie zum Lachen und zum Erröten bringt. Sie läßt sich auf einen Polstersessel nieder, schlägt die Beine übereinander und bemüht sich, einen gesetzten Eindruck hervorzurufen, weiß aber, daß ihr das unmöglich gelingen kann. Der Morgenrock klafft oben etwas auseinander, folgt der Kurve ihrer Brüste, und sie macht keine Anstalten, ihn zusammenzuraffen. Es macht ihm Freude, auf dem Bett zu sitzen und sie so vor sich zu sehen. Es hat ihm auch Vergnügen bereitet, ihn für sie auszusuchen und sie sich in ihm vorzustellen. Natürlich wird sie ihn verstecken müssen, wenn sie heimkommt. Ach, wenn sie doch eine eigene, noch so kleine Wohnung hätten! Da könnte sie den Morgenrock in den Schrank hängen, und er wäre immer da. Wie gern würde er ihr dort ein wunderbares Essen kochen!

»Ich liebe dich«, sagt sie.

»Ich weiß.«

»Aber ich habe ein schlechtes Gewissen.«

»Warum?«

»Weil ich kein Geschenk für dich habe. Ich habe leider nichts gefunden, das du mit nach Hause nehmen kannst und das dir sagt, was ich dir sagen möchte.«

Er denkt kurz nach. »Dann müßtest du mir etwas schenken, das mir sagt, was du mir sagen möchtest und das ich nicht mit nach Haus nehmen könnte.«

Sie lächelt und überlegt. »Vielleicht einen See.«

Er lacht.

»Oder ein kleines Land.«

»Vielleicht dieses Hotel?« schlägt er vor.

»Sehr gut«, sagt sie, »oder ein Flugzeug.«

»Ein Flugzeug?«

»Ja, und Flugstunden.«

»Dann möchte ich einen Doppeldecker haben. Ich habe mir schon immer einen Doppeldecker gewünscht.«

»Oder Jahre«, sagt sie.

»Wie viele?«

»Dreißig oder so.«

»Vergangene oder zukünftige?«

»Beides. Was meinst du denn, wie viele Jahre uns noch bleiben?«

Sein Herz macht einen Sprung. Sie denkt also an ein gemeinsames Leben mit ihm. »Mein Großvater ist sechsundneunzig geworden«, sagt er, »und war noch im Vollbesitz seiner Kräfte. Dabei hat er Jack Daniel's getrunken und ein halbes Päckchen Zigaretten am Tag geraucht.«

»Ich hab's«, sagt sie mit befriedigter Miene, »das ideale Geschenk. Ein Videoband von uns beiden als Kinder in diesem Haus. Von der ganzen Woche. Mit unseren Stimmen. Dann wüßten wir, wie wir damals waren.«

Er versucht sich vorzustellen, wie ihre Stimme als Vierzehnjährige geklungen hat. Wenn er sie doch nur einen Augenblick lang noch einmal hören könnte! »Wie wir ausgesehen haben, wissen wir ja. Von dem Foto. Übrigens brauche ich gar kein Geschenk. Ich will auch keins. Mir genügt es, daß du hier bist.«

»Das genügt nicht«, sagt sie.

»Ja, du hast recht. Das genügt nicht.«

Sie beugt sich vor und verschränkt die Hände um ein Knie. »Eins möchte ich gern wissen«, sagt sie lachend, »wenn wir alle Zeit der Welt hätten, wenn wir wüßten, daß wir bis an unser Lebensende zusammen wären, würden wir dann weniger liebevoll miteinander umgehen, würden wir uns dann anöden oder uns streiten?«

»Das bezweifle ich«, sagt er.

»Wir werden es nie erleben.«

»Sag das nicht, bitte!«

»Und was ich außerdem gern wissen möchte«, sagt sie, »wenn wir die ganze Zeit über zusammengelebt hätten, wie würden wir dann heute darüber denken? Wären wir genauso glücklich wie jetzt? Würden wir überhaupt wissen, was uns vergönnt war? Ich meine, ohne erlebt zu haben, daß man sich verloren hat.«

»Ich glaube, wir wüßten es«, sagt er, »wir hätten es die ganze Zeit über gewußt.«

»Ich hätte dir wahrscheinlich gar nicht gefallen, als ich noch jung war«, sagt sie. »Du hättest mich zu steif, zu gehemmt, zu ernst oder sonstwas gefunden. Technisch gesehen, war ich noch mit zweiundzwanzig Jungfrau. Und auch danach war es nicht das Richtige. Ich glaube, daß mein erotisches Leben irgendwie verschüttet war – möglicherweise durch die Kirche. Das ist auch mit ein Grund, warum ich Lily nie in eine katholische Schule schicken werde, auch wenn Stephens Mutter meint, daß ich sie damit zur Hölle verdamme.«

»Ich habe meine Jungfernschaft mit neunzehn verloren«, sagt er. »Damals galt das als spät.«

Er schaut weg. Es ist ihm unangenehm, sich vorzustellen, wie Siân ihre Jungfernschaft verloren hat – unwichtig, in welchem Alter. »Nein«, sagt er und wendet sich ihr wieder zu, »ich werde dir was sagen: Ganz gleich, wann ich dich kennengelernt hätte, ich hätte alles aufgegeben und meine jeweilige Partnerin verlassen, um mit dir zusammenzubleiben.«

Eine kleine Falte erscheint auf ihrer Stirn und vergeht. Aber sie ist beunruhigt.

Obwohl er an nichts anderes mehr gedacht hat und weiß, daß auch sie darüber nachgedacht hat, haben sie nie mit einem Wort darüber gesprochen, daß sie alles im Stich lassen würden, um zusammen leben zu können.

»Du weißt doch, daß wir zusammenkommen müssen«, sagt er leise.

Sie schüttelt den Kopf und bleibt stumm.

»Siân.«

Sie wendet den Kopf ab. »Nicht jetzt«, sagt sie, »bitte!«

Er holt tief Luft und atmet dann langsam aus. »In Ordnung«, sagt er, »aber du weißt, daß wir einmal darüber sprechen müssen.«

»Ich wünsche mir nur, daß wir heute nacht glücklich sind«, sagt sie, »ohne Komplikationen. Oder ist das nicht möglich?«

»Entschuldige«, sagt er, steht auf und kommt zu dem Sessel, auf dem sie sitzt. »Natürlich ist das möglich.«

Er streift ihr den Morgenrock sanft von den Schultern, so daß er auf ihre Arme fällt, kniet sich hin und betrachtet ihre Brüste. Sie sind klein und rund. Unter ihnen wölbt sich der Unterleib – von den zwei Geburten. Er beugt sich vor, küßt ihren Bauch und dann die linke Brust.

»Ist sie das?« fragt er.

»Ist sie was?«

»Auf der Bank bei unserem ersten Rendezvous.«

Sie überlegt eine Weile. »Ich glaube, ja.« Dann zieht sie den Morgenrock wieder hoch und bedeckt ihren Oberkörper.

»Sie sind so klein«, sagt sie.

Er blickt auf den faltigen Stoff, den sie mit der Hand festhält. »Das hat auch sein Gutes«, sagt er, »so können es wenigstens nie Hängebrüste werden.«

Sie muß lachen. »Doch.«

»Nein, bestimmt nicht.«

Sein Kopf nähert sich.

»Wenn sie auch klein sind«, sagt er, »ich weiß genau, daß sie sich gern küssen lassen.«

»Mr. Callahan!«

Der Oberkellner nickt Charles zu, um ihm anzudeuten, daß er ihn an den Tisch bringen wird, der in den paar Wochen ihr Tisch geworden ist. Draußen schneit es nicht mehr so dicht. Das Unwetter ist anscheinend vorbei. Charles geht hinter Siân durch den langen Speisesaal, eine Hand leicht um ihre Taille gelegt. Sie hat das Haar nicht mehr aufgesteckt. Es fällt wie ein loser Fächer über ihr Kleid. Um den Hals trägt sie Perlen. Wie Charles es sich vorgenommen hat, bestellt er sofort eine Flasche Champagner.

Sie sitzen Seite an Seite, und er nimmt ihre Hand. Siân schlägt die Beine übereinander und faßt einen Teelöffel des schweren Silberbestecks an. Charles sieht sich im Saal um. Heute abend sind außer ihrem nur drei Tische besetzt. Er hat zwar noch nie hier zu Abend gegessen, nimmt aber an, daß sonst mehr Gäste kommen. Der Schneesturm wird die meisten abgehalten haben. In der Mitte steht heute statt einer Blumenvase ein Weihnachtsbaum – ein bescheidener kleiner Baum mit weißen Lichtern. Fichtenzweige und weiße Kerzen schmücken das Kaminsims.

»Hübsch«, sagt er.

Sie nickt. Ihre Stimmung ist umgeschlagen. Sie wirkt bedrückt.

»Was ist los?« fragt er.

»Nichts ist los.«

»Du bist so nachdenklich.«

Sie lächelt. »Entschuldige . . . es ist wirklich hübsch.«

Der Kellner bringt den Champagner, entfernt den Korken und füllt die Gläser. Charles hebt sein Glas und sieht Siân an.

»Auf die Geschenke, die wir uns nicht geben können«, sagt er.

»Noch nicht«, sagt sie.

Sie trinkt einen Schluck, vermeidet aber seinen Blick. Dann setzt sie das Glas ab.

»Wie ist es?« fragt sie, »euer Weihnachten?«

Er seufzt. Also deshalb ist sie so nachdenklich. Er betrachtet ihren Mund, die lange Wölbung der Unterlippe. »Willst du das wirklich wissen?« fragt er. »Es ist vielleicht besser, wenn wir nicht darüber sprechen.«

»Da bin ich anderer Meinung. Ich möchte mir ein Bild davon machen, wie du Heiligabend und den Weihnachtstag verbringst.«

Er zögert mit der Antwort, denn er hat wie so oft das Gefühl, daß er antworten kann, was er will – es wird immer falsch sein. Also stellt er eine Gegenfrage: »Schreibst du noch?«

Die Frage scheint sie zu überraschen. Mit leicht abgewandtem Kopf sagt sie: »Nicht viel. Ich schreibe an dich. Arbeiten kann ich jetzt nicht gut. Ich bin . . . meine Gedanken schweifen immer ab, würdest du vielleicht sagen.«

»Ich kenne den Zustand.«

»Du lenkst vom Thema ab.«

»Okay, okay, ich sage dir, wie es bei uns abläuft. Meine Schwiegereltern, meine Eltern, die Schwester meiner Frau und ihre Kinder kommen Heiligabend zu uns. Ich halte mich grundsätzlich nur in der Küche auf und koche.«

»Demnach ist bei euch Heiligabend Bescherung.«

»Ja, für die Erwachsenen. Wenn die Kinder zu Bett gegangen sind, machen wir unsere Geschenke auf. Für die Kinder ist am nächsten Morgen Bescherung.«

»Ach so. Und geht ihr in die Kirche?«

»Ich nicht. Und Harriet auch nicht . . .« Eine Falte des Unmuts erscheint auf Siâns Stirn. Er hätte seine Frau nicht beim Namen nennen sollen, » . . .aber meine Eltern gehen zur Mitternachtsmesse, und vielleicht geht meine Tochter Hadley mit. Zu der Zeit bin ich gewöhnlich mit dem Geschirrabwaschen beschäftigt.«

Sie versinkt in Schweigen. Er ahnt, woran sie denkt, was sie sich vorstellt, was sie ihn gern fragen möchte: Beschenken seine Frau und er sich gegenseitig? Wenn ja, wann? Wenn die anderen dabei sind oder wenn sie allein sind? Sie trinkt ihr Glas aus und schiebt es ihm zu. Sie will noch eins. Schweigend gießt er nach. Sie nimmt das Glas und leert es fast auf einen Zug.

»Siân . . .«, sagt er zögernd.

»Willst du hören, wie ich Weihnachten feiere? Damit du weißt, was ich an dem Tag tue?«

»Nicht, Siân!« sagt er.

»Doch, es ist ganz interessant. Wirklich, Charles, du solltest es dir anhören.«

Ein hektischer Unterton ist in ihrer Stimme. So hat er sie noch nie erlebt. Sie leert das Glas und schiebt es ihm wieder hin. »Der Champagner schmeckt köstlich«, sagt sie, »du hast einen ausgezeichneten Geschmack. Ich habe Lust, mich heute abend zu betrinken. Warum auch nicht?«

Widerstrebend füllt er ihr Glas aufs neue. »Wir könnten das Essen bestellen«, schlägt er vor.

»Gleich«, sagt sie. »Ich erzähle dir jetzt erst, wie der Heiligabend auf einer polnischen Zwiebelfarm gefeiert wird. Du kennst das Leben nicht, wenn du nie Heiligabend auf einer polnischen Zwiebelfarm gefeiert hast.«

»Siân, warum tust du das?«

»Eigentlich hat mir dieses Ritual immer gefallen. Mir gefällt jedes Ritual, das dieses ewige Schweigen bricht. Ich hatte immer gern so viele Leute im Haus wie möglich . . .«

»Sprechen wir doch von etwas anderem!«

»Sie nennen es Wigilia«, sagt sie, »das Essen am Heiligabend. Wir veranstalten es in unserem Haus, mit allen Verwandten – na ja, mit allen Verwandten von Stephens Seite. Meinen Vater besuchen wir am Tag nach Weihnachten. Schon Tage vorher koche ich mit Stephens Mutter. Das kannst du dir bestimmt nicht vorstellen, wie seine Mutter und ich in der Küche Piroggen machen, oder? So ist es jedenfalls. Du ahnst ja nicht, wie gut sie sind. Da du selbst gern kochst, solltest du lernen, wie man sie macht . . .«

»Siân!«

»Ich fülle sie mit Sauerkohl oder Kartoffeln oder mit

Bauernkäse und Kartoffeln oder Pflaumen. Die mit der Pflaumenfüllung schmecken besonders gut . . .«

»Wir könnten raufgehen«, sagt er, »und nachher essen, wenn du Lust hast.« Ihr Gesicht ist gerötet. Ihre Augen funkeln zu aufgeregt.

»Und wir essen niemals Fleisch. Immer nur Fisch. Wir haben eingelegten Hering. Ißt du gern eingelegten Hering? Und Hecht und Karpfen. Und Borschtsch. Manchmal Gemüsesuppe und Sardinen mit Sauerkohl. Und so eine Art Mohnbrot. Feigen und Datteln. Jeder ißt so viel, wie er kann. Und, ach, das hätte ich beinahe vergessen: ein Stuhl muß immer für den unbekannten Gast freibleiben. Du weißt doch, wer der unbekannte Gast ist, oder?«

Sein Blick gleitet durch den langen Speisesaal. Das schwere weiße Leinen der Tischtücher kommt ihm unglaublich schön vor – irgendwie beruhigend. Und das Silberbesteck, wie ein Anker. Er sieht durch die hohen Fenster nach draußen. Es hat aufgehört zu schneien. Im Speisesaal und draußen herrscht eine überirdische Stille. Es ist die Stille eines eingeschneiten Hauses. Bildet er sich das nur ein, oder sind wirklich alle verstummt und lauschen gespannt Siâns Stimme, die zugleich lebhaft und auch brüchig klingt, wie Kristall, das gleich zerspringen wird?

»Nun, der Stuhl ist für Jesus Christus. Ja, für ihn.«

Sie setzt das Glas auf dem Tisch ab, steht langsam auf, jede Bewegung sorgsam berechnend, und geht dann zwischen den Tischen an den Sitzbänken durch. Es sieht aus, als wäre jeder Schritt Teil einer Choreographie. Einmal dreht sie sich um, ohne ihn anzuschauen. Er sieht, wie sie den langen Weg durch den Speisesaal zurücklegt, kerzengerade und mit gelassenen Schritten. Die Absätze klappern in gleichmäßigem Rhythmus auf das Parkett. Er sieht ihr nach, bis sie um die Ecke biegt und seinem Blick entschwindet.

Der Champagner war ein Fehler. Sie hatten den ganzen Tag nichts gegessen. Er will ihr eine Minute Vorsprung lassen und ihr dann ins Zimmer nachgehen. Vielleicht muß sie vor dem Essen ein kurzes Nickerchen machen. Das will er ihr vorschlagen und ihr den Rücken massieren. Der Speisesaal ist noch lange geöffnet. Er muß sich bei dem Oberkellner erkundigen. Ja, sie haben sich auf ein gefährliches Gebiet begeben, und er hat alles versucht, um sie davon fernzuhalten. Und doch mußte es wohl so kommen. Er hatte mit seinem Zorn dazu beigetragen. Mit seinem Zorn darüber, wie es hätte sein können und nicht geworden ist. Ob er es je ohne Schmerzen ertragen kann, daß sie über ihr oder sein Leben spricht?

Er blickt auf. Ein Kellner steht am Tisch.

»Entschuldigen Sie, Sir«, sagt der Mann, »aber ich dachte, ich sollte es Ihnen sagen.«

»Was sollten Sie mir sagen?«

»Ihrer Freundin geht es nicht gut.«

Charles steht auf. »Wo ist sie?«

»In der Damentoilette, Sir.«

Er findet sie in einer Kabine. Nur eine Kellnerin ist noch im Waschraum. Sie steht mittendrin, als wolle sie sich ihr nicht weiter nähern. Charles nickt der Kellnerin zu. Sie ist entlassen. »Ich mach' das schon«, sagt er.

Siân erbricht sich in die Toilette und hebt die Hand, um die Wasserspülung zu betätigen. Charles geht zu ihr und hockt sich neben ihr an die Wand. Siâns Gesicht ist leichenblaß. Schweißperlen stehen ihr auf der Stirn. Mit einer Hand streicht er ihr die Haare zurück, mit der anderen Hand stützt er ihre Stirn, damit sie nicht hinfällt.

»Alles in Ordnung«, murmelt er. »Halt es nicht zurück!«

»Ich kann es nicht tun«, sagt sie weinend, »ich kann es nicht tun.«

»Es ist ja okay, Siân, es ist okay.«

»Nein, es ist nicht okay. Nichts ist okay. Meine Tochter ist zu Hause. Ich bin nicht bei ihr. Ich muß immerzu lügen. Wir kannten uns in all diesen Jahren nicht, und jetzt ist es zu spät, wir haben keine Zeit mehr für uns. Du hast eine Familie und ich auch – sie brauchen uns.«

»Das regeln wir schon«, sagt er leise.

Noch einmal erbricht sie sich in das Becken und wischt sich danach den Mund ab. Er betätigt für sie die Wasserspülung.

Sie setzt sich mit angezogenen Knien in eine Ecke der Kabine. Es ist keine vorteilhafte Stellung. Aber das scheint ihr nichts auszumachen. Sie hat die Knie gespreizt, als hätte sie Jeans an, und ruhte sich an einer Steinmauer aus. Er zieht ein Taschentuch aus seinem Anzug und gibt es ihr. Ihr Gesicht ist schweißüberströmt. Die Haare sind naß und kräuseln sich hinten. Das Neonlicht nimmt ihr alle Farbe. Man sieht ihrem Gesicht die sechsundvierzig Jahre an – gehobenes Mittelalter, würde er sagen. Er betrachtet sie voll mitfühlendem Interesse. Nun sieht er sie so, wie sie ist. Er sieht in ihr die Frau, die sie einmal in verschiedenen Lebensaltern gewesen ist oder die sie je sein wird, vom jungen Mädchen bis zur alten Frau. So klar wird ihm alles, daß es ihn erschüttert. Aber der Eindruck bleibt, daß er sie liebt, daß er nichts anderes vom Leben verlangt, als für sie dazusein.

»Du verstehst es nicht«, sagt sie. Ihre Augen sind rot umrändert, ihre Wangen naß. Sie reißt ein Stück Toilettenpapier ab und schneuzt hinein. »Zu Heiligabend steht mein Mann früh auf und backt Doughnuts. Und er schenkt mir eine in Leder gebundene Ausgabe meines Buchs. Am Weihnachtsfeiertag spannen wir eine Decke vor die Tür des Wohnzimmers, damit Lily ihre Geschenke nicht sehen kann. Und wenn wir die Decke feierlich herunterlassen, jubelt sie vor Freude. Meine Tochter liebt das polnische Essen. Auch ich mag die Piroggen. Siehst du das nicht ein? Wir können das nicht ändern.«

Ihre Stimme ist auffallend schrill geworden. So hat er sie noch nie gehört. Sie legt den Kopf in den Nacken und stößt einen tiefen Seufzer aus.

»Ich bin erledigt«, sagt sie und schließt erschöpft die Augen. Wie mitgenommen sie aussieht! »Damals haben uns unsere Familien auseinandergebracht, und jetzt sind es wieder unsere Familien, die uns trennen.«

»Ich helfe dir«, sagt er.

»Du kannst mir nicht helfen«, sagt sie leise, »wir können uns nicht gegenseitig helfen, das steht fest.«

Er zieht sie auf die Füße und sieht zu, wie sie sich am Waschbecken das Gesicht säubert und sich danach abtrocknet. Sie spült sich mehrmals den Mund aus, fährt sich mit den Fingern durchs Haar und streicht die nassen Strähnen zurück.

»Ich brauche frische Luft«, sagt sie.

»Ich weiß«, sagt er. »Ich hole unsere Mäntel.«

Er holt Mäntel, Schals und ihre Stiefel aus dem Zimmer. Auf dem Flur schlüpft sie aus den Schuhen und zieht die Stiefel an.

»Warte hier!« sagt er, bevor sie ins Freie gehen. »Ich bin gleich wieder da.«

Als er wieder in den Flur kommt, hat er einen Besen bei sich.

»Den habe ich aus der Küche geholt«, sagt er.

»Wozu brauchst du ihn?«

»Wirst du gleich sehen.«

Draußen liegt der Schnee wie ein breiter, erstarrter weißer Wasserfall auf dem Rasen, noch ohne jeden Fußabdruck. Während sie sich auf den Weg machen, berechnet er, wie hoch der Schnee liegt. Es müssen zehn bis fünfzehn Zentimeter sein. Der Mond ist aufgegangen und scheint durch die letzten Wolkenfetzen. Es wird eine klare, kalte Nacht.

Er nimmt ihren Arm und hilft ihr durch den Schnee. Ihre eleganten Stiefel sind für eine Wanderung nicht geeignet. Auf halber Höhe der Rasenfläche dreht er sich nach dem Gasthaus um. Es ist hellerleuchtet. Das Licht wirft goldene Flecken auf den Schnee. Von hier im Dunkeln sieht es aus, als würde drinnen ein großes Fest gefeiert, eine Weihnachtsfeier mit vielen Gästen in Samt, in Gold und Schwarz, die, ein Champagnerglas in der Hand, im hellen Kerzenlicht lächelnd unter den Mistelzweigen stehen. Flüchtig hat er das Empfinden, alles Wichtige, alles Wärmende hinter sich gelassen zu haben.

Unter den Fichten wird der Weg rauher. Der Mondschein verschwindet. Siân neben ihm atmet jetzt wieder ruhiger. Er hat den Besen wie ein Gewehr geschultert.

Nun erreichen sie die Lichtung. Im Schnee sind die Bänke nur umrißartig zu erkennen. Er geht mit ihr zu der Bank, die dem See am nächsten steht. Hier haben sie vor einigen Wochen gesessen. Er macht sich daran, den Schnee abzufegen.

»Ach, dafür hast du den Besen mitgenommen?« fragt sie.

»Nein, eigentlich nicht«, sagt er.

Die Hände in den Manteltaschen, setzt sie sich auf die Bank. Es ist kalt, und sie macht sich ganz klein.

Im Mondschein schimmert der Schnee auf dem See schwach bläulich. Man kann nicht genau sehen, wo der Uferrand ist. Schon gleiten seine Schuhsohlen auf dem harten Eis aus. Ich werde mir die Schuhe ruinieren, denkt er. Er hat kalte Füße. Er wagt sich acht Meter weit aufs Eis und vollführt einen Probesprung. Das Eis scheint tragfähig zu sein. Er fängt an, den Schnee wegzufegen. Es ist leichter Pulverschnee, der sich mühelos wie Staub entfernen läßt. So legt er eine Eisfläche von der ungefähren Größe eines kleinen Schlafzimmers frei und geht dann über diese neugeschaffene Eisbahn zu der am Ufer sitzenden Sian zurück.

Er nimmt ihre Hand und sagt: »Wir werden jetzt übers Wasser schreiten.«

»Du bist verrückt«, sagt sie.

»Nun, das haben wir ja immer gewußt.«

Erst hält er nur ihre Hand, doch als sie aufs Eis kommen, nimmt er ihren ganzen Arm. Vorsichtig macht sie den ersten kleinen Schritt und lehnt sich dabei an ihn. Einen Moment lang fürchtet er, daß er sie nicht halten kann und sie beide hinfallen. Aber die Furcht ist unbegründet, er findet festen Stand. Zusammen gleiten sie vorwärts, erst mit dem einen Fuß, dann mit dem anderen.

Nun läßt er ihren Arm los, aber nicht ihre Hand. Dann gleiten sie weiter über das Eis. Manchmal ist sie nahe daran, das Gleichgewicht zu verlieren. Dann klammert sie sich an ihm fest. Zwei dunkle Schatten auf dem Eis – er kann kaum ihr Gesicht erkennen.

»Ich werde dich immer lieben«, sagt sie.

»Ich weiß«, sagt er.

Ein Vogel – vielleicht eine Eule – ruft über den See hinweg. Aber der Schnee, der sie von allen Seiten umgibt, ist wie eine Pufferzone und dämpft alle Geräusche der Außenwelt.

Mitten auf der kleinen Eisbahn, die er freigelegt hat, dreht er sich zu ihr um und hebt ihren Arm zur klassischen Tanzhaltung. Sie führen einige schlitternde Tanzschritte aus und halten sich ganz fest, um nicht zu stürzen.

»Welche Musik hörst du jetzt?« fragt sie.

»Du wirst es nicht glauben«, sagt er.

»Vielleicht doch.«

»Das zweite Klavierkonzert von Brahms. Kennst du es?«

»Ich glaube, ja. An welcher Stelle bist du?«

»Ich bin im dritten Satz. Der leise Satz, der mit dem Cello anfängt.«

»Oh.«

»Es ist zwar ein Konzert, klingt aber wie eine Sinfonie«, sagt er. »Früher habe ich es für das schönste Musikstück gehalten, das es gibt. Kann sein, daß ich es immer noch dafür halte. Manchmal, wenn sonst niemand zu Hause ist, stelle ich es ganz laut an und schwelge in den Tönen. Ich glaube, es ist das längste Konzert, das je komponiert wurde. Bei der Premiere war Brahms selbst der Solopianist. Mein Gott, wie gern hätte ich ihn gehört! Ich habe viele Aufnahmen davon, aber am besten gefällt mir die von Cliburn mit dem Chicagoer Sinfonieorchester. Obgleich auch die von Rudolf Serkin absolut . . .«

»Charles.«

Sie legt ihm die behandschuhten Hände ans Gesicht.

»Was?«

»Hör auf!«

»Ich soll aufhören?«

»Das ist genauso schlimm wie vorhin, als ich von dem polnischen Essen erzählt habe.«

Im Mondschein ist ihr Gesicht ganz weiß. Obwohl sie den warmen Wintermantel, Schal und Handschuhe trägt, kommt sie ihm nackt vor. In dem kühlen Licht erscheint ihm ihr Gesicht maskenlos, und ihre schwarzen Augen verhüllen nichts mehr. Und er weiß, daß dies ihr gemeinsamer Augenblick ist, ein Augenblick nur im Strom der Zeit, eine Perle an einer sehr kurzen Schnur.

»Wenn du auf dem dünnem Eis gehen kannst«, sagt er flüsternd in der frostkalten Nacht, »dann kannst du auch darauf tanzen.«

An den Rändern der Vorhänge sickert Licht herein. Sie liegen nackt im Bett, aneinandergeschmiegt wie Löffel. Er wacht auf und merkt sofort, daß er erregt ist. Doch das kann nicht allein pure Wollust sein. Er muß von ihr geträumt haben. Langsam entschwindet ihr Traumgesicht. Er findet ihre Brust, die kleine Spitze, die fast immer aufrecht steht. Dann ihren Bauch, der so weich ist. Sie treibt keinen Sport, und irgendwie gefällt ihm das. Leicht kreisend bewegt er die Hand. Sie wacht auf und dreht sich auf den Rücken. Ich muß für sie wie ein Flugsaurier aussehen, denkt er, und bedauert, daß sein Haar schon so schütter ist. Aber sie umarmt ihn lächelnd und schiebt sich unter ihn.

Sofort dringt er in sie ein, ohne daß sie nachhelfen muß. Sie ist schon ganz feucht, als hätte sie auch von ihm geträumt. Hat das wirklich ein Traum vollbracht? Oder kommt es noch von einer früheren Nacht – vor wie vielen Stunden? Er spreizt ihr die Beine. Er fühlt sich an sie geschmiedet. Jetzt kann er ihr Gesicht beobachten. Ihre Erregung überträgt sich auf ihn. Sie spornt ihn an, wie seine Erregung sie anspornt. Er sieht, wie sie den Mund öffnet, und seine Zunge rollt sich um ihre. Er streicht ihr die Haare aus der Stirn. Dann stützt er sich mit den Händen auf und hebt den Oberkörper. Ihr Blick gleitet von seinem Gesicht zu seinen Schultern und zurück. Er sieht, wie ihr, am Hals beginnend, die Röte ins Gesicht steigt.

Sie bewegen sich im gleichen langsamen, tiefen Rhythmus wie die Wellen bei Ebbe und Flut. Sein Blick läßt sie nicht los. Sie biegt ein wenig den Nacken zurück. Das verrät ihm, daß sie nahe am Höhepunkt ist. Er hat sich gefragt, ob es möglich ist. Jetzt scheint es fast unumgänglich. Er ist ebenfalls dicht davor, hält sich aber noch zurück und betrachtet den Schwung ihres Kinns. In wenigen Stunden müssen sie sich trennen, um wieder ein Leben zu führen, das für sie keine Bedeutung mehr hat. Es bleibt ihnen nur der gegenwärtige Augenblick, das Jetzt. Das ist alles. Die Welt um sie wird immer bedrohlicher. Er wartet darauf, daß sie die Augen schließt, wie sie es fast immer kurz vor dem Ende tut. Aber diesmal tut sie etwas Erstaunliches. Sie reißt die Augen weit auf.

»Ich will dich dabei ansehen«, flüstert sie.

Und während sie es sagt, kommt sie, und er kommt gleichzeitig mit ihr. Sekunden später hört er, wie sie beide vor Überraschung und Lust kleine Schreie ausstoßen.

Es war nur kurze Zeit, und doch war es wie ein ganzes Leben. Es war etwas, von dem ich geglaubt hatte, daß ich es nie erleben würde, daß die Zeit, in der ich aufgewachsen bin, und die Kirche, mit der ich mich beinahe vermählt hätte, es mir ausgetrieben hätten. Doch du hast es mir geschenkt, oder ich habe es dir geschenkt. Und jetzt kann ich deinen Körper nicht mehr von deinen Worten trennen und meinen Körper nicht mehr von meinen Gedanken. Was wir getan haben, kann ich nicht mehr von unserem Wesen trennen. Jedes Bild, das mir erscheint, ist erotisch. Oder es ist in Stein gemeißelt und von Blüten umrankt.

Im Dezember hielt die schwarze Erde noch lange Zeit die Sommerwärme, während ringsum schon alles gefroren war. Es war, als hätte sie Sonne und Licht verschluckt. So kam es, daß die ersten Schneefälle auf den Zwiebelfeldern schmolzen, als fiele der Schnee ins Meer.

In diesem Dezember berührte ich oft meine Tochter. Stephen arbeitete an den Landwirtschaftsgeräten und erteilte Unterricht in der Schule. Wenn wir uns zufällig in der Küche oder auf dem Flur trafen, hielt er sich wie zum Selbstschutz zurück. Jetzt glaube ich, er wußte vor mir, daß ich ihn verlassen würde. Er erkannte es in dem Schweigen und in der unüberbrückbaren Ferne zwischen uns, auch wenn er es sich nicht vorstellen und es nicht wahrhaben wollte.

Wenn wir uns gelegentlich unterhielten, gingen wir sehr behutsam miteinander um – wir wollten den mühsam errungenen Frieden des anderen nicht stören.

In der Woche vor Weihnachten ging ich in die Dachkammer, wo ich dein Foto gefunden hatte, und holte Girlanden und Flitterschmuck, farbige Lichter und einen Stern. Das Zeug war schwer, besonders die Girlanden, und es war anstrengend, alles am Baum zu befestigen. Oft fragte mich Lily, wo ich hinschaute, und ich gab ihr zur Antwort, ich schaute nirgendwohin, ich dächte nach.

Ich dachte in Gleichungen: Ist eine Stunde, in der ich X tat, gleich einunddreißig Jahre, in denen ich Y tat?

Am Weihnachtsmorgen stand mein Mann früh auf. Ich wartete, bis ich den Duft aus dem Backofen und den Kaffee roch. Dann ging ich zu ihm hinunter. Er trug heute ein anderes Flanellhemd, und ich dachte: Trägst du jetzt ein ähnliches Hemd? Eins, das ich noch nicht gesehen habe und vielleicht nie sehen werde? Bist du bei deiner Frau und den Kindern? Hältst du im Schlafen deine Frau im Arm? Kommen eure Kinder am Weihnachtsmorgen zu euch ins Bett, so daß ihr wie die Ölsardinen beieinander liegt, wie Stephen und ich es manchmal mit Lily gemacht haben – und mit Brian, als er noch bei uns war?

Für mich war es unmöglich, Brian je zu vergessen. Er gehörte doch noch zu uns. Weihnachten war es am schlimmsten. Doch eigentlich stimmt das nicht. Es war jeden Tag gleich schlimm. Die Zeit hatte meinen Kummer um ihn weder gemildert noch ausgefüllt oder zum Schweigen gebracht. Er war im Wagen eines Freundes ums Leben gekommen, auf der Heimfahrt von einem Fußballspiel in der Schule. Ein metallicblauer Corvette hatte eine rote Ampel nicht beachtet und war auf ihren Wagen geprallt. Sekunden vor Erreichen der Kreuzung, in den letzten Sekunden seines Lebens hatte Brian aus einem Grund, den wir nie erfahren werden, seinen Sitzgurt gelöst. Noch nach Tagen, Wochen, Monaten spielte ich die Szene in meinem Geist immer wieder durch. Ich wollte die Zeit anhalten, auf den Rücksitz des Wagens steigen und meinen Sohn wieder anschnallen.

Stephen war beinahe mit den Doughnuts fertig. Er bemühte sich um eine festliche Stimmung. Lily kam herein, ein breites Lächeln der Vorfreude auf den Lippen. Mit einem eleganten Schwung ließ Stephen den Vorhang herunter, und Lily rannte zum Weihnachtsbaum.

Lily holte ihre Geschenke aus dem Strumpf. Stephen und ich aßen Doughnuts. Wir spielten uns beide etwas vor. Wir taten so, als wären wir glücklich und zufrieden. Ich schlug das Buch mit dem Ledereinband auf. Es war schön, und ich sagte das auch. Ich hatte Stephen eine Staffelei und einen Satz kostspieliger Ölfarben geschenkt. Er lächelte, aber ich merkte, wie sehr ihn das Geschenk in Verwirrung stürzte. Wie konnte er sein Hobby wiederaufnehmen, solange er in dieser wirtschaftlichen Bedrängnis war?

Wir saßen im Wohnzimmer, das mit farbigem Kreppapier dekoriert war. Zu unseren Füßen lag Spielzeug. Stephen machte Feuer im Kamin und brachte uns Kaffee. Ich dachte daran, daß jetzt in allen Häusern in allen Straßen, in all den pastellfarben angestrichenen Häusern Kinder und farbiges Papier waren. Und Männer und Frauen, die einander liebten oder nicht liebten, zwischen denen unlösbare Bindungen bestanden oder auch nicht. Und da fiel mir ein, daß ich ein Geschenk für Lily vergessen hatte. Es war ein Pullover, ein rosenfarbener Winterpullover, den ich versteckt hatte.

Lachend sagte ich: Ein Geschenk habe ich noch vergessen.

Das passiert dir jedes Jahr, meinte Stephen.

Ich verstecke die Geschenke eben so gut, erwiderte ich, daß ich manchmal eins vergesse. Ich hole es.

Stephen war schon aufgestanden. Nein, ich hole es, sagte er. Bleib du nur sitzen!

Ja, okay, sagte ich. Es liegt in meinem Frisierschrank, im dritten Schubfach von unten.

Dann lehnte ich mich zurück und trank einen Schluck Kaffee. Lily hielt eine Schmuckkassette mit Geheimfach, das sie neugierig machte, auf dem Schoß. Die brennenden Kohlen im Kamin erfüllten das Zimmer mit Wärme.

Plötzlich fuhr ich hoch, und der Kaffee schwappte auf meinen Morgenrock. Danach war ich wie gelähmt und konnte weder etwas sagen noch mich rühren. Lily sagte: Mum, du hast Kaffee verschüttet.

Ich wartete eine Minute. Es kann auch eine Stunde gedauert haben. Schließlich hörte ich, wie Stephen durch die Küche zurückkam, und schaute zur Tür, in der er gleich darauf erschien.

Ich las es ihm vom Gesicht ab – es zeigte diese eigenartige Mischung von Verwirrung und Entsetzen, die Bestätigung einer langgehegten Furcht.

In den Händen hatte er dein Hemd.

Der Nordostwind fegt durch die High Street. Der kalte Regen, der nach Meer riecht, peitscht Charles ins Gesicht. Er sieht die Kette der Weihnachtslichter, die sich hoch über den Straßenverkehr spannt. Ein Kranz löst sich, schlägt auf der Straße auf und rutscht wie Präriesalbei über den Bürgersteig. Mit verkniffenen Gesichtern, vornübergebeugt gegen den Sturm, gehen Menschen in die Läden, um noch in letzter Minute Einkäufe zu machen.

Von seinem Aussichtspunkt auf der höchsten Stufe der Ufertreppe schaut Charles über die Reihe der Ladenschaufenster zum Hafen. Selbst hier ist das Wasser bewegt. Der graue Himmel scheint sich kaum sechzig Meter vom Ufer entfernt auf das schlammbraune Meer zu senken. Der Leuchtturm am Ende der Landzunge ist nicht sichtbar. Hoffentlich, denkt er, sind alle Schleppfischer an Land zurückgekehrt. Es gibt nichts Schlimmeres, als wenn sich zu Weihnachten ein Fischerboot verspätet oder gar kentert. Er erinnert sich an zwei, drei traurige Vorfälle in der Vergangenheit. Damals verbreitete sich die Nachricht von den Unfällen zusammen mit den Weihnachtsgrüßen. Schließlich konnte keiner mehr draußen sein, ohne den Blick aufs Meer zu richten und ein Gebet zu murmeln. Es war, als könnte man erst Weihnachten feiern, wenn alle Boote sicher zurückgekommen waren.

Das schlechte Wetter trifft die Geschäfte hart, denkt er. Die kleinen Läden haben sowieso den schlechtesten Weihnachtsumsatz seit Menschengedenken. McNamara hat mit seinem Holzplatz am Ende der High Street schon Konkurs gemacht. Und Janet Costa hat zu Harriet gesagt, ihr Schreibwarenladen werde wohl kaum noch den Februar überstehen. Der Niedergang ist wie ein ansteckendes Fieber. Der Bankrott eines Unternehmens ist der Vorbote weiterer Pleiten. Wird die Straße mit zwei Reihen leerer Geschäfte bald wie eine Geisterstadt aussehen?

Er geht eine Stufe tiefer und schlägt den Kragen hoch, so daß er die Ohren bedeckt. Eigentlich sollte er nach Hause fahren und Harriet beim Schmücken des Weihnachtsbaums helfen. Aber wenn er das jetzt tut, wird sie es ihm bestimmt am Gesicht ablesen – ihren eigenen Bankrott, *seinen* Bankrott. Er ist wütend. Doch seltsamerweise empfindet er auch so etwas wie Erleichterung. Viel schlimmer kann es nicht mehr werden. Das ist ein Trost. Der Kampf um die Rettung seines Hauses ist vorüber.

Er sieht zum Coffeeshop. Da könnte er jetzt hineingehen, ein Sandwich bestellen und einigen Kunden fröhliche Weihnachten wünschen. Aber er hatte keine Lust, und es würde seine Wut nicht mildern. Er wirft einen Blick in

Richtung des Blue Schooner: ein halber Liter Bier, eine Tasse heiße Muschelsuppe und Versicherungskunden, denen er fröhliche Weihnachten wünschen kann. Der Wind heult und zerrt an seinem Mantel. Bei solchem Sturm schützt nichts vor der Kälte. Er spürt die kalte Luft in den Ärmeln und am Oberkörper.

Geduckt trabt er die Ufertreppe hinunter. Auf dem Bürgersteig dreht er sich um und schaut an dem eindrucksvollen Gebäude hoch. Die dicken weißen Säulen stützen ein breites Steinportal. Über den hohen Holztüren hängt ein mit kleinen Lichtern und Goldbögen verzierter übergroßer Kranz – wie ein Versprechen auf Wohlstand, guten Geschmack und Macht. Es ist ja auch wirklich so, daß die Bank die ganze Stadt ausgesaugt hat. Charles hätte Lust, mit dem Finger strafend auf die Bank zu zeigen, kann diese jugendliche Anwandlung aber gerade noch unterdrükken.

Er haßt die Bank, und zwar die Institution an sich und weniger die Menschen, die darin arbeiten. Er haßt die Bank, die mit ihren Aktienangeboten Millionen von Dollars aus der Gemeinde herausgequetscht hat. Aktien, die jetzt einen Scheißdreck wert sind. Weitere Millionen hat die Bank an Krediten gewährt. Dieses Geld ist nun verloren. Die Zahl derer, die in den letzten Monaten ihre Ersparnisse und alles was sie hatten, verloren haben, ist nicht mehr zu schätzen. Jetzt hat die Bank kein Geld mehr für Kredite, um Menschen wie Medeiros über Wasser zu halten – im wahrsten Sinne des Wortes.

Die Besprechung war kurz gewesen, entsetzlich kurz und völlig sinnlos. Absichtlich hatte Whalen sie auf den vierundzwanzigsten angesetzt. Charles war klar, daß der Bankier sich damit für die Beleidigung beim Volleyball rächen wollte. Jetzt tut es ihm leid, ihn damals so angefaucht zu haben. Das finanzielle Fiasko war ja nicht Whalens Schuld. Er wollte ihm das auch sagen. Doch als er mit zwanzig Minuten Verspätung zu dem für elf Uhr angesetzten Termin in die Bank kam – er hatte die zwanzig Minuten absichtlich draußen auf dem Parkplatz im Cadillac vertrödelt, jeder benimmt sich mal kindisch – betrachtete er das schwitzende, gerötete Gesicht, die auffallend blanke Glatze und sagte nur: »Tag, Whalen.«

Whalen starrte auf die Papiere auf seinem Schreibtisch und schob sie hin und her. »Du bist mit den Hypothekenraten vier Monate in Verzug, Callahan«, sagte er. »Was gedenkst du zu tun?«

Sofort wußte Charles, daß es ein Fehler gewesen war, überhaupt herzukommen. Was hatte es noch für einen Sinn, mit Whalen zu sprechen? Wenn die Bank die Hypothek für verfallen erklärte, na schön. Dagegen war nichts zu machen. »Du weißt doch, daß ich die Zahlungen nicht leisten kann«, sagte er.

Whalen blickte Charles an. Durch die Lesebrille wirkten seine Pupillen vergrößert. Sie erinnerten Charles an heiße Frösche auf einem Eisenbahngleis, und der Mann tat ihm aufrichtig leid. »Die Bankprüfer sehen uns zur Zeit genau auf die Finger«, sagte Whalen, »und sie zwingen uns, alle problematischen Kredite zu kündigen.«

Charles merkte, wie auch ihm der Kopf heiß wurde. Jetzt hätte er achselzuckend zur Tür hinausgehen sollen. Jeder vernünftige Mensch hätte so gehandelt. Oder sollte er sich auf Weihnachten berufen und sagen, daß er gleich im neuen Jahr zahlen würde? Aber was nützte das Lügen? Wenn es drauf ankam, würde er auch im Januar und im Februar das nötige Geld nicht zur Verfügung haben.

»Ich weiß, es ist nicht deine Schuld«, sagte Charles. »Ich weiß, du tust nur deine Pflicht. Ehrlich gesagt, Ed, habe ich mehr Mitleid mit dir als mit mir selber.«

Selbst im Glanz des weißen Lichts und der warmen Holztäfelung sah Whalen krank aus. Kein Wunder, denn wenn die Bundesprüfer Whalen erst mal richtig unter die

Lupe nahmen, würde er auch auf die Straße gesetzt werden oder vielleicht gleich ins Gefängnis wandern.

Charles läßt die Bank hinter sich, geht an dem Coffeeshop vorbei und steuert den Blue Schooner an. Vor Woolworth steht ein Weihnachtsmann von der Heilsarmee. Charles steckt ihm ein bißchen Kleingeld in die Sammelbüchse. Ein Lieferwagen mit einem Kranz auf dem Kühlergrill fährt vorüber. Donnerwetter, denkt Charles, der Mann muß ja wirklich zum Feiern aufgelegt sein, wenn er sogar einen Weihnachtskranz an seinem Wagen anbringt! Aber sicherlich hat er das nur seinen Kindern zuliebe getan.

Auf halbem Weg zum Blue Schooner stehen zwei Telefonzellen auf dem Bürgersteig. Charles kann seit einiger Zeit an keiner Telefonzelle mehr vorbeigehen, ohne sie forschend zu betrachten und gewisse Möglichkeiten abzuwägen. Im allgemeinen pflegt er nicht an einem so auffälligen Ort wie dem Stadtzentrum zu telefonieren. Aber heute haben sich ja alle wegen des Sturms so eingemummelt, daß ihn bestimmt keiner sieht. Dennoch ist es zu riskant, denkt er. Sie sind nach einigem Herumreden übereingekommen, daß keiner den anderen am Heiligabend oder am Weihnachtsfeiertag anrufen soll, da sie sicher nicht allein zu Hause sind.

Trotzdem bleibt er vor der Zelle stehen und betrachtet den schwarzen Hörer. Er würde ihr gern von Whalen erzählen. Und daß er sein Haus verliert. Er möchte ihr sagen, daß er unablässig an sie denkt, selbst wenn er mit der Bank verhandelt. Daß sie immer bei ihm ist und alle seine Gedanken beherrscht. Er stellt sich vor, wie sie in der Küche steht und mit ihrer Schwiegermutter Piroggen zubereitet. Er nimmt den Hörer ab, hängt ihn wieder auf und lehnt sich an das Pult. Ist es wirklich so riskant? Selbst wenn ihre Schwiegermutter oder Lily dabei ist, könnten sie doch eine Minute miteinander sprechen. Nur damit er ihre Stimme hört und ihr sagen kann, daß er ihre Füße schön findet. Er möchte sie so gern lachen hören. Wieder nimmt er den Hörer ab, und diesmal wählt er die vertraute Nummer. Es klingelt zweimal, dreimal, viermal. Wo mag sie sein? In einem Laden? Oder im Wagen mit ihrer Tochter unterwegs? Regnet es dort auch, oder schneit es vielleicht?

Das Klingeln verstummt. Er hört, wie ein Mann Hallo sagt. Der Mann scheint außer Atem zu sein, als sei er von draußen ins Haus gerannt. Noch einmal sagt der Mann Hallo. Charles ist wie gelähmt. Er kriegt kein Wort heraus, und er kann den Hörer auch nicht auflegen. Noch ein drittesmal sagt der Mann am anderen Ende Hallo, jetzt mit deutlicher Ungeduld. Er hat eine tiefe Stimme, das »Hallo« hat Resonanz, und doch klingt sie nicht heiter oder freundlich. Oder übertreibt Charles wieder und hört zuviel aus dem einfachen Wort heraus?

Charles hängt den Hörer auf und verläßt die Zelle, als hätte ein Hund ihn angebellt oder nach ihm geschnappt. Er hat ja gewußt, daß sie einen Mann hat. Er hat ihn sich sogar vorzustellen versucht. Aber er war immer ein Phantasiebild geblieben, das er verscheuchen konnte, wenn er wollte. Jetzt kann er es nicht mehr vertreiben – die Resonanz dieser Stimme am Telefon. Der Mann ist körperlich da, er steht in der Küche. Und wo ist sie?

Niedergeschlagen und enttäuscht betritt er The Blue Schooner. Die Bar ist knüppelvoll von Männern, die früh Feierabend gemacht haben, vom Meer zurück sind oder einfach der Langeweile eines Tages ohne festen Plan entrinnen wollen. Durch die feuchte Hitze der Menge bahnt sich Charles den Weg und entdeckt auf einem Hocker am Ende der Theke Medeiros. Nach kurzem Zögern begrüßt er ihn.

»Tag, Callahan.«

»Tag, Joe.«

»Trinkst du ein Bier mit?«

»Danke, gern.«

Medeiros schwitzt unter seiner Wollmütze. Im trüben Licht tränen ihm die Augen. Später wird Medeiros zu einem portugiesischen Mahl mit seinem Familienklan heimkehren – Tintenfisch. Jede Familie hat ihre eigenen Sitten. Charles lehnt sich an die Theke, knöpft den Mantel auf, legt ihn ab und lockert die Krawatte. Das Bier ist stark und kalt, ein Hochgenuß. Er revanchiert sich, indem er für Medeiros einen Bourbon bestellt.

»Was ist los, Callahan? Du siehst aus wie gequirlte Scheiße. Du hast auch abgenommen oder was?«

»Kann schon sein.«

»Sind die Kinder okay?«

»Den Kindern geht's gut.«

»Und deine Frau?«

»Meiner Frau geht's auch gut«, sagt Charles lächelnd.

»Was ist dann los mit dir? Bist du pleite?«

»Ja, ich bin pleite.«

Medeiros nimmt einen langen Schluck Bourbon und sieht Charles an. »Na, das ist doch nichts Neues. Wir sind alle pleite. Hast du sonst noch Schwierigkeiten?«

Charles sieht erst an die Decke und dann auf sein beschlagenes Glas. Er leert das Bier und winkt dem Barmann, ihm noch eins zu bringen.

»Das kann man wohl sagen, Joe. Und ob ich Schwierigkeiten habe!«

»Wußte ich doch. Wußte gleich, daß du Schwierigkeiten hast. Ich hab' auch schon mit Antone drüber geredet. Das konnte ich dir vom Gesicht ablesen. Mit der Regierung? Mit der Steuerfahndung? Mit dem Geschäft, das in die Binsen gegangen ist?«

Charles stützt sich auf einen Ellbogen und sieht Medeiros an. »Ich bin verliebt.«

Joe Medeiros sieht aus wie vor den Kopf geschlagen –

als hätte er seit langer Zeit keinen Menschen mehr solche Worte sagen hören und könne sie nicht verkraften. Der Schleppfischer wirkt peinlich berührt, trinkt nachdenklich von seinem Bourbon und schüttelt dann zutiefst bestürzt den Kopf.

»Das hätte ich nie von dir erwartet, Charles. Hätte dich nie für einen Schürzenjäger gehalten.«

»Ich bin auch keiner.«

»Wer ist sie?«

»Du kennst sie nicht.«

»Wo wohnt sie?«

»Mit Ehemann und Tochter in Pennsylvanien.«

»Wau! Schöne Scheiße.«

»Ja, schöne Scheiße.«

»Weiß es deine Frau?«

»Harriet? Nein.«

»Wirst du es ihr sagen?«

»Ich weiß nicht, Joe. Ich weiß überhaupt nicht, was ich tun soll.«

Medeiros läßt den Blick über die laute Gästeschar schweifen, als überlege er, was für Möglichkeiten Charles hat. Danach schaut er Charles wieder an. Offenbar hat er keine Lösung gefunden, denn er sucht Zuflucht bei einer Binsenwahrheit.

»Nun«, sagt er, »du mußt tun, was dein Herz dir sagt.« Danach stößt er einen tiefen Seufzer aus, um anzudeuten, daß auch das kompliziert sei. Wenn das Herz nun nach der Geliebten verlangt, man aber Frau und Kindern nicht weh tun will? »Meine Meinung«, fügt er lahm hinzu.

»Ja, nehme ich auch an«, sagt Charles.

Mit einem letzten Blick auf Charles rutscht Medeiros vom Hocker. Er will sich nicht mit einem so dornenreichen Problem befassen – jedenfalls nicht zu Weihnachten. »Muß ein paar Worte mit Tony reden«, sagt er. »Will hören, ob seine Boote alle reingekommen sind.« Er legt Charles die Hand auf die Schulter. »Halt die Ohren steif!« sagt er.

»Danke, Joe. Ich wünsche dir ein schönes Weihnachtsfest.«

Charles setzt sich auf Joes Hocker und bestellt eine Tasse Muschelsuppe. Die Muscheln schmecken gut. Es gibt nichts Besseres als Rhode Island-Muscheln in dünner Brühe. Danach bestellt er noch einen halben Liter Bier und lauscht den lauten Gesprächen im Lokal. Es ist eng, zu heiß und riecht nach nasser Wolle – von den Mützen und Jacken der Fischer. An den Tischen und an der Theke sind vielleicht ein Dutzend seiner Kunden. Voriges Jahr zu Weihnachten – und in allen Jahren zuvor – hat Charles die Gelegenheit benutzt, gute Stimmung zu verbreiten und den Kontakt mit unsicheren Kunden wiederaufzunehmen. Aber heute bringt er das nicht fertig. Er fühlt sich fehl am Platz, von den anderen Männern abgeschottet, von einer Welt abgeschottet, die nach der üblichen Ordnung und mit den üblichen Redensarten lebt. Die Stimmen im Lokal kommen ihm überlaut vor und scheinen mit den Lippenbewegungen nicht übereinzustimmen, wie bei einem Film, dessen Ton um Bruchteile von Sekunden zu spät abläuft. Er schüttelt den Kopf, um klar zu werden. Er gehört nicht hierher. Er muß raus. Aber nach Hause kann er nicht fahren. Noch nicht.

Charles überquert den Fahrdamm und geht zu seinem Auto. Er ist schweißbedeckt von dem überhitzten Lokal und äußerlich naß von dem scheußlichen Wetter. Er stemmt sich gegen den Wind und weicht dem Wasserschwall aus, den ein vorbeifahrender Wagen verspritzt. Der Verkehr beginnt schon nachzulassen. Alle haben heute früher Feierabend, die Läden schließen, alles strebt heim. Er sollte noch etwas für Harriet mitbringen

– aber was? Er versucht sich zu erinnern. Milch? Eier? Schinken? Papiertücher?

Er kommt zum Parkplatz der Bank und steckt den Schlüssel ins Türschloß des Cadillac. Dabei fällt sein Blick über das Wagendach auf die Rückseite von St. Mary, der katholischen Kirche der Stadt. Er zieht den Schlüssel wieder ab, geht quer über den Parkplatz und dann durch den nassen, moosbewachsenen Friedhof. Durch eine Seitentür betritt er die Kirche.

Seit über einem Jahr, seit der Fahey-Beerdigung, ist er nicht mehr in der Kirche gewesen. Im Inneren herrscht trübes Licht. Die elektrischen Lampen hängen hoch über seinem Kopf. In blasigen roten Gläsern brennen Weihkerzen. Er geht sechs Meter weit hinein und betrachtet den Altar, der heute unter einer Flut von Weihnachtssternen fast versinkt. Er hat Weihnachtssterne immer gehaßt. Allein ihre Farbe kommt ihm giftig vor. Das Kruzifix über dem Altar ist besonders grotesk. Die Haut des Christus ist unnormal weiß, und aus den Wunden fließt das Blut magentarot über seine Hände und Füße. Nicht zum erstenmal fragt sich Charles: Müssen Kinder so etwas sehen?

Er nimmt in der ersten Reihe der Kirchenbänke Platz und faltet die Hände locker im Schoß. Das Kreuz an sich ist einfach und vergoldet. Mit dem Blick auf dieses Kreuz versucht er zu beten. Aber die altbekannten Phrasen scheinen nicht auf seinen Fall zuzutreffen, und passende Sätze fallen ihm nicht ein. Er möchte niederknien und um Hilfe bitten, als könnte er durch diese einfache Handlung Vergebung erlangen – weniger für das, was er bereits getan hat, als für das, was er noch vorhat. Er sehnt sich nach Vergebung, aber er kann diese Sehnsucht nicht in Worte kleiden und weiß, daß seine Gebete fruchtlos wären. Er denkt ja gar nicht daran, Siân aufzugeben. Deshalb ist nach den gültigen Spielregeln jede Bitte von vornherein aussichtslos. Und im übrigen hat er schon seit langem keine rechte Vorstellung davon, wen oder was er um Vergebung oder um Beistand anflehen soll.

Ein kalter Schauer überläuft ihn. Er steht auf und will gehen. Noch einmal blickt er auf die flackernden Kerzen, und dabei fällt ihm ein, was er für Harriet mitbringen sollte: Glühbirnen. Eilig begibt er sich zu seinem Wagen. Er ist schon viel zu lange unterwegs. Er muß nach Haus zu seinen Kindern. Und bei Gott, das hätte er fast vergessen: Er muß ja noch die Enten marinieren.

Als er in die Einfahrt zu seinem Haus biegt, sieht er durchs Fenster des Wohnzimmers den funkelnden Weihnachtsbaum. Na, wenigstens hat Harriet inzwischen die Kerzen daran befestigt. Schuldbewußt steigt er aus und geht in die Küche. Seine Kinder und sein Hund laufen zur Begrüßung auf ihn zu. Die Liebe seiner Kinder äußert sich körperlich, sie umschlingen seine Beine und zerren an seinen Armen – selbst Hadley schmiegt sich an seine Schulter. Und alle erheben ein großes Geschrei, weil er durchnäßt ist und sein Mantel nach Feuchtigkeit riecht. Sanft macht er sich von seinen Kindern los, von einem nach dem anderen, und zieht Mantel und Jackett aus. Er bindet die Krawatte ab und rollt die Hemdsärmel auf. Dann hockt er sich hin und streichelt liebevoll Winstons Kopf.

Die Kinder führen ihn ins Wohnzimmer. Er soll den Baum bewundern. Harriet steht auf einem Hocker und ist damit beschäftigt, den Stern auf der Baumspitze gerade auszurichten. Er steht schief. Sie hat Jeans und einen jägergrünen Pullover an. Er betrachtet ihre breiten Schultern, den Schwung der Hüften unter dem Pullover und die straff sitzenden Jeans. Aber dabei fühlt er nichts. Er kann sich nicht einmal entsinnen, wie ihr Körper unter den Kleidern aussieht. Manchmal hat er schon vergessen, wie es war, als er mit Harriet geschlafen hat und was sie beide im Bett getrieben haben. Es ist, als habe die Zeit mit Siân diese Erinnerung ausgelöscht. Jetzt streckt seine Frau wieder die Arme aus, und ihr Pullover rutscht hinten hoch. Über der Taille wird ein Stück rosiger Haut sichtbar. Auch diese Haut erscheint ihm fremd, als hätte er sie nie berührt.

»Laß mich das machen!« sagt er in ihrem Rücken.

»Oh«, ruft sie und dreht sich um. Ihr Gesicht ist von der Anstrengung gerötet. »Danke.«

»Ich habe die Glühbirnen mitgebracht«, sagt er.

Sie steigt vom Hocker, und er nimmt ihren Platz ein.

»Was war mit deinem Termin?« fragt sie.

»Ist gut gelaufen«, sagt er.

Er hat ihr nicht gesagt, daß er zur Bank gefahren ist. Beim Frühstück hat er nur verlauten lassen, daß er einen Termin habe. »Termin« – sein Ausdruck für geschäftliche Verabredungen.

Sie sieht auf ihre Armbanduhr und stellt fest: »Du bist ziemlich lange weggewesen. Ich hatte schon Sorge, du würdest nicht rechtzeitig nach Hause kommen, um die Ente zuzubereiten.«

»Mußte im Lokal zwei Lagen ausgeben. Du weißt ja, wie es zu Weihnachten ist.«

Charles befestigt den Stern mit Bilderdraht. Ganz gerade ist er immer noch nicht, aber das muß reichen.

Er steigt vom Hocker, sieht sie an und fragt: »Wie haben sich die Kinder benommen?«

Sie erwidert eine Weile schweigend seinen Blick, legt einen Finger an seinen Oberkörper und streichelt, wie in Erinnerungen versunken, den Hemdstoff nahe seiner linken Brustwarze. Ihr Blick ist auf seine Haut über dem obersten Hemdknopf gerichtet und wirkt ungewöhnlich leer.

»Harriet!«

Sie hebt den Kopf. Nur widerwillig löst sie sich aus ihrem verträumten Zustand. Ihre großen blauvioletten Augen werden wieder lebhaft – die Augen sind das Beste an ihr. Zuweilen hat er Harriet für hübsch gehalten. Nun, sie *ist* hübsch. Aber nicht schön. Hat er ihr jemals gesagt, daß sie schön wäre? Vielleicht zu Anfang. Damals muß er es zu ihr gesagt haben. Hoffentlich.

Sie zieht den Finger von seiner Brust zurück und sagt langsam: »Jack ist ganz aus dem Häuschen. Hadley hat mir beim Baumschmücken geholfen. Wenn du mit dem Braten und der Pastete fertig bist, will sie Kekse backen.«

Sie öffnet noch einmal den Mund, schließt ihn aber gleich wieder. Anscheinend wollte sie noch etwas sagen. Etwas, das ihr schwer über die Lippen kommt. Falls sie es ausspricht, muß er ihr die Wahrheit gestehen. Er will ihr dann sagen, daß es ihm leid tut. Daß das, was geschehen oder nicht geschehen ist, nicht ihre Schuld war. Daß es nicht dazu gekommen ist, weil sie nicht schön wäre oder er sie nicht hätte lieben wollen. Oder daß man ihn jetzt endlich anerkannt hat, wie ihn seine Frau nie anerkannt hat. Er legt die Hand auf ihren Pulloverärmel und streichelt ihr den Arm vom Ellbogen bis zur Schulter.

Sie wendet den Kopf ab und macht sich von ihm frei. »Paß ein bißchen auf Anna auf!« sagt sie. »Ich muß noch ein, zwei Geschenke einpacken.«

»Harriet?«

»Ja?«

Sie sieht ihn an, nicht mehr mit leerem Blick, eher mißtrauisch. Dann läßt sie die Lider ein wenig sinken. Sie scheint fast verärgert zu sein. Zumindest will sie aus dem Zimmer gehen.

»Um vier kommen meine Eltern«, sagt sie.

Aus den Lautsprechern in der Küche ertönt Händels *Messias*. Das hat er im Lauf der Jahre so oft gehört, daß er fast den ganzen Text auswendig kennt. Besonders gern stimmt er in den »Halleluja«-Chor ein. Und das tut er auch jetzt, während er die Zutaten zur Marinade – Teriyaki-Sauce, frischen Ingwer, Sojasauce, Knoblauch, Schalotten, Sherry und einen Schuß Rotwein – auf mehrere Bratfolien träufelt. Er hat Brüste und Beine von sechs Enten abgelöst. Die lilafarbenen Knochengerüste liegen nebeneinander auf der gelben Kunststoffanrichte. Winston steht schnuppernd zu seinen Füßen und wartet gespannt, ob für ihn eine Kleinigkeit abfällt. Irgendwann zwischen der zweiten und dritten Ente hat Charles sich in eine Fingerkuppe geschnitten. Die Blutung hat er mit einem Geschirrhandtuch gestillt und es sich dann ungelenk um die Hand gebunden. Hadley steht an die Anrichte gelehnt und beobachtet nachdenklich ihren Vater. Er sieht sie an. Ihre großen braunen Augen haben einen besorgten Ausdruck.

»Dad«, sagt sie.

»Was?«

»Fehlt dir was?«

Mit Schwung legt er Ententeile auf die Bratfolie und legt sie in die große Pfanne auf der Anrichte. Er ist jetzt in Fahrt. Vier Kochbücher liegen aufgeschlagen auf der Küchentheke. Es war nicht einfach. Erst zwischen »O du im Himmel ...« und »Wir sind alle wie die Schafe ...« kam die Sache richtig in Gang. Und zweimal mußte er noch in die Stadt fahren, um weitere Zutaten für sein Festessen zu holen – einmal zum Fischmarkt und einmal zum italienischen Spezialitätengeschäft. Dabei ging der letzte Rest seiner Barschaft zum Teufel.

Eins ist ihm schon klar: Sein Menü wird nicht ganz so werden, wie es in den Kochbüchern steht. Wahrscheinlich sind immer noch nicht alle Zutaten vorhanden. Aber beim Kochen hat ihm auch stets die Zubereitung der einzelnen Gänge am meisten Spaß gemacht. Ob sie dann später eine abgerundete Speisenfolge ergaben, darauf kam es ihm weniger an. Irgendwie ist diese spontane, vom Zufall bestimmte Handlungsweise wohl auch typisch für sein Leben und seinen finanziellen Zusammenbruch.

Neben den Entenknochen liegen jetzt noch zwei gesalzene Kabeljaufilets für die Baccalá und fünf Pfund Miesmuscheln auf der Anrichte. Ursprünglich hatte er gar keine Muscheln vorgesehen, aber als er sie auf dem Fischmarkt sah, konnte er nicht an ihnen vorbeigehen. Er möchte sie in einem Sud aus Tomaten, Basilikum, Kapern und Weißwein kochen. Ferner hat er ein Lachsfilet gekauft. Das will er mit Salz und Zucker und Dill bestreuen und in einer Alufolie im eigenen Saft schmoren lassen – eine pikante Vorspeise. Schließlich hat er noch eine ganze Auswahl von Jakobsmuscheln, Krabben und Räucherlachs mitgebracht. Mit Tintenfischpaste und rotem Paprika soll das als Beilage zu den Enten gereicht werden.

In einer massiven Salatschüssel aus Teakholz zerdrückt er mehrere Knoblauchzehen und verrührt dann die Paste mit Anchovis, Worcestershire-Sauce, Zitronensaft, Senf, Kapern und scharfer Sauce. Er greift zum Löffel, kostet und macht zu Hadley eine übertriebene Geste des Wohlgeschmacks, indem er mit einem schmelzenden »Mensch« seine Finger küßt. Dann teilt er seiner Tochter mit, daß der Cäsarensalat schön scharf wird. Auf der Anrichte liegt jetzt alles kunterbunt durcheinander: Knochen, verstreuter Zukker, gehackter Dill, leere Saucenflaschen, benutzte Löffel und Mehl für das Sauerteigbrot. Den Brotteig knetet er in einer Backschüssel. Dabei sickern dann und wann Blutstropfen durch das nasse Geschirrhandtuch an seiner Hand herunter, die er eilig, ehe es jemand sieht, mit dem Teig verrührt. Jack kommt herein und starrt erstaunt auf das Chaos.

»Ach du meine Güte, Dad«, sagt er, »was machst du denn da?«

»Frag nicht!« sagt Hadley.

Charles ist jetzt beinahe glücklich – oder jedenfalls in einem glücksähnlichen Zustand, soweit er das in diesem Haus, in dieser Stadt überhaupt sein kann. Wenn er so weitermacht, wird sein Abendessen bestimmt ein voller Erfolg werden. Wie ein Choreograph muß er seine Töpfe einsetzen, wie ein Dirigent das Zusammenspiel zwischen Backofen und Herd leiten, damit die Enten nicht in Konflikt mit dem Sauerteigbrot geraten und sein größter Topf für die Muscheln frei wird, wenn er den Sud zusammengerührt hat. Aber um die zeitliche Abstimmung macht er sich kaum Sorgen: Obwohl er damit in der Liebe und in den Finanzen Schiffbruch erlitten hat, besitzt er, wenn es ums Kochen geht, zu seinem Glück einen sechsten Sinn. Kochen ist wie ein Orchester leiten, meint er. Es ist so ähnlich wie bei einer Sinfonie oder einem Konzert. Es gibt Allegro- und Largo-Sätze, je nachdem, in welchem Tempo er zwischen Küchentheke und Kühlschrank, zwischen Herd und Anrichte hin und her flitzt und in welcher Art er die Butter bei einer Mehlschwitze oder den Knoblauch bei einer Sauce zum Einsatz bringt.

Er hat jetzt Bing Crosby aufgelegt. Ohne Bing kann man keinen Weihnachtsschmaus kochen, sagt er zu seiner jüngeren Tochter Anna, die eben in die Küche gekommen ist, um seine Vorstellung mitzuerleben. Er greift nach oben, um sich noch ein Wasserglas mit Kendall-Jackson, einem anständigen trockenen Rotwein, einzugießen. Er hat die Flasche aufgemacht, weil er ihn als letzte Geschmacksnuance für die Marinade braucht. Herrje, die Flasche ist ja schon fast leer! Sein Hemd und die gute Hose sind voller Olivenöl-, Mehl- und braunen Flecken, die Blut sein könnten. Irgendwo muß zwar eine Schürze sein, aber er hat sie nicht gefunden.

In der Küche ist es warm, während draußen ein Regenguß gegen die Fenster peitscht und die Scheiben zum Klirren bringt. Er trinkt einen Schluck vom Rest des Rotweins und blickt durch die Scheiben auf die Regenwand. Wo mag sie jetzt sein? denkt er. Was macht sie in diesem Augenblick? Er wirft einen Blick auf das Telefon und erwägt flüchtig, sie anzurufen, weist den Wunsch aber rasch wieder von sich. Das kann er nicht riskieren. Wenn sich wieder ihr Mann mit seiner volltönenden Stimme meldet, müßte er zum zweitenmal auflegen. Er versucht sich vorzustellen, wie ihr Mann aussieht, was für ein Körper zu dieser Stimme gehören mag. Charles hat Siân nie nach dem Aussehen ihres Mannes gefragt, und sie hat ihrerseits kaum etwas darüber verlauten lassen.

Mit dem Handrücken drückt er den aufgehenden Teig in die Brotschüssel und bearbeitet ihn dann kräftig mit den Fäusten. Er sehnt sich jetzt nach ihr, mit einem Verlangen, das nicht körperlich oder jedenfalls nicht allein körperlich ist. Er fühlt sich taub. Die Sehnsucht, sie für sich zu haben, wenigstens bei ihr zu sein, zerrt an ihm. Auf einmal beugt er sich weit vor und legt die Stirn auf die Küchentheke. Am liebsten würde er sich auf dem Fußboden ausstrecken. Sein Inneres ist hohl. Ohne sie fühlt er sich leer.

»Daddy?«

Die Kinder! Rasch hebt Charles den Kopf. Hadley sieht ihn kritisch an.

Mühsam richtet er sich auf und zwingt sich zu einem Lächeln.

»Der Nachtisch«, sagt er.

»Nachtisch?«

»Ich muß noch an den Nachtisch denken.«

»Ich will Weihnachtskekse haben«, sagt Anna.

Er schlägt in einem Kochbuch auf der Küchentheke nach. Dann schaut er zur Decke empor. Winston ist zu ihm gekommen und schnüffelt an seinen Knien. Er denkt an Petits fours. Nein, lieber Karamelpudding. Oder Vanillepudding? Hat er die nötigen Zutaten? Wahrscheinlich könnte er auch einen flambierten Pudding zubereiten. Ja, das ist es, sagt er sich und entkorkt eine neue Flasche Kendall-Jackson. Ein flambierter Pudding mit Ingwer. Ingwer wäre genau das Richtige für den Abschluß des Festmahls. Was braucht er dazu? Eier. Sahne. Frischer Ingwer ist noch von der Marinade übriggeblieben. Zucker natürlich. Und eine Lötlampe. Ohne Lötlampe bekommt er das Karamel nicht fest.

Wo hat er das nur gelernt? Ach ja, in der Küche eines Restaurants ganz in der Nähe von Providence. Er hatte sich beim Kellner, wie er das manchmal in Restaurants tat, nach der Zubereitung einer bestimmten Speise erkundigt. In diesem Fall war es ein besonders zarter flambierter Pudding gewesen. Daraufhin hatte ihn der Chefkoch persönlich in die Küche gebeten und ihm die Lötlampen-Technik vorgeführt: Man schüttet eine dünne Lage Zucker auf den Vanillepudding. Dann bläst man ihn mit der Lötlampe an. Mit Sicherheit ein gewaltsamer Vorgang und wahrscheinlich ökologisch nicht empfehlenswert. Jedenfalls tut man es so lange, bis der Pudding mit einer papierdünnen Scheibe von festgewordenem Karamel bedeckt ist. Sieht aus wie eine vollkommen runde Schicht von zartem braunem Eis.

Er bringt Eier, Sahne, Zucker und Ingwer zur Küchentheke und sucht dann eine saubere Schüssel und den Schneebesen. Dazu stellt er sich auf einen Hocker und kramt im obersten Fach des Schränkchens über dem Kühlschrank. Irgendwo hinter den Champagnergläsern muß ein Satz Puddingschüsseln und eine Auflaufform stehen. Da, er sieht sie schon und schlängelt gerade eine Hand zwischen den Champagnergläsern hindurch, als er seinen Namen hört.

»Charles!« sagt seine Frau in einem Ton, der ihn an eine Lehrerin erinnert, die er in der siebten Klasse gehabt hat.

Er schwankt einen Augenblick, dann dreht er sich um. Die ganze Familie hat sich versammelt, an der Anrichte aufgereiht – Harriet, Hadley, Jack und Anna. Wie für ein Familienfoto. Ihre Gesichter zeigen Bestürzung. Nun, er kann sich vorstellen, wie er für sie aussieht – dazu dieses einzigartige Chaos, das er angerichtet hat, in und außerhalb der Küche. In einer Hand hat er ein Champagnerglas, in der anderen eine Auflaufform. Sein Hemd ist unter den Achselhöhlen durchgeschwitzt, vorn mit Flecken übersät. Noch immer ist das Geschirrhandtuch um die Hand gewickelt. Sie starren ihn an und erwarten offensichtlich eine Erklärung von ihm. Aus seiner bedeutenden Höhe wirft er einen Blick in die Runde – ein abscheuliches Durcheinander. Das Ergebnis seiner fieberhaften Versuche, der unerträglichen Traurigkeit des Weihnachtsfestes zu entgehen.

Er schaut auf seine Kinder, auf seine Frau und auf die Wände eines Hauses, das ihm nicht mehr gehört.

Und dann erklärt er der versammelten Familie: »Niemand ist gerettet, und niemand ist ganz verloren.«

Vor einer knappen halben Stunde war die Sonne untergegangen. Im Westen hielt sich noch ein orangefarbener Dunst am Horizont. Die Luft war trocken, und am Himmel standen schon die Sommersternbilder. Er führte sie mit den anderen zum Seeufer hinunter, wo heute abend ein Freudenfeuer entzündet werden sollte, ein kleines Fest zum vierten Juli. Er hielt Wunderkerzen in der Hand. Eine gab er ihr und entzündete sie für sie mit einem Streichholz aus der Hemdtasche. Die goldenen Funken der Wunderkerzen beleuchteten ihre Gesichter. Vor und hinter ihnen wurde gelacht und geplaudert. Die anderen wanderten allein oder zu zweit. Auch unter ihnen hatten einige Wunderkerzen bei sich. Dieser Fußmarsch im Dunkeln war aufregend. Sie kannten zwar den Weg, konnten ihn aber nicht genau erkennen. Das bevorstehende Ereignis gab ihnen ein Gefühl der Freiheit, verbunden mit einer Ahnung von Gefahr.

Die Betreuer hatten den Holzstoß bereits hergerichtet, standen in seiner Nähe und taten sich wichtig. Die Kinder nahmen, mit Blick auf den See, ihre Plätze im Halbkreis um das Holz und Stroh ein. Es war die letzte Nacht im Sommerlager. Inzwischen waren Freundschaften geschlossen worden. Man sah es daran, wie überall schattenhafte Umrisse einander näherrückten. Sie saß mit angezogenen Knien neben ihm auf der Erde. Ihre Arme berührten sich von den Schultern bis zu den Ellbogen, und eine Zeitlang nahm sie nichts anderes wahr als diese Berührung, die wie eine zarte Linie an ihrer Haut entlanglief und sie leicht schwindlig machte. Bis er den Arm hob und ihn um sie legte. Dann tastete er mit den Fingern nach ihren Ärmeln und der Haut darunter. Beide sagten kein Wort und wagten es nicht, den anderen anzusehen.

Nun wurde das Stroh angezündet. Geräuschvoll ging es in Flammen auf, die knisternd zum Himmel aufloderten und einen Funkenregen auslösten. Im Bogen strebten die Funken aufwärts und erloschen dann, bevor sie auf Haare oder nackte Haut fallen konnten. Jemand trat vor das Feuer und ermunterte die Gruppe zum Singen. Sie sangen Sommerlagerlieder und Lieder zum vierten Juli. Der Junge neben ihr sang mit. Seine Stimme war schon beinahe die eines Mannes. Sie aber konnte nicht singen. Sie fühlte den Druck seines Armes auf ihrem Rücken und seine Finger auf ihrer Haut. Das Feuer war so hell, daß Kreuz und See darin verschwanden.

Als das Singen vorbei war, holten die Betreuer lange Stöcke und Pilze. Zögernd löste der Junge den Arm von ihr, stand auf und ging zu den Betreuern. Er nahm einen Stock und einen Pilz entgegen und hielt ihn ins Feuer, das jetzt ruhiger brannte. Sie sah auf seinen Rücken. Sein Körper war nur ein Schattenriß. Er unterhielt sich mit einem anderen Jungen.

Er kam zurück, setzte sich ihr gegenüber, zog den klebrigen, an den Seiten angesengten Pilz vom Stock und reichte ihn ihr. Sie stieß einen kleinen Schrei aus und wollte etwas sagen. Da fühlte sie schon den klebrigen Pilz an Lippen und Zähnen. Er verschmierte ihr den Mund. Lachend über das kleine Mißgeschick und einigermaßen verwirrt, leckte sie an dem Pilz in seiner Hand, während er versuchte, ihn ihr in den Mund zu schieben. Einen seiner Finger nahm sie zwischen die Zähne und ließ ihn dann wieder los. Verschämt begann sie zu lachen und sagte, er sei gemein.

Er leckte sich die klebrigen Reste von den Fingern ab. Als sie sauber waren, steckte er die Hand in die Tasche und zog einen Gegenstand heraus. Im Dunkeln konnte sie nicht erkennen, was es war. Er hielt ihn eine Weile fest. Dann faßte er sie am Handgelenk. Den Gegenstand legte er ihr in die offene Hand und schloß seine Hand einen Augenblick lang über ihrer. Sie fühlte Kettenglieder und die scharfen Ränder eines Talismans aus Metall.

»Es ist ein Armband«, sagte sie. Sie hielt es in der Faust. Ihr Atem kam schnell und flach.

»Ich wollte dir irgend etwas schenken«, sagte er neben ihr.

Sie sah ihn an. Doch nur die untere Hälfte seines Gesichts wurde von dem orangefarbenen Feuer beleuchtet. Augen und Wangenknochen blieben im Dunkeln.

Er nahm ihre Hand, und sie dachte, er würde jetzt das Armband nehmen und es ihr anlegen. Doch statt dessen half er ihr aufzustehen. Dann führte er sie von den anderen weg den Fußweg hinauf. Das Geplauder und Lachen rund um das Freudenfeuer wurde immer leiser. Über ihnen raschelten die Blätter der Bäume im Nachtwind. In einiger Entfernung sahen sie auf dem Hügel erleuchtete

Fenster im Haupthaus. Sie gehörten zum Speisesaal und zu einigen Schlafräumen, in denen man das Licht angelassen hatte.

Als sie die Hälfte des Wegs zurückgelegt hatten, verließ der Junge den ausgetretenen Pfad und ging in den Wald. Obwohl sie nicht wußte, was er vorhatte, verspürte sie merkwürdigerweise keine Angst. Sie ging dicht hinter ihm, und manchmal hielt sie sich an seinem Hemd fest, während er immer weiterging. Er bog Zweige für sie zurück und zeigte dann auf etwas, das ein Feldstein oder ein Baumstamm sein konnte. Flüchtig fragte sie sich, ob sie wohl den Rückweg finden würden. Doch darüber wollte sie sich jetzt keine Sorgen machen. Sie konnte an nichts anderes als daran denken, daß in wenigen Stunden ihre Eltern zum Lager kommen, sie abholen und mit ihr nordwärts nach Springfield fahren würden. Und daß sie diesen Jungen vielleicht nie wiedersehen würde.

Eine Eule schrie, und beide erschraken. Sie lachte nervös und streckte die Hände nach ihm aus. Er blieb stehen und drehte sich um. Das starke Mondlicht auf dem Fußweg war jetzt durch das Laub der Bäume halb verdeckt, und sie konnte kaum seine Augen sehen. So fühlte sie mehr seine Nähe, als daß sie ihn sah. Sie hörte sein flaches Atmen und die Wärme seiner Brust und Arme. Er blickte zum Himmel empor und sagte: »Die Sterne leuchten heute prächtig. Kennst du die Sternbilder?«

»Den Großen Wagen«, sagte sie, »und manchmal entdecke ich auch den Kleinen Wagen. Mehr nicht.«

»Mmmm. Mir geht's auch so.« Er trat noch einen Schritt näher.

Er legte den Kopf ein wenig zur Seite und beugte sich über sie, um sie zu küssen. Instinktiv reckte sie das Kinn. Er traf sie seitlich am Mund und hielt ihre Lippen fest. Es war ein trockener, federleichter Kuß, so zögernd, daß sie nicht mal genau wußte, ob sie sich überhaupt berührten.

Immerhin spürte sie seinen Atem an der Wange. Er umfaßte ihre Oberarme, und sie hob die Hände und legte sie ihm um den Rücken. Sie hatte sich noch nie küssen, ja, nicht mal ihre Hand von einem Jungen halten lassen, bevor sie ihn kennengelernt hatte.

Jetzt fand er ihren Mund richtig, schlang die Arme um ihre Taille und zog sie an sich. Sie verlor das Gleichgewicht und hielt sich an ihm fest. Er schwankte. Dann ließen sich beide auf die Knie nieder. Jetzt schien er das Gleichgewicht zu verlieren und zog sie mit sich auf den weichen Waldboden. Sie lagen wie in einem Bett, und gleichzeitig wurde ihnen bewußt, was sie taten.

Er nahm den Kopf etwas zurück, um sie in dem schwachen Licht ansehen zu können. Er wollte sehen, ob sie beunruhigt war. War er zu weit gegangen? Sie erwiderte seinen Blick, brachte aber kein Wort heraus. Wieder küßte er sie, doch nicht mehr so zaghaft, und sie spürte sein Drängen und ihr Ungeschick. Er küßte sie lange Zeit, und ihr war als summten Hummeln in ihrem Bauch. Er fuhr mit der Hand über ihren Brustkorb. Eigentlich hätte sie seine Hand wegstoßen sollen. So hatte man ihr es jedenfalls gesagt. Aber er berührte ihre Brust und nahm sie in die offene Hand. Das verschlug ihr den Atem. Das flatternde Gefühl breitete sich vom Bauch in die Oberschenkel aus und war wie eine warme Flüssigkeit. Er sah auf ihre Brust, auf die Stelle, an der die Brustspitze hart gegen die Baumwollbluse stieß. Sie hörte, daß er jetzt genau wie sie schneller atmete. Rhythmisch schlug der Luftzug in ihr Gesicht.

Während er ihre Wange mit Küssen bedeckte, öffnete sie ihren obersten Blusenknopf und dann den darunter. Er schob den Baumwollstoff zur Seite, und nun lag die Brust entblößt im Dunkel der Nacht. Zärtlich berührte er sie mit den Fingern, als streichle er einen zerbrechlichen Gegenstand – einen Schmuck aus gesponnenem Glas oder das Gesicht eines neugeborenen Kindes. Dann küßte er sie wieder auf den Mund, wechselte seine Stellung und legte ein Bein über das ihre. Dabei hob er den Kopf und schaute ihr wieder in die Augen. Danach betrachtete er ihre Brust, beugte sich vor und berührte sie mit den Lippen. Sie merkte, wie er sich an sie drängte. Ihr Bein war zwischen seinen, sein Bein zwischen ihren.

Das Kribbeln in ihrem Bauch wurde stärker und wuchs zu einem unwiderstehlichen Verlangen. Er legte den Mund an ihre Brustspitze und liebkoste sie mit der Zunge. Vor Lust begann sie leise zu stöhnen und flüsterte seinen Namen. Dann brach sich das Verlangen in ihr Bahn und durchströmte sie bis in die Beine. Sie fühlte, wie der Junge sich an sie preßte und plötzlich erzitterte. Er konnte nichts tun gegen das Beben, das ihn erfaßte. Während sein Mund noch an ihrer Brustspitze hing, sprach er laut ihren Namen aus und drückte die Stirn hart an ihre Rippen.

Noch immer hielt sie das Armband in der geschlossenen Faust.

Lange Zeit lagen sie, ohne sich zu rühren, auf dem weichen Waldboden. So lange, bis der Mond ein Stück weitergewandert war und sie jetzt durch eine Lücke im Blätterwerk beschien. In seinem Licht glänzte der weiße Stoff ihrer Bluse bläulich, und sie spürte den Körper des Jungen vom Scheitel, der an ihrer Brust ruhte, bis zu den Füßen an ihrem Leib. Sie hörten die Stimmen der anderen, die auf dem Heimweg waren. Silberhell klang das jugendliche Lachen keine fünfzehn Meter von ihnen entfernt durch die Nacht. Wir müßten auch gehen, dachte sie, dann könnten ihre Stimmen uns sicher heimgeleiten. Doch sie wollte den Jungen nicht stören. Als er nach einer Weile den Kopf hob und sie ansah, merkte sie, daß seine Augen feucht waren. Er hatte geweint.

»Es ist schon gut, Cal«, sagte sie.

Er zog die Bluse über ihre nackte Brust und knöpfte sie zu. Dann richtete er sich auf und kniete neben ihr auf dem mit Fichtennadeln bedeckten Boden. Er machte ihre Faust auf, nahm das Armband und befestigte es an ihrem Handgelenk. Sie setzte sich auf und rückte das Armband zurecht.

»Was wir getan haben . . .«, begann er.

Sie faßte an das Armband. »Mir ist nichts geschehen, Cal«, sagte sie, »es ist alles gut.«

»Ich habe noch nie . . .«

»Ich weiß.«

»Verstehst du . . .?«

Sie sah auf das Armband, das an ihrem dünnen Handgelenk baumelte. »Ich weiß es nicht genau, aber ich glaube, ja«, sagte sie.

»Es tut mir nicht leid«, sagte er.

»Nein, das weiß ich«, sagte sie. »Warum sollte es uns auch leid tun?«

Er half ihr hoch. Gemeinsam wischten sie Rindenstükke und Blätter von ihren Rücken und den Shorts. Wenn sie zurückkamen würden sie Ärger bekommen. Sie müßten sagen, wo sie gewesen waren, aber das erschien ihnen jetzt unwichtig und bedeutungslos.

»Wir sagen einfach, daß wir einen Spaziergang gemacht und dabei nicht an die Zeit gedacht haben«, schlug er vor, »das wird ihnen zwar nicht gefallen, aber auf jeden Fall müssen wir beide die gleiche Geschichte erzählen.«

Sie nickte. Er ging vor ihr, bog Zweige für sie zur Seite, und bald fanden sie den Pfad wieder. Vor dem Portal, durch das sie in das helle Licht der Halle treten mußten und sie die Betreuer mit strengen Fragen erwarteten, blieben sie stehen. Rasch gab er ihr einen Kuß auf die Wange. Noch sah es ja keiner.

»Ich werde dir wohl nicht mehr Lebewohl sagen können«, sagte sie.

Es hat aufgehört zu regnen. Die Nacht ist still. Schweigen umfängt das Haus. Abgesehen von dem gelegentlichen Quietschen des Eisschranks und dem Rumpeln und Poltern der Heizung ist alles still. Er hat ein Glas Champagner in der Hand. Der Champagner ist warm, er hat einen Rest auf der Anrichte gefunden. Harriet und seine Kinder sind schon zu Bett gegangen. Er hat keine Ahnung, wie spät es ist. Die Armbanduhr hat er vor dem Abwaschen abgelegt. Jetzt kann er sich nicht mehr erinnern, wo er sie hingelegt hat.

Vor fast einer Stunde sind seine Eltern von der Mitternachtsmesse zurückgekommen. Hadley, die sie begleitet hatte, schlief fast schon im Gehen. Harriet hat bereits die Strümpfe gefüllt, das zerknüllte Einwickelpapier von den Geschenken für die Erwachsenen weggeräumt und die Geschenke für die Kinder unter den Baum gelegt. Charles' Weihnachtsgeschenk für seine Frau war eine winzig kleine Videokamera. Der Verkäufer hat ihm versichert, daß sie nicht nur leicht zu bedienen sei, sondern daß sie damit auch wunderbare Filme von den Kindern machen könne. Wenn Charles daran denkt, erfüllen ihn Traurigkeit und Reue.

Ihm hat Harriet zwei Dauerkarten für die Baseballspiele der Red Sox geschenkt. Aber er weiß jetzt schon, daß er kein Spiel besuchen wird. In einem anderen Leben – *welchem* Leben? fragt er sich – hätte er sich über die Karten gefreut. Er hätte mal Hadley, mal Jack mitgenommen. Die Karten hätten ihm den Sommer verschönt. Sie hätten ihm etwas gebracht, auf das er sich freuen konnte, von einer langen, heißen Woche zur anderen. Aber jetzt fühlt er nur vage, daß ihm etwas verlorengegangen ist, wie eine vertane Kindheit.

Komischerweise muß er dabei an eine Kurzgeschichte von O'Henry denken. Sie handelt von einem Ehepaar. Mann und Frau opfern ihre letzten Besitztümer, um sich gegenseitig zu beschenken, und dann können sie die Geschenke nicht mehr benutzen. Ob er die Kamera wohl zu den Spielen der Red Sox mitgenommen hätte, um dort seine Kinder zu filmen? Ohne die Spiele und ohne andere Ausflüge – wird Harriet überhaupt noch Filme drehen wollen?

Er trinkt den Rest des warmen Champagners und stellt das Glas auf die Anrichte. Er hat heute außergewöhnlich viel Alkohol getrunken, und doch ist er davon nicht high oder berauscht, ja, nicht einmal leicht besäuselt. Er hat so viel getrunken, um sich zu betäuben. Doch das war eine erschöpfende, fruchtlose Mühe. Er wandert durch das Wohnzimmer und betrachtet das klassische Bild: die Strümpfe auf dem Kaminsims, die kunstvoll aufgestellten Geschenke unter dem Weihnachtsbaum. In diesem Jahr glaubt nur noch Anna an das Märchen von dem Mann mit dem weißen Bart, der in der heiligen Nacht jedes Haus im ganzen Universum besucht und Geschenke hinterläßt. Schmerzlich fällt ihm ein, daß er nicht mal weiß, was in den bunten Päckchen ist. Er hat kein einziges Geschenk für seine Kind selbst gekauft. Und gerade das hat ihm früher so viel Vergnügen bereitet. In ein paar Stunden werden die Kinder wach und verlangen, daß Harriet und er mit ihnen hinuntergehen sollen, um nachzusehen, was der Weihnachtsmann ihnen gebracht hat. Wenn er jetzt nicht zu Bett geht, findet er überhaupt keinen Schlaf mehr.

Das Zimmer, in dem Harriet und er ein Doppelbett teilen, liegt an der Vorderseite des Hauses. An den Fenstern sind weiße Gazevorhänge, die nur einen bleichen Abglanz vom Licht einer Laterne auf der gegenüberliegenden Straßenseite hereinlassen. Die dunkle Gestalt im Bett rührt sich nicht. Bestimmt schläft sie. Beim Essen war Harriet freundlich, aber nicht lebhaft. Sie schien zerstreut zu sein. Vielleicht lag es auch an dem Essen, das schließlich doch nicht allgemeinen Beifall gefunden hat. Die Kinder haben eigentlich nur von der Ente gegessen. Die Erwachsenen schienen von der Zusammenstellung des Menüs verwirrt, so als hätte man ihnen ein Puzzlespiel vorgelegt, in dem bestimmte wichtige Teile fehlen. Der flambierte Pudding war allerdings ein großer Erfolg, und auf dieses Finale war er ungewöhnlich stolz – die feine Karamelkruste war fast durchsichtig, ein Meisterstück.

Er zieht den Pullover und das saubere Hemd aus, das er noch angelegt hat, bevor die Verwandtschaft eintraf, dann Schuhe, Strümpfe und Hose. In Unterhosen schlüpft er mit vorsichtigen, oft geübten Bewegungen unter die schwere Steppdecke wie ein Dieb, der heimlich ins Haus dringt. Ein Mann, der sich nicht mit seiner Frau einlassen will.

Doch er merkt sofort, daß sie ihn gehört hat. Wenn er nämlich die Luft anhält und gespannt lauscht, vernimmt er nicht das ruhige Atmen einer schlafenden Frau. Langsam dreht er sich um und wendet ihr den Rücken zu. Von der anderen Seite wird an der Bettdecke gezupft und gezogen. Sie dreht sich zu ihm um. Eine Hand legt sich an seinen Rücken und wandert zur Schulter hoch. Er bleibt so liegen, wie er ist, und dreht nur den Kopf ein wenig.

»Harriet?«

Sie zieht sanft an seiner Schulter und bittet ihn, sich zu ihr umzudrehen. Das kann er ihr nicht abschlagen. Den Kopf auf dem Kissen, wälzt er sich herum und sieht sie an. Sie macht ein ernstes Gesicht – genau wie er. Sie mustern sich vielleicht minutenlang. Sie sagt kein Wort. Aber er ahnt, daß sie gleich sprechen wird.

»Harriet, was ist?«

In dem schwachen Licht der Straßenlaterne kann er kaum den Ausdruck ihrer Augen erkennen. Und dann sagt sie leise: »Ich möchte, daß du mich liebhast.«

Er will Einwände erheben, ihr ganz vernünftig erklären,

daß es schon zwei Uhr morgens ist und sie bei Tagesanbruch aufstehen müssen und daß er von der ganzen Kocherei erschöpft ist. Oder er könnte ihr auch sagen, daß er mit den Fingern an ihr spielen will, bis es ihr kommt. Oder daß er ihr den Rücken massieren könnte. Aber dann wird ihm klar, daß er so was nicht sagen kann. Seine Stimme würde ihn verraten. Sie würde merken, daß er sie betrogen hat. Also sagt er gar nichts, sondern zieht sie an sich und umarmt sie fest.

»Ich habe so auf dich gewartet«, sagt sie an seiner Brust, so daß er die Worte nur gedämpft hört. Er begreift, was sie meint – daß sie nicht nur heute nacht auf ihn gewartet hat.

»O Harriet«, sagt er.

Und nun gibt es kein Halten mehr, er fängt an zu weinen. Dabei verhält er sich ganz still. Er atmet kaum und verschließt den Schmerz tief in Brust und Kehle. Sie soll nicht wissen, daß er Tränen vergießt. Aber dafür kennt sie ihn zu gut. Sie kann den kleinsten Seufzer deuten. Sie weiß nur zu gut, was es bedeutet, daß er sich so zurückhält. Sie rutscht ein Stück von ihm weg und betrachtet ihn. Sie scheint bestürzt zu sein, noch mehr als vorhin in der Küche.

»Um Gottes willen, Charles, was ist los?«

Er rollt sich auf den Rücken, zieht die Arme über die Bettdecke und starrt an die Decke. Aus seinen Augenwinkeln tropfen Tränen, die ihm über die Wangen rollen. Aus ihrem Tonfall entnimmt er, daß sie die Sache nicht auf sich beruhen lassen wird. Er kann sie nicht länger anlügen, jetzt nicht mehr.

»Ich muß dir etwas sagen«, antwortet er, »was dir sehr weh tun wird.«

Sie richtet sich abrupt auf und kniet dann mit dem Gesicht zu ihm auf dem Bett. Ihre nackten Arme schimmern weiß im schwachen Lichtschein. Jetzt sieht er erst, daß sie ihr schwarzseidenes Nachthemd angezogen hat, ein freizügiges Nachthemd mit Spitzeneinsatz an den Brüsten. Das versetzt ihm einen weiteren Stich. Denn dieses Nachthemd zieht sie nur an, wenn sie will, daß er sie liebt.

Er kann ihr nicht sagen, was er sagen muß. Nicht, wenn er wie jetzt auf dem Rücken liegt. Er setzt sich auf und zieht sich das Hemd an.

»Wo willst du hin?« fragt seine Frau sofort.

»Ich will nirgendwohin. Ich habe mir nur das Hemd angezogen. Mir ist kalt.«

»Was ist los? Was willst du mir sagen?«

Er knöpft das Hemd zu, setzt sich auf die Bettkante und wendet sich ihr nur halb zu.

»Ich liebe eine andere«, sagt er.

Er erwartet, daß die Decke einfallen oder ein Baum in die Fensterscheiben krachen wird. Er hat sich seit einiger Zeit damit abgefunden, daß er ihr das einmal sagen muß, und ihm ist, als würden seine Worte vom Trommeln des Schlagzeugs und der Kesselpauken unterstrichen. Danach tritt im Schlafzimmer Schweigen ein. Völliges Schweigen. Das überrascht ihn. Einen Augenblick fürchtet er, die Worte gar nicht ausgesprochen zu haben, dann müßte er es noch einmal sagen und mit lauterer Stimme.

Doch da hört er, wie Harriet scharf die Luft einzieht, und sieht, wie sie sich erschrocken mit der Hand an den Mund fährt.

»O mein Gott«, sagt sie.

»Harriet, es tut mir schrecklich leid. Ich habe nie gewollt, daß es so weit kommt.« Der Klang seiner eigenen Stimme ist ihm so widerwärtig, daß er die Augen schließt. Was er gesagt hat, ist beleidigend banal, jede Silbe ist eine Lüge. Selbstverständlich hat er gewollt, daß es so weit kommt. Er hat es selbst herbeigeführt.

Etwas ehrlicher fährt er fort: »Ich werde dich verlassen. Ich liebe eine andere, und ich werde dich verlassen.«

Jetzt erst wagt er es, sie anzusehen. Ihre Miene verrät, welchen Schock er ihr versetzt hat. Er ist ja selbst über seine Worte entsetzt, über ihre brutale Offenheit, ihre Endgültigkeit. Er kann sie nicht mehr zurücknehmen, er darf sie nicht mehr zurücknehmen. Dabei möchte er seine Frau nicht verletzen. Aber er muß ihr begreiflich machen, daß er das nicht nur so hingesagt hat.

»Was redest du da? Wer ist sie?«

»Du kennst sie nicht. Sie wohnt weit weg von hier.«

»Woher kennst du sie denn?«

»Ich habe sie vor einunddreißig Jahren kennengelernt. Damals waren wir beide erst vierzehn. Und wir haben eine Woche zusammen in einem Sommerlager verbracht. Vor einunddreißig Jahren.«

Ungläubig fragt sie: »Du hast vor einunddreißig Jahren eine Woche mit ihr verbracht, und du liebst sie? Oder habt ihr euch in der Zwischenzeit immer wieder gesehen?«

»Nein, nein, nein. Ich habe sie erst vor einigen Wochen wiedergetroffen.«

»Vor einigen Wochen?« Ihre Stimme sagt ihm, wie unglaublich ihr das erscheint. Natürlich, es hört sich ja auch total verrückt an.

»Hast du mit ihr geschlafen?«

Da ist sie, *die* Frage, die er vorausgesehen, die er gefürchtet hat. Er zögert mit der Antwort. Nein, lügen wird er nicht. »Ja«, sagt er.

Er hört ihr Stöhnen. Was für ein Schmerz liegt in diesem einen Ton!

»Wie oft?« fragt sie tapfer.

»Nicht oft«, sagt er. »Viermal.«

»Viermal?« fragt sie ungläubig, »du bist viermal mit

ihr zusammen gewesen? Wann? Wann warst du mit ihr zusammen?«

»Harriet, kommt es denn darauf noch an?«

»Und ich habe dir immer vertraut«, sagt sie jetzt laut. Er kann sie nicht bitten, leiser zu sprechen, damit die Kinder nicht aufwachen. Sie hat ein Recht darauf zu schreien. Mit Schrecken erkennt er, daß er dieses Geständnis nicht gerade heute am Heiligabend hätte ablegen dürfen. Bald werden die Kinder wach, voller Vorfreude auf die mit Süßigkeiten gefüllten Strümpfe und die Geschenke – und was finden sie statt dessen vor? Eine verzweifelte Mutter?

Harriet läßt sich aus dem Bett gleiten und steht auf. Sie zittert in dem dünnen Nachthemd. Auch er erhebt sich, nimmt ihren Bademantel von dem Garderobenhaken an der Tür und hält ihn ihr hin. Sie wirft ihn zu Boden.

»Ich liebe sie«, sagt er als Erklärung. »Ich habe sie immer geliebt. Wir waren schon als Kinder ein Liebespaar, vor vielen Jahren.«

»Und was ist mit mir? Ich dachte, du liebst mich.«

»Tu' ich auch«, sagt er, »aber anders.«

»Wie anders?«

»Eben anders.« Wie sich das nach Ausflüchten anhört! Aber nie wird er ihr gestehen, daß es mit ihr anders ist, weil er sie nie wirklich geliebt hat, und daß er glaubt, Siân und er seien füreinander geschaffen. Das ist die schwerste Sünde, und es ist nicht nötig, daß Harriet sie je erfährt.

»Ist sie verheiratet?«

»Ja.«

»Und hat sie auch Kinder?«

»Ja, eins, ein Mädchen. Sie hatte auch einen Jungen, aber der ist mit neun Jahren gestorben.«

»Und du willst Vater eines Kindes von einem anderen Mann werden?« Sie stellt die Frage in einem schrillen Klageton, als verletze sie das mehr als jeder andere von ihm begangene Betrug. Dann wirft sie sich auf ihn und schlägt mit beiden Fäusten zu. Sie trifft ihn in die Rippen. Er hebt die Arme, und wehrt sich aber nicht. Noch einmal schlägt sie ihn und dann wieder. Nach dem vierten Schlag wendet sie sich schluchzend ab.

»Wie konntest du nur?« fragt sie weinend.

Er kann ihr das nicht beantworten. Das Wie ist klar und auch wieder nicht. Es ist so einfach, wie als ob Tiere sich paaren, und zugleich so kompliziert wie ein physikalisches Problem – eine labyrinthähnliche Gleichung von Zeit und Entfernung.

Sie fällt aufs Bett und schlägt die Hände vor das Gesicht. Er kann nicht erkennen, ob sie wirklich weint oder nicht. Vielleicht ist sie zu entsetzt für Tränen. Er nimmt seine Hose vom Fußboden auf, zieht sie an und schließt den Gürtel. Harriet hört den Klang von Metall auf Metall, nimmt die Hände vom Gesicht und sieht, daß er sich anzieht.

Vom Bett aus fragt sie leise: »Wo willst du hin?«

»Ich weiß nicht«, sagt er. »Jedenfalls kann ich jetzt nicht hier bleiben. Nicht heute nacht.«

»Aber die Kinder! Morgen ist Weihnachten.«

Erst als sie das ausgesprochen hat, scheint sie die volle Erkenntnis zu überkommen. Sie wirft stöhnend den Kopf hin und her. Es sind schreckliche Klagelaute wie er sie noch nie von seiner Frau vernommen hat. Nicht einmal, als sie mit Hadley in den Wehen lag. Sie hebt den Arm und bedeckt ihre Augen.

Charles sieht seine Frau auf dem Bett, das schwarze Nachthemd auf dem weißen Bettzeug, die Brüste, die klein und flach unter der offenen Spitze sichtbar sind. Leicht möglich, daß er den Körper seiner Frau jetzt zum letztenmal sieht. Nein, denkt er, es ist *bestimmt* das letzte Mal, daß ich ihren Körper sehe. Diesen Körper, den er Tausende von Malen genossen hat. Der seine drei Kinder ausgetragen, geboren und gestillt hat.

»Ich komme ja zurück«, sagt er, »bevor die Kinder auf sind. Die Nacht, oder was davon noch übrig ist, werde ich irgendwo verbringen, vielleicht in einem Motel. Und dann komme ich zurück und bin bei ihnen, wenn sie ihre Geschenke auspacken. Später erzählen wir es ihnen gemeinsam, morgen abend oder übermorgen.«

Sie liegt ganz still, die Augen verdeckt. Er glaubt, daß sie nichts mehr sagen will, daß ihre stumme Reaktion stillschweigendes Einverständnis ausdrücken soll, daß sie sich auf diesem unbekannten Gebiet genauso verloren fühlt wie er. Doch dann setzt sie sich ruckartig auf und sieht ihn scharf an. Sie hat die Lippen aufeinandergepreßt, der Mund ist ein dünner zorniger Strich. Auf der Oberlippe bilden sich senkrechte Falten, die er noch nie an ihr gesehen hat.

»Wage ja nicht, noch einmal herzukommen!« sagt sie mit ruhiger Stimme. »Du wirst nie wieder herkommen. Wenn du deine Sachen haben willst, kannst du jemanden schicken, der sie abholt. Oder ich werfe sie auf die Straße. Dies ist jetzt mein Haus, und du hast hier nichts mehr zu suchen.« Danach wendet sie den Kopf ab und legt eine Hand schützend auf ihren Bauch – eine unbewußte Geste, die sie oft machte, als sie schwanger war.

»Aber, Harriet, das Haus ...«

Kaum sind die Worte heraus, wird ihm klar, daß er einen unverzeihlichen Fehler begangen hat. Sie dreht sich rasch herum und wappnet sich gegen eine weitere Schreckensnachricht. Er sieht die Angst in ihren Augen. Gerade das wollte er ihr eigentlich noch nicht offenbaren – nicht heute nacht. Und nun ist er damit herausgeplatzt, nur weil sie von dem Haus gesprochen hat. In seinem Kopf jagen sich die Gedanken. Verzweifelt überlegt er, wie er sich aus der Klemme ziehen kann.

»Was?« fragt sie angstvoll. »Was ist mit dem Haus?«

»Harriet ...«

»Was?« schreit sie und springt auf. Die Arme über der Brust verschränkt, steht sie vor ihm und ruft noch einmal trotzig: »Was ist mit dem Haus?«

»Harriet, es tut mir unendlich leid. Du weißt ja nicht, wie sehr ich es bedaure . . .«

»Um Himmels willen, raus mit der Sprache!« kreischt sie. »Wir haben das Haus verloren, oder?«

Er geht auf ihre Seite des Betts und will sie in die Arme schließen. Einen Augenblick lang läßt sie es geschehen und lehnt sich an ihn.

»Wie konntest du nur . . .?« fragt sie wieder. »Seit wann hast du gewußt, daß es dazu kommen würde?«

»Ich weiß es erst seit kurzer Zeit«, sagt er, »und mit Gewißheit erst seit gestern früh. Da war ich in der Bank.«

Sie setzt sich so plötzlich aufs Bett, daß es aussieht, als wäre sie gefallen.

»Ich werde für dich sorgen, Harriet«, sagt er, »ich werde immer für dich und die Kinder sorgen. Und sie müssen uns mindestens sechzig Tage Zeit lassen, bevor sie uns hinaussetzen. Vielleicht . . .«

»Ich gehe nach unten«, sagt sie fast im Flüsterton, »und setze mich dort hin, bis du weg bist. Mach nicht so lange! Ich bin nämlich sehr, sehr müde.«

Sie erhebt sich, geht langsam zur anderen Seite des Betts, bückt sich und hebt ihren Bademantel auf. Dann zieht sie ihn eng um ihren Oberkörper und bindet den breiten Gürtel fest zu, als würde sie sich ihrer halben Nacktheit erst jetzt bewußt, als wolle sie verhindern, daß er ihre Haut sieht.

Dann geht Harriet aus dem Schlafzimmer und macht die Tür hinter sich zu.

Mit dem Blick auf die geschlossene Tür bleibt er noch eine Zeitlang mitten im Zimmer stehen. Dann wendet er sich ab und zieht sich Socken und Strümpfe an. In seinem Inneren ist alles taub. Aus dem Schrank nimmt er ein Jakkett vom Bügel. Socken, Unterwäsche, Krawatten und Hemden holt er aus den verschiedenen Fächern seiner Kommode und legt sie auf einen Haufen. Er achtet kaum darauf, was er herausholt. Er denkt nur daran, die Kleidungsstücke auf einen Haufen zu stapeln. Dann nimmt er noch ein Jackett vom Bügel, legt den unordentlichen Haufen von Kleidungsstücken auf das Jackett, verknotet das Bündel mit den Ärmeln und nimmt es unter den Arm.

Keinen Blick wirft er mehr auf das Bett oder das Schlafzimmer, das er sechzehn Jahre mit seiner Frau geteilt hat. Statt dessen öffnet er die Tür und lauscht angespannt auf Geräusche. Er schleicht an den Zimmern vorbei, in denen die Kinder schlafen. Er könnte es nicht ertragen, jetzt Jack in seinem Bettchen zu sehen. Lieber geht er zu Hadley. Als er ihre Tür aufmacht, sieht er ihren Kopf mit den braunen Haaren auf dem Kissen. Sie hat die Augen auf – es sind die gleichen aufmerksamen braunen Augen, wie er sie hat.

»Wo fährst du hin?« fragt sie. Zittert ihre Stimme ein wenig? Er weiß nicht, wieviel sie gehört hat.

»Ich fahre nicht weit weg«, sagt er, tritt ans Bett und setzt sich auf die Kante. Dann streicht er ihr übers Haar.

»Was ist los, Daddy? Du siehst so traurig aus.«

Ihr Kopfkissen hat weiße Spitzenrüschen. Im Arm hält sie eine arg mitgenommene, abgewetzte pinkfarbene Stoffgiraffe, ein Überbleibsel aus ihrer Kinderzeit.

In seiner Kehle sitzt ein dicker Kloß. Wie schmerzlich das ist! Er bringt es nicht über sich, seiner Tochter zu sagen, daß er sie verlassen wird

»Ich bin aber gar nicht traurig«, behauptet er. »Du solltest jetzt weiter schlafen. Ehe du dich versiehst, ist der Morgen da.«

Gehorsam schließt Hadley die Augen. Im Gegensatz zu seiner Frau wird Hadley ihn nicht bitten, ihr etwas zu sagen, was sie noch nicht begreifen und verkraften kann.

Seine Tochter wird versuchen, die Stimmen hinter der geschlossenen Tür, die sie gehört hat, zu vergessen. Und am Morgen denkt sie vielleicht schon, sie hätte diese Stimmen nur in einem schlechten Traum gehört.

Er gibt seiner Tochter einen Kuß auf die Schläfe.

Mit dem Bündel unter dem Arm steigt er die Treppe hinunter und geht durch das stille Haus. Am Garderobenständer hängt sein Mantel, auf der Anrichte liegen die Wagenschlüssel. Durch die offene Wohnzimmertür sieht er seine Frau – eine zusammengekauerte kleine Gestalt auf der Couch. Ihre Hände liegen auf den Knien, und sie betrachtet die Handflächen, als wollte sie darin lesen, was ihr zugestoßen ist und was ihr noch bevorsteht.

Er sagt: »Bevor die Kinder auf sind, bin ich wieder zurück.«

Sie reagiert in keiner Weise auf das Versprechen. Er macht die Tür auf und läßt Haus und Familie hinter sich.

Wie konnte ich ein schmutziges Hemd erklären, das nicht meinem Mann gehörte und das ich in einem Schubfach versteckt hatte?

Er hielt es in den Händen wie ein Beweisstück.

Ich sagte ihm fast im Flüsterton, ich hätte das Hemd aus dem Wäschekorb meines Vaters mitgenommen, als ich ihn das letzte Mal besuchte, und hätte vorgehabt, ihm zu Weihnachten einen Pullover zu stricken.

Stephen hätte erwidern können, daß es nicht Vaters Größe hatte.

Und ich hätte wieder lügen müssen.

Aber er sagte es nicht. Was hätte es auch für einen Sinn gehabt?

Ich erinnere mich, daß er an seinem gewohnten Platz saß, an seinem Platz in der Familie, in der Nähe des Kamins. Seine Augen schienen nach innen gerichtet zu sein. Für mich hatte er keinen Blick übrig. Meine Hände zitterten stark, ich konnte nichts dagegen tun. Das hatte ich nicht gewollt. Aber wenn ich es wirklich nicht gewollt hatte, warum hatte ich dann das Hemd überhaupt aufbewahrt?

Ich hatte Angst. Es war eine Angst, die ich vorher nie gekannt hatte. Als würde zerbrechendes Glas uns alle verletzen.

Ich mußte nach oben gehen und das Geschenk für Lily holen. Stephen hatte vergessen, es mitzubringen.

Lily spürte die Spannung, die in der Luft lag. Sie sah erst mich an und dann ihren Vater.

Später kam Stephens Familie zum Festschmaus. Mit ihrem strahlenden Lächeln und ihrem gesunden Appetit kamen sie mir wie bunte Comic-Gestalten vor, die plötzlich auf einer dunklen Leinwand auftreten – Gestalten, die jemand am falschen Ort eingesetzt hat oder die sich verirrt haben. Oder waren wir es, die am falschen Ort waren und uns verirrt hatten?

Ich servierte das Essen, das ich zubereitet hatte. Ich tat es lächelnd und hatte für jeden ein freundliches Wort. Ich mußte es um Lilys willen tun, und ich mußte Stephen als Schutzschild dienen. Er brachte kaum etwas von dem Essen herunter. Von Zeit zu Zeit musterte ich sein Gesicht. Es war kalkweiß, unnatürlich blutleer. Und ich dachte: Wie kann ich diesem Mann so etwas antun? Doch gleich darauf dachte ich: Habe ich Stephen denn etwas angetan? Was steht in dem Vertrag, den Stephen und ich geschlossen haben? Wann hat er begonnen, und wann ist er abgelaufen?

Nach dem Essen verschwanden die Kinder, um sich mit den neuen Spielsachen zu beschäftigen. Wir wurden eingeladen, den Nachtisch im Haus von Stephens Bruder einzunehmen. Das war so Sitte. Voreilig nahm ich die Einladung an. Ich wollte raus und die Angst hinter mir lassen. Ich hatte etwas ins Rollen gebracht und wußte nicht, wie es ausgehen würde. Ich wollte auch weg von dem friedlich an der Wand hängenden Telefon. Ich rechnete damit, daß du mich anrufen würdest. Aber mehr noch befürchtete ich, daß ich dich anrufen würde.

Ich verpackte Lily in ihren dicken Mantel, band mir den Schal um und zog die Stiefel an. Dann sah ich Stephen an. Er war nicht für die Kälte draußen angezogen.

Ohne mir einen Blick zu schenken, sagte er: Du kannst mit den anderen mitgehen. Ich glaube, ich bekomme wieder meine Migräne. Ich lege mich etwas hin und komme in einer Stunde oder so nach.

Die Migräne glaubte ich ihm nicht. Aber ich konnte verstehen, daß er allein sein wollte. Flüchtig dachte ich daran, daß er nach weiteren Beweisstücken suchen könnte. Nach den Briefen und den Päckchen, die seinen Argwohn erregt haben mußten. Dann war es besser, zu Haus zu bleiben – aber Stephens Bruder wartete an der Tür auf uns. Lily und ich sollten mit ihm fahren, damit Stephen später mit unserem Wagen nachkommen konnte.

Zögernd legte ich Stephen die Hand auf den Arm. Ruh dich aus! sagte ich. Und wenn es dir möglich ist, komm nach! Wenn ich nach Haus komme, sprechen wir uns aus.

Er wandte sich ab und gab keine Antwort. Ich warf einen raschen Blick auf Stephens Bruder, der alles mitangehört hatte.

In diesem Augenblick läutete das Telefon. Ich war wie gelähmt. Stephen schaute aufs Telefon und dann auf mich. Ich ging ran. Als ich den Hörer abnahm, zitterte meine Hand so stark, daß ich Angst hatte, der Hörer würde mir aus der Hand fallen. Hallo, sagte ich vorsichtig und betete, daß nicht du dran sein würdest. Es war mein Vater. Er wollte uns allen fröhliche Weihnachten wünschen. Ich war so erleichtert, daß ich zu weinen anfing. Damit die anderen es nicht merkten, wandte ich ihnen den Rükken zu.

Im Haus von Stephens Bruder verschwamm mir alles vor den Augen. Ich sah nur undeutliche Schatten – silhouettenhafte Möbel und Gesichter, seltsam verzerrte Gliedmaßen und lautlos sich bewegende Körper auf Sesseln vor dem blitzblanken Metall eines Toasters oder eines Teekessels im Hintergrund.

Ich hoffte, daß Stephen eingeschlafen war, ahnte aber, daß dem nicht so war. Durchstöberte er jetzt die Schubfächer im Arbeitszimmer, oder ging er ruhelos im Schlafzimmer hin und her?

Eine Stunde verging und dann noch eine. Ich ging ans Telefon und rief zu Hause an. Niemand meldete sich. Ich nahm wieder am Tisch Platz.

Plötzlich überkam mich eine Ahnung wie eine plötzliche Kälte, die zuerst an den Härchen meines Arms entlang, dann über mein Rückgrat lief und sich schließlich im Nacken festsetzte.

Ich stand auf und griff nach meinem Mantel.

Ich lasse euch Lily hier, sagte ich zu Stephens Bruder.

Bevor der Asphalt in Holz übergeht, verlangsamt er die Fahrt des Cadillac. Nach dem vorangegangenen kalten Regen kann sich auf der Brücke Glatteis gebildet haben. Die Nacht ist still und dunkel, die Sichtweite eingeschränkt. Kein Mondschein zeigt ihm an, wo sich die Brücke über das Wasser spannt. Auf dem Beifahrersitz liegt das Kleiderbündel. Er ist nun im wahrsten Sinne des Wortes obdachlos. Ein fremdartiges und doch sonderbar tröstliches Gefühl, das anscheinend während der einsamen Fahrt durch die High Street – kein anderes Fahrzeug war auf der Straße zu sehen gewesen – noch verstärkt worden war. An den Häusern, an denen er vorbeikam, waren sämtliche Fenster geschlossen und die Läden herabgelassen.

Er ahnt, wo sie jetzt ist und was sie gerade tut: Sie liegt

neben ihrem Mann im Bett und wartet darauf, daß ihre Tochter aufwacht. Er martert sich mit der Vorstellung, daß Siân mit ihrem Mann zusammenliegt, wie ein Masochist der an einem kranken Zahn herumspielt. Er hofft, daß er sich daran gewöhnen kann, wenn er sich das Bild nur häufig genug vor Augen hält und sich dazu zwingt, es immer wieder zu betrachten, und daß der Schmerz schwächer wird. Auf der Fahrt zur Brücke ist er an einem halben Dutzend Telefonzellen vorbeigekommen. Vor jeder hat er das Tempo gedrosselt und vorübergehend daran gedacht, sie trotz der idiotischen Uhrzeit anzurufen. Es bedurfte jedesmal einer Willensanstrengung, nicht anzuhalten. Er möchte so gern ihre Stimme hören. Alles in ihm verlangt danach, eine Verbindung mit der ihm so vertrauten Stimme über den Draht herzustellen. Er will sie anrufen, um ihr mitzuteilen, was er getan hat. Und ihr schlicht und einfach sagen, daß er nicht mit einer anderen im Bett liegt, jetzt nicht und nie mehr.

Mitten auf der Brücke hält er an, steigt aus und geht ans Geländer. Unter seinen Füßen spürt er eine zersplitterte Bohle. Da fehlt ein Stück. Wenn man bei gutem Wetter über die Brücke geht, kann man durch die Ritzen unter sich das Wasser sehen. Dort, wo die Brücke sich dem Strand nähert, ist es flach und grün, in der Mitte des Kanals jedoch tiefblau. Er hat diesen Spaziergang oft unternommen und, auch wenn er nur über die Brücke fuhr, häufig an die Stützen gedacht, die die Brücke halten. Die dicken runden Holzpfeiler haben täglich der Kraft der Gezeiten zu widerstehen. Und er hat sich gefragt, woher wohl die Ingenieure, die für die Instandhaltung verantwortlich sind, immer so genau wissen, wann alte Stützen durch neue ersetzt werden müssen, und wie es kommt, daß ihre Betonfundamente im losen Sand nie locker werden. Denn dann würden sich die Brückenplanken plötzlich gefährlich verschieben.

Die rauhe Oberfläche des Geländers fühlt er mehr, als daß er sie sieht. Er erinnert sich an den Tag, als er Siân zum erstenmal berührt hat, damals auf der Bank am See, wie er seine Lippen um ihre Brustspitze gelegt hat, ohne recht zu wissen, was er tat und was ihn dazu gebracht hat. Er hat sich danach gesehnt, wieder unschuldig zu sein. Und weiter denkt er daran, wie er zum letztenmal mit Siân im Bett lag, nachdem sie sich geliebt haben. Wie sie beide gegen Morgen in einen tiefen, traumlosen Schlaf gefallen waren. Wie er beim Erwachen merkte, daß sein Finger noch in ihr war. Sie haben sich also beide im Schlaf überhaupt nicht bewegt. Und wieder stellt er sich die gleiche Frage wie an jenem Morgen: Sind Unschuld und Sexualität miteinander vereinbar?

Über die Brücke streicht eine Brise. Unter sich hört er das Schwappen der Wellen. Zu sehen ist nicht viel. Er ahnt nur das Land, dort wo Lichter an der Küste brennen. Er schaut nach Osten, wo bald die Sonne aufgeht, wo die Dünen in die Landzunge übergehen. In Portugal ist schon vor Stunden der Weihnachtsmorgen angebrochen. Eigentlich kennt er sehr wenig von Portugal, abgesehen vom landesüblichen Essen oder zumindest von den Mahlzeiten, die ihren Weg über den Atlantik gefunden haben. Wann wird er wohl jemals nach Portugal kommen? Er kann sich nicht mehr vorstellen, dort allein hinzureisen.

Er schlägt den Mantelkragen hoch, stützt sich mit den Ellbogen auf das Geländer, senkt den Kopf und schließt die Augen. Eigentlich müßte er um Vergebung flehen. Dann was er Harriet und den Kindern angetan hat, ist unverzeihlich. Vermutlich sitzt seine Frau jetzt auf der Couch und bemüht sich, das ganze Ausmaß seines Verrats zu begreifen.

Er dreht sich um und lehnt sich mit dem Rücken ans Geländer. Sein Mantel ist offen. Er hebt den Blick zum Himmel und sucht nach einem Stern. Könnte er doch ein

Menschenalter zurückgreifen, um erneut zu fordern, was er damals eingebüßt hat!

Der Himmel ist bedeckt, kein Stern zu entdecken. Er schlägt den Mantel übereinander. Was er jetzt braucht, ist ein Zimmer, wenn auch nur für einige Stunden. Wo gibt es ein Motel, das zu dieser Jahreszeit geöffnet ist? Mit Bangen denkt er daran, was der Nachtportier von einem Mann halten muß, der zu Weihnachten ganz allein ein Zimmer bei ihm bucht.

Als er zum Wagen zurückgeht, hört er die Glocke vom Kirchturm dreimal schlagen.

Und ihm fällt ein, daß es einmal Gebete für verschiedene Lebensnöte gab.

Der Schnee leuchtete so stark, daß er mich blendete. Die Augen taten weh. Am liebsten hätte ich mir die Hände vorgehalten. Ich fuhr zu schnell in unsere Einfahrt, und der Wagen kam auf dem Eis ins Rutschen. Er stieß leicht gegen die Wehe, die entstanden war, als Stephens Bruder vor dem Essen Schnee in der Einfahrt geschippt hatte. Ich stieg aus, ließ die Wagentür offen und rannte die Vortreppe zur Küche hinauf. Dabei rief ich seinen Namen – einmal, zweimal, dreimal –, bekam aber keine Antwort. Vielleicht war er in der Scheune. Doch ich weigerte mich, daran zu denken, was ich dort möglicherweise vorfinden würde. Durchs Küchenfenster sah ich im Umwenden, daß die Scheunentür offenstand.

Ich verließ das Haus und ging schnellen Schritts dorthin. Die dicken Holzwände waren schon so alt, daß sich die einzelnen Balken im Winter manchmal zusammenzogen. Dann entstanden Ritzen, durch die Luft und Licht von draußen nach drinnen und umgekehrt drangen. Am Eingang spähte ich zögernd durch eine Spalte in der Wand und sah ein Flanellhemd und einen dunkelroten Fleck.

Dann rannte ich hinein. Stephen saß auf einem alten Holzsessel, den er vor Jahren einmal reparieren wollte und deshalb in die Scheune gebracht hatte. Seitdem war er dort stehen geblieben. Zu Stephens Füßen lag eine Schrotflinte. Er hatte eine Schulterwunde. Der Arm lag schlaff in seinem Schoß. Das Blut am Ärmel war trocken und rostrot.

Er war kaum noch bei Bewußtsein. Die Hand unter den Flecken sah schon grau aus.

Ich sagte: Stephen!

Er neigte den Kopf ein wenig zur Seite und sah mich an. Sein Gesicht war schmerzverzerrt.

Ich berührte seine Hand.

Es tut mir schrecklich leid, sagte ich zu ihm.

Später sah ich zu, wie die Sanitäter meinen Mann in dicke Steppdecken hüllten, ihn auf eine Trage legten, festbanden und in den strahlenden Sonnenschein des Hofs hinaustrugen. Noch später sagte der Chirurg, der ihn versorgt hatte, Stephen würde den Arm in Zukunft nicht mehr bewegen können. Ich fragte mich, wie die Wunde zustande gekommen war: Hatte seine Hand so stark gezittert, daß er nicht richtig getroffen hatte?

Und dann wurde mir klar, warum er auf sich geschossen hatte. Nicht wegen des Hemdes, nicht wegen der von den Regenfluten vernichteten Zwiebelpflanzen, sondern wegen seines Lebens, in dem er dazu verdammt war, mit immer neuen Zwiebelpflanzungen fertig zu werden.

Er hatte es getan, weil er diese Farm besaß. Er hatte sich von der Farm befreien wollen.

Und weil er keine Beziehung zu mir hatte aufbauen können. Weil es ihm nicht gelungen war, seine innere Leere zu überwinden.

Die Sanitäter waren weg. Ich hatte versprochen nachzukommen. Zunächst aber ging ich wieder in die Scheune und schrubbte den Sessel und den Fußboden. Heute erscheint es mir merkwürdig, daß ich dabei nicht geweint habe. Der Sessel wurde sauber, aber ich schaffte es nicht, alle Blutflecken vom Holzboden zu waschen. In den winzigen Spalten schimmerte es weiterhin rostrot.

Er hat jetzt lange genug gewartet. Der gestrige Weihnachtstag war für ihn der längste Tag seines Lebens gewesen. Sein Kummer schien unerträglich, und dazu mußte er noch so tun, als wäre nichts vorgefallen.

Nach seiner Fahrt zum Strand hatte er am Stadtrand ein geöffnetes Motel gefunden. Er schlief, bis Sonnenschein durch die Ränder der Jalousien sickerte. Dann fuhr er nach Hause, um an der Parodie eines Weihnachtsmorgens mitzuwirken. Die Kinder plünderten ihre Strümpfe und stürzten sich auf die Geschenke. Währenddessen saß Harriet mit aschfahlem Gesicht, ein gefrorenes Lächeln auf den Lippen, wie ein Automat auf einem Sessel mit gerader Lehne. Hadley hockte, ein noch nicht geöffnetes Geschenkpaket im Schoß, auf dem Fußboden. Sie schien als einziges von seinen drei Kindern die Katastrophe zu erahnen.

In der Küche zog er den Mantel aus und nahm auf der Couch Platz. Sofort wurde er von Anna und Jack mit Entzückensschreien bedacht und mit Fragen bestürmt. Sie schoben ihm ihre Geschenke auf den Schoß, und er mußte sie bewundern und mehr als einmal helfen, die Spielzeugteile zusammenzusetzen. Normalerweise übernahm er diese Aufgabe widerwillig als notwendige Vaterpflicht. Aber diesmal begrüßte er sie. Sie erforderte seine Aufmerksamkeit und lenkte ihn von Harriets gefrorenem Lächeln ab.

Als alle Geschenkpakete geöffnet, die Spielzeuge zusammengebaut und oberflächlich ausprobiert worden sind, ging er in die Küche, um Pfannkuchen zu backen. Auch das gehörte zum Weihnachtsmorgen. Aber dieses

Jahr war es für ihn ein hohles Ritual. Später saß Harriet unbeweglich am Eßtisch. Sie hatte die Gabel in einen Pfannkuchen gesteckt, schien aber unfähig zu sein, ihn in Stücke zu schneiden. Nun witterten auch Jack und Anna Unheil. Ihre Blicke glitten vom Vater zur Mutter und schließlich zu Hadley, die als älteste jedes Geheimnis kennen mußte.

Charles sah Harriet ins Auge und beschloß, ihr die Verantwortung abzunehmen, ihr jedenfalls die Aufgabe zu erleichtern und die Kinder selbst aufzuklären. Er hatte allerdings keine Ahnung, wie er das machen sollte. Er war nicht darauf vorbereitet, wußte nicht, mit welchen Worten man Kindern diese schreckliche Situation erläutern konnte. Harriet merkte, was er vorhatte, und schüttelte kurz den Kopf. Er wußte nicht, ob das bedeuten sollte, nicht jetzt oder nicht heute oder überhaupt nicht. Aber es kam ihm nicht zu, sie oder ihren Entschluß in Frage zu stellen.

Nach dem Pfannkuchenessen stand Charles untätig und verlegen im Wohnzimmer herum. Er war unsicher, ob er noch das Recht hat, nach oben ins Badezimmer zu gehen und seine Toilettensachen zu holen, die er nachts in der Eile vergessen hatte. Er hat im Kamin Feuer gemacht, das Einwickelpapier von den Geschenken weggeräumt, das Frühstücksgeschirr abgewaschen und hatte jetzt nichts mehr zu tun. Normalerweise hätten sie jetzt Besuche gemacht – bei seinen Eltern und bei ihren Eltern. Sie hätten deren Weihnachtsbäume bewundert und wieder gegessen. Er nahm an, daß Harriet das auch vorhatte, aber noch unschlüssig war, ob er mitkommen sollte. Oder sollten sie reinen Tisch machen, es erst den Kindern und danach den beiden Familien sagen – so wie sie ihnen damals die bevorstehende Geburt von Anna mitgeteilt hatten?

Doch Harriet nahm ihm die Entscheidung ab. Sie stellte sich neben ihn und sagte: »Geh jetzt!«

Er wollte sie fragen, ob es ihr nicht doch lieber wäre,

wenn er blieb und mit den Kindern sprach. Ehe er die Frage formulieren konnte, gab sie ihm mit undurchdringlichem Gesicht die Antwort.

»Wenn du weg bist, sage ich es ihnen«, flüsterte sie ihm zu.

Da ging er, ohne sich zu verabschieden. Als er sah, daß die Kinder anderweitig beschäftigt waren, schlüpfte er aus der Küchentür. Er kam sich klein und gemein vor und dachte: Das ist das schlimmste Verbrechen, sich heimlich von seinen Kindern davonzuschleichen.

Er fuhr ins Motel und schloß sich im Zimmer ein. Er hatte das dringende Verlangen, Siân anzurufen. Doch das ging nicht. Sie hatten vereinbart, daß keiner den anderen am Weihnachtstag anrufen solle. Aber war eine solche Verabredung jetzt noch bindend?

Er versuchte zu schlafen, fand aber keine Ruhe. Also stand er auf, fuhr zum Quick Stop, kaufte einen Sechserpack Bier und trank die Flaschen in seinem Zimmer eine nach der anderen aus. Auch danach konnte er nicht einschlafen. Er wußte nicht, wohin er fahren oder wen er anrufen sollte. Weihnachten war der einzige Tag des Jahres, den jeder im Familienkreis verbrachte. Und selbst wenn er jemanden angerufen hätte – wem konnte er seine Geschichte erzählen? Würde auch nur einer seine Handlungsweise verstehen? Dabei quälte er sich gar nicht mit Selbstmitleid. Er suchte auch nicht die Gesellschaft oder das Verständnis anderer Menschen. Im Grunde wollte er nur mit einem einzigen Menschen sprechen, die Stimme einer einzigen Frau hören. Wenn er mit ihr gesprochen hätte, würde er sicherlich auch schlafen können. Dann würde alles gut werden.

Er fuhr zum Strand – über die Brücke zu den Dünen. Er durchwanderte die ganze Landzunge. Die Luft war rein und klar, das Meer wurde allmählich bewegter, als es in den Stunden vor Tagesanbruch gewesen war. Er mochte es, wenn die Sonne ihm ins Gesicht schien, auch wenn sie nur wenig Wärme spendete. Im verknautschten Anzug und schmutzigem Hemd unterm Mantel wählte er auf dem Rückweg den äußersten Rand des harten Sandes, den die Flut hinterlassen hatte. Dabei mußte er an Winston denken. Und das brachte ihn auf die vielen ungelösten Fragen, die sich aus dem Geständnis gegenüber seiner Frau ergaben. Wer würde Winston in Zukunft halten? Er? Seine Kinder? Und aus diesen Fragen ergaben sich sofort weitere. Wo sollte er wohnen, bis auch Siân frei war? Wollte sie überhaupt frei sein? Wo würden seine Frau und die Kinder wohnen, wenn sie das Haus räumen mußten? Wie konnte er sein Geschäft weiterführen, wenn er das Haus, in dem sein Büro lag, nicht mehr betreten durfte? Besaß er überhaupt noch ein Geschäft? Und wo sollte er das Geld hernehmen, um alles zu bezahlen?

Der Ansturm dieser Fragen machte ihn schwindlig. Oder vielleicht war es auch nur Hunger. Seit dem verunglückten Essen am Heiligen Abend hatte er nichts mehr zu sich genommen. War das wirklich erst gestern abend gewesen? Ihm kam es so vor, als wären seitdem Tage vergangen. Zum Frühstück hatte er ebenso wie Harriet die Pfannkuchen nicht angerührt. Wie spät war es eigentlich? Er schaute auf den Sonnenstand und ärgerte sich, daß er nicht daran gedacht hatte, seine Armbanduhr mitzunehmen. Es mußte etwa drei Uhr sein, vielleicht auch später.

Dann fuhr er zu einer Kneipe außerhalb der Stadt, wo ihn niemand kannte, aß ein Sandwich und trank zwei Bier in Gesellschaft der traurigsten Menschen, die er je getroffen hatte. Als er die Kneipe verließ, war es draußen schon dunkel. So dunkel, daß er jetzt ins Motel fahren und sich einbilden konnte, der Tag wäre vorüber. Wie schön, daß er den Tag hinter sich gebracht hatte!

Er schlief kurze Zeit und wachte dann schreckhaft auf. Um zu erfahren, wie spät es war, rief er den Motelbesitzer an und erfuhr zu seiner Enttäuschung, daß es erst halb acht war. Noch einmal fuhr er zum Quick Stop, um ein Sechserpack Bier, Zahnbürste und Rasieapparat zu kaufen. Wenn ich heute nacht nicht schlafen kann, dachte er, werde ich verrückt.

Er schlief dann auch, aber mit Unterbrechungen, immer nur zwanzig Minuten. Einmal wachte er mitten in einem Alptraum auf. Sein Haus schwamm in der Bucht, und er sah durchs Erdgeschoßfenster, wie Winston draußen ertrank. Danach hatte er noch einen Traum, eine Art erotischen Alptraums. Siân und er liebten sich in seinem Ehebett, als Hadley hereinkam. Mit durchgeschwitztem Hemd erwachte er, setzte sich auf, zog das Hemd über den Kopf und nahm eine Dusche. Unter der Dusche kam er zu der Ansicht, daß es vielleicht besser war, überhaupt nicht mehr schlafenzugehen. So verbrachte er den Rest der Nacht damit, im Dunkeln Bier zu trinken.

Jetzt ist es zehn Minuten vor zehn vormittags, nach der Uhr im Cadillac, die auch nach 225.000 Kilometern Fahrtleitung immer noch die genaue Zeit anzeigt. Er hat neben der am günstigsten gelegenen Telefonzelle der Stadt geparkt, hinter einem kleinen Fischmarkt an einem Hafenpier. Die Telefonzelle wird selten benutzt, und wenn, dann hauptsächlich von Fischern, die ihre Frau anrufen wollen. Hier hat er wohl schon ein halbes dutzendmal telefoniert, und nie hat ihn dabei etwas gestört als höchstens der Wellenschlag am Pier oder das schrille Schreien der nach Abfall suchenden Möwen.

Sein Herz rast, als er mit zitternden Fingern – eher nervlich als durch Schlafmangel bedingt – ihre Telefonnummer und danach die Nummer seiner Kreditkarte eintippt. Er hört es ein-, zwei-, dreimal läuten. Er betet, daß ihr Mann nicht zu Hause sein möge. Er streicht sich die Haare aus der Stirn und sieht sich gewohnheitsmäßig nach allen Seiten um. An diesem Tag nach Weihnachten ist der Pier menschenleer.

Sie meldet sich wie fast immer zögernd.

»Siân«, sagt er. Seine Erleichterung ist grenzenlos. Einen Augenblick fürchtet er sogar, er würde in Tränen ausbrechen.

»Charles!«

»Wenn du dich nicht gemeldet hättest«, sprudelt er heraus, »hätte ich den Verstand verloren.«

»Oh ...« Vorsichtig, verhalten.

»Was ist?« fragt er. »Ist dein Mann im Zimmer?«

»Nein«, sagt sie, und es hört sich an, als wolle sie einer Freundin oder Bekannten etwas mitteilen, »der Bruder meines Mannes ist mit seiner Familie hier.« Und nach kurzem Schweigen: »Zu Besuch ...«

»Siân, hör mir zu! Du brauchst nichts zu sagen. Es genügt, wenn ich spreche. Aber ich muß dir etwas sehr Wichtiges sagen.«

»Was?«

»Ich habe es meiner Frau erzählt.«

»Was?«

»Ich habe meiner Frau alles erzählt.«

Langes Schweigen am anderen Ende der Leitung.

»Ich verstehe nicht.«

»Ich habe meiner Frau erzählt, daß ich dich liebe. Und daß ich sie verlassen werde.«

Diesmal folgt ein so langes Schweigen, daß er schon glaubt, sie hätte aufgelegt. Schließlich hört er sie mit unterdrückter Stimme, als hätte sie sich von den anderen Leuten im Zimmer abgewendet, sagen: »O nein.« Und dann noch einmal: »O nein.«

»Jetzt ist es passiert.«

»Nein«, sagt sie ebenso leise, »nein.«

»Siân, es ist passiert. Ich habe es hinter mir.«

»Wie?« fragt sie mit lauterer Stimme. »Warum?«

»Es war schrecklich. Einfach schrecklich.«

Sie sagt: »Du kannst doch nicht . . .«

Er wartet, dann: »Was?«

»Hör zu!« sagt sie, und jetzt flüstert sie nur noch. »Du mußt das zurücknehmen. Du mußt mit ihr sprechen. Du mußt sie dazu bringen, daß sie dich wieder aufnimmt. Du kannst so was nicht tun. Wir können so was nicht tun.«

»Siân, es ist aber schon passiert. Ich konnte so nicht weiter leben. Ich konnte nicht mehr lügen, ganz gleich, was daraus folgt. Ich sage dir ja nicht, daß du deinen Mann verlassen sollst. Ich sage dir nur, was ich tun mußte.«

»Ich weiß, ich weiß.«

»Na also.«

»Ich kann jetzt nicht sprechen«, sagt sie, »es ist etwas geschehen.« Mit lauterer Stimme fragt sie: »Und wie war dein Weihnachtsfest?«

»Wann kann ich mit dir sprechen? Wann kann ich dich anrufen?«

»Überhaupt nicht. Nicht heute. Ich schreibe dir.«

»Schreiben! Ich werde verrückt, wenn ich auf deinen Brief warten muß. Ich rufe dich später noch einmal an.«

»Nein, du hast mich nicht verstanden. Es geht nicht.« Und wieder lauter: »Lily geht es gut.«

»Okay, okay. Aber versprich mir eins: Du schreibst mir noch heute!«

»Ja.«

»Und schickst mir einen Eilbrief, damit ich ihn morgen habe.«

»Ja.«

»Und hör mal, ich sage dir jetzt eine Nummer. Notiere sie dir! Es ist die Telefonnummer des Motels, in dem ich abgestiegen bin. Nur für den Notfall. Du kannst mich dort jederzeit anrufen. Aus einer Telefonzelle. Wirklich zu jeder Zeit.«

»Okay.«
»Siân, ich liebe dich.«
»Ich weiß.«
»Ich möchte noch nicht auflegen.«
»Ich weiß.«
»Ich kann ohne dich nicht leben.«

Er legt ohne Abschiedsgruß auf. Er könnte jetzt nicht auf Wiedersehen sagen. Gleich darauf nimmt er den Hörer wieder ab – das Freizeichen. Mit dem Hörer in der Hand steht er unschlüssig da. Aber auflegen will er nicht. Er ist auch keiner Bewegung fähig.

Er blickt bis zum Ende des Piers und holt tief Luft. Was kann nur geschehen sein? Was wollte sie ihm sagen?

Dann legt er doch den Hörer auf und geht wieder zu seinem Wagen. Mit der Handkante schlägt er aufs Lenkrad. Jetzt bleibt ihm nichts anderes übrig, als zu warten. Und Warten fällt ihm so schwer. Er hat ihr so gut wie versprochen, sie nicht mehr anzurufen. Aus ihrer Stimme war die Angst deutlich herauszuhören. Irgend etwas muß schiefgegangen sein, und sie konnte ihm nicht sagen, was.

Er legt den ersten Gang ein, fährt durch die High Street und überlegt, ob er nach Westen, nach Pennsylvanien weiterfahren soll. Statt dessen kommt er zu der Straße, in der er bis jetzt gewohnt hat. Unwillkürlich biegt er ein und betrachtet sein Haus. Harriets Kombiwagen ist nicht da. Er läßt sich auf das Risiko ein und fährt den Cadillac in die Einfahrt. Keine Stimmen zu hören, keine Gesichter an den Fenstern. Er macht die Küchentür auf, und völlige Stille empfängt ihn. Nicht mal Winston springt ihn wie üblich zur Begrüßung an. Im Wohnzimmer herrscht Unordnung – überall liegt das Spielzeug der Kinder herum. In der Küche liegt ein Zettel auf der Anrichte. In Harriets Handschrift steht darauf: »Wir sind bei meiner Schwester. Ich weiß nicht, wann wir zurückkommen.«

Charles nimmt den Zettel an sich und geht in sein Arbeitszimmer, das nach vorn heraus liegt. Er versteht natürlich, warum sie weggefahren ist. Sie kann es in diesem Haus voller Erinnerungen nicht länger aushalten. Soll er sie anrufen? Nein, lieber nicht, jedenfalls nicht heute. Eigentlich hat er ja nicht vorgehabt herzukommen. Auch nicht, um zu arbeiten. Aber vielleicht sollte er doch etwas tun. Irgend etwas, um die Zeit totzuschlagen, bis Harry Noonan morgen das Postamt öffnet. Er könnte einen Teil seiner Papiere in Pappkartons verpacken und sie dann im Motel durchgehen. Oder vielleicht könnte er, da Harriet und die Kinder ja sowieso nicht da sind, ein paar Stunden hier arbeiten, den Anrufbeantworter abhören und Post erledigen.

Er geht ins Arbeitszimmer und sieht sofort einen zweiten Zettel auf dem Schreibtisch liegen. Noch im Mantel, setzt er sich auf den Bürostuhl und nimmt den Zettel in die Hand. Es ist ein Geschäftsbriefbogen. Auf der Rückseite ist etwas mit einem lila Farbstift geschrieben. Es ist Jacks Handschrift.

Später zerknüllt er den Zettel in der Hand und sieht aus dem Fenster in den Garten. Da hängt an langen Stricken die Schaukel, die er für Hadley und die anderen am Walnußbaum befestigt hat. In der Stille seines Bürozimmers glättet er den Zettel wieder und liest die kindliche Krakelschrift zum zweitenmal.

Auf dem Zettel steht nur ein einziges Wort, eine Frage. *Warum?*

Das Haus war voller Menschen. Stephens Bruder, seine Frau und ihre Kinder. Sie benahmen sich zurückhaltend und fürsorglich. Sie hätten mich gern gefragt, was Stephen veranlaßt hatte, am Weihnachtstag mit einer Schrotflinte in die Scheune zu gehen. Stephen würde im Krankenhaus nichts sagen. Lily weiß nur, daß ihr Daddy einen Unfall hatte.

Aber dann fragten sie mich doch nicht.

Ich schrieb dir, wie du mich gebeten hattest, und schickte den Brief ab. Beim Schreiben wußte ich, daß es unwiderruflich war. Und daß dir dieser Brief das Herz brechen würde, denn meins hatte er schon gebrochen – falls Herzen brechen können, wie es in der Redensart heißt. Aber Liebe – die uns nur so kurze Zeit vereint hatte – sitzt nicht im Herzen, sondern im Kopf, und im Kopf stößt sie auf viele Gedanken und Erinnerungen.

Als ich an diesem Nachmittag der Frau am Postschalter den Eilbrief gab, war mir, als würde ich ihr ein großes Geheimnis überreichen und auf ein Wunder Verzicht leisten.

Am nächsten Morgen war das Haus noch immer voller Menschen. Ich zog meine Tochter an und setzte sie in den Wagen. Wir brauchten Milch, Cornflakes, Eier, Toastbrot und Kaffee. Ich vermied es, daran zu denken, wann dein Postamt geöffnet würde, wie du den rot-weiß-blauen Brief erhalten, ihn aufmachen und zu deinem Auto gehen würdest. Und auf keinen Fall wollte ich mir dein Gesicht vorstellen, nachdem du den Brief gelesen hättest.

Im A & P war es noch nicht voll. Jetzt am frühen Morgen waren nur solche Kunden da, die etwas zum Frühstück brauchten oder ihre Einkäufe möglichst früh erledigen wollten. Ich setzte Lily in den Einkaufswagen und schob ihn durch die Gänge. Über unseren Köpfen wurde Musik eingespielt, doch ich achtete kaum auf das Gewimmer. Ich legte Bananen und Orangen in den Wagen, dann Kartoffeln fürs Abendessen. Es war warm im Laden. Deshalb knöpfte ich unsere Mäntel auf.

Im dritten Gang standen die Artikel im Gefrierfach. An seinem Ende war ein Angestellter, ein großer junger Mann mit Pickeln, damit beschäftigt, Preisschilder auf die Orangensaftflaschen zu kleben und die Eier neu einzuordnen. Unterwegs nahm ich noch eine schwere Vierliterflasche Milch, ein paar Becher Joghurt und ein Paket Hüttenkäse. Ich überlegte gerade, ob es bei so viel Besuch im Haus auf die Dauer nicht billiger wäre, wenn ich tiefgekühlten Orangensaft in Dosen kaufte statt wie sonst in Pappbehältern, als ich auf einmal das Lied hörte.

Die ersten ein, zwei Takte waren schon vorbei, als ich es erkannte und mitten im Gang stehenblieb. Ich lauschte der Melodie und dem Text. Für alle anderen im Laden war es nichts weiter als ein Lied ohne Bedeutung. Doch für mich war es in diesem Augenblick, als erreichte mich ein Ruf über viele Jahre und drei Staaten hinweg.

Ich bewegte die Lippen und sang lautlos mit. Lily sah zu mir auf und lächelte. Das Lächeln verging ihr aber rasch, als sie merkte,daß ich zu weinen anfing. Und nun sang ich den Text nicht mehr lautlos mit – wenn man meine brüchige Stimme Singen nennen kann. Der junge Mann, der Teenager mit den Pickeln, hörte meine jämmerliche Stimme und sah mich wie erstarrt mit dem Einkaufswagen im Gang stehen. Eine ältere Frau mit dichten grauen Locken und einem Lodenmantel bog um die Ecke in den Gang, sah den jungen Mann und folgte seinem Blick. Sie wollte wissen, was los war. Ich kann nicht gut singen, meine Stimme klingt schrecklich. Aber das war mir gleich. Warum sollte ich mich schämen? Was hatte ich zu verlieren? Ich riß den Mund noch weiter auf und sang, als hätte ich eine wunderbare Stimme und wollte mit dieser Band mein Leben lang singen. Ich sang, als wäre das Lied ein Gebet und ich ein Priester, der seiner tieferen Bedeutung nachspürte.

Dann war die Musik abrupt zu Ende, und ich stand da im Gang, eine ungebetene Sängerin, der niemand Beifall spendet.

Ich hob Lily aus dem Einkaufswagen und ließ ihn samt allen Artikeln, die ich hineingelegt hatte, da stehen, wo er war. Es war zwanzig nach acht. Ich mußte dich erreichen, bevor du zur Post fuhrst. Ich war wie besessen von diesem Gedanken. Und ich weinte immer noch – aber das war mir gleich. Ich rief dem Geschäftsführer in seinem Verschlag über den Kunden zu, er solle mich sein Telefon benutzen lassen. Er erwiderte, draußen gleich um die Ecke sei ein Münztelefon. Mit Lily im Arm lief ich an der verblüfften Kassiererin und an einer langen Reihe Einkaufswagen vorbei und fand draußen die Telefonzelle an der Hauswand. Während ich Lily absetzte, kramte ich in der Geldbörse nach Vierteldollarmünzen. Lily wollte herumwandern. Ich schlang ein Bein um sie und hielt sie fest. In der Brieftasche fand ich den Zettel mit der Telefonnummer, drückte die entsprechenden Tasten und fütterte den Apparat mit Vierteldollars, als wäre er ein Kind, das man mit Keksen vollstopft, damit es nicht schreit.

Das Telefon läutete. Ein Mann meldete sich. Ich fragte nach dir. Er sagte, in den Zimmern sei kein Telefon, aber er würde dir gern eine Nachricht übermitteln. Ich sagte ihm meine Nachricht langsam und deutlich durch: Mach den Brief nicht auf! Fahr sofort zu The Ridge! Ich erwarte dich dort.

Ich ließ den Mann vom Motel alles wiederholen. Ich sagte ihm, daß es äußerst wichtig sei, dir das sofort auszurichten. Äußerst wichtig! Er versprach auf der Stelle zu deinem Zimmer zu gehen, und falls du nicht da seist, würde er aufpassen und persönlich mit dir sprechen, wenn du zurückkommst.

Ich bedankte mich bei ihm und legte auf. Dann setzte ich Lily ins Auto und fuhr nach Haus.

Sie waren alle in der Küche, warteten aufs Frühstück und waren sehr erstaunt, als ich ohne Milch und Kaffee zurückkam. Ich sagte Hallo und dann: Entschuldigt mich, und rannte nach oben in die Dachkammer.

In der Dachkammer standen außer dem Schiffskoffer, der mit mir die Reise von Springfield nach Dakar und zur Farm gemacht hatte, Pappkartons mit Sachen aus der Dachkammer meines Vaters, die er mir vor einigen Jahren geschenkt hatte. Diese Kartons standen hinter anderen Koffern und Kisten an der Wand und wären wahrscheinlich nie aufgemacht worden. Aber ich handelte mit einer Entschlossenheit, als hätte man mich mit einer wichtigen Mission beauftragt. Kein Koffer war mir zu schwer, kein Hindernis unübersteigbar. Ich schob schwere Kisten beiseite und zwängte mich durch die entstandenen Lücken. Einen Augenblick dachte ich, ich würde nie wieder hinauskommen. So bahnte ich mir den Weg zu der hinteren Wand, wo die Kartons standen.

Als ich sie erreicht hatte, riß ich die Deckel ab, stülpte sie um und schüttete den Inhalt auf den Boden. Schulzeugnisse und Erinnerungsstücke regneten herab. In einem Karton hörte ich ein vielversprechendes Klimpern. Ganz unten in diesem Karton war eine Schmuckkassette – Perlenschnüre, eine Anstecknadel von der National Honor Society, eine Handvoll bunter Ringe. Und dort fand ich, mit einer Halskette verschlungen und klebrig grün von einer Substanz, die vor dreißig Jahren vielleicht einmal Limonade gewesen war, das Armband.

Ich hielt es so feierlich in der Hand, als wäre es ein antikes Amulett von unschätzbarem Wert.

Dann legte ich es mir an.

Schnell ging ich nach unten, wo die anderen noch versammelt waren. Ich drückte Lily an mich und sagte ihr, daß sie heute bei der Familie von Stephens Bruder bleiben würde. Stephens Bruder erklärte ich, ich müsse in einer wichtigen Angelegenheit fort und würde den größten Teil des Tages wegbleiben. Bevor er Einwände erheben konnte, rannte ich aus dem Haus.

Ich fuhr mit 110, 120, 125 Stundenkilometern. Ich wollte unbedingt vor dir da sein.

An diesem Tag waren die Rasenflächen, die The Ridge umgeben, schneebedeckt. Es war jungfräulicher Schnee, den noch kein Fuß betreten hatte. Ich war sicher, daß du kommen würdest. Ja, ich erinnere mich, daß ich über dein Kommen vor Freude ganz aus dem Häuschen war. In ein, zwei Stunden würdest du bei mir sein. Ich wußte nicht genau, wie es weitergehen sollte, aber irgendwie würde sich alles finden. Wir mußten uns aussprechen und in den Armen halten, und wir würden ein neues Leben beginnen.

Bis dahin wollten ich einen Spaziergang machen, vielleicht zum See hinunter. Zuvor aber ging ich in das Gasthaus und fragte den Mann am Empfang, der mich kannte, ob es das Badminton-Spielfeld noch gebe, an das ich mich aus meiner Kindheit erinnerte. Er sah mich erstaunt an und sagte dann, das Spielfeld gebe es noch, aber natürlich sei das Netz nicht gespannt. Aber wenn ich wolle, könne ich da hingehen. Ich sagte, das würde ich gern tun. Er beschrieb mir den Weg. Ich solle über die Rasenflächen gehen und mich links halten. Hinter einer Hecke. Ein im Sommer mit Gras bewachsenes Spielfeld mit einer Bank. Daran würde ich es erkennen, sagte er. Es sei eine Steinbank mit Figuren.

Ich ging über den Rasen und hinterließ die ersten Fußspuren im unberührten Schnee.

Ich fand die Hecke. Sie war dick mit Reif überzogen. Ich fand auch die Bank neben dem Spielfeld, wischte den Schnee mit den behandschuhten Händen ab und setzte mich drauf.

Ich schaute über das Spielfeld, dessen Gras unter einer Schneedecke begraben lag. Die Sonne zauberte Milliarden glänzender Pünktchen auf die Oberfläche.

Und in diesem Augenblick sah ich endlich klar.

Ein Windstoß schlägt die metallene Moteltür zu und klemmt ihm die Finger ein. Charles zuckt zusammen, stemmt sich gegen die Tür, kriegt sie trotz des Windes auf und schließt sie dann hinter sich. Sein Mantel bläht sich auf. Vornübergebeugt kämpft er sich gegen den Sturm vor und erreicht bald seinen Wagen. Auf dem Parkplatz wirbeln Abfall und Staub umher. Sandkörner fliegen durch die Luft, einige bekommt er ins Auge. Es ist ein klarer Tag. Um so erstaunlicher für ihn, daß ein so heftiger Wind weht. Über ihm schwanken und biegen sich die Kronen immergrüner Bäume. Dieser Sturm bei wolkenlosem Himmel ist eine Laune der Natur.

Er schließt die Wagentür. Nun fühlt er sich geborgen. Er besieht sich seine Finger und die aufgerauhten Knöchel. Der Mittelfinger fängt schon an, dick zu werden. Er schaut in den Rückspiegel, sieht, daß der Wind ihm das Haar zerzaust hat, und versucht es, mit den Fingern zu glätten. Dabei bemerkt er, daß seine Augen blutunterlaufen sind – zweifellos von zu viel Bier, aber auch von unnatürlichem Schlafmangel. Er kann sich nicht mehr erinnern, wann er zum letztenmal eine ganze Nacht durchgeschlafen hat. Wann hat er überhaupt zwei Stunden hintereinander geschlafen? Obwohl er sich gerade rasiert hat, fühlt sich sein Gesicht rauh und gespannt an.

Er fährt zur Post. Wenn er ein wenig Glück hat, ist Noonan schon da, und, was viel wichtiger ist, der Eilbrief erwartet ihn. Wie so oft sehnt er sich nach ihrem Brief und fürchtet ihn zugleich – aber die Sehnsucht ist stärker. Wie zart ist doch das Band das sie beide verbindet! Besonders jetzt, da er sie nicht mehr anrufen darf. Und sie hat sich so zurückhaltend gegeben, daß er unter allen Umständen die Beziehung zu ihr wieder festigen muß. Wenn er mit ihr, wenn sie mit ihm sprechen kann, wenn sie beieinander sind, dann wird alles gut, glaubt er.

Er fährt durch die Stadt. Auf den Straßen treibt der unberechenbare Sturm seinen Schabernack. Er scheint die vornübergebeugten Fußgänger regelrecht aus einer offenen Tür in die nächste offene Tür zu blasen. Hüte, Zeitungen, Papiertüten, Abfall und Weihnachtsschmuck fegen die Straße entlang und verfangen sich zeitweise in den Hauseingängen. Vor einer roten Ampel hält er. Es gefällt ihm ganz und gar nicht, wie gefährlich sie in dem steifen Wind hin und her pendelt. Auf der Hafenseite schäumen die Wellen und krachen wie Feuerwerkskörper gegen die Kaimauer, schießen explosionsartig darüber hinweg, und alles, was sich bis zu sechs Metern dahinter aufhält, wird gnadenlos naßgespritzt – parkende Autos, unglückliche Passanten, Telefonleitungen und die Rückfront der Geschäftshäuser. Es herrscht Flut. Wenn sie noch höher steigt, wird es in den nächsten beiden Stunden gefährlich. Er denkt an die Häuser, die an der High Street unmittelbar am Wasser stehen. Deren Besitzer haben sicher schon Angst. Ob die Landzunge wohl auch überflutet wird?

Vor dem Postamt steht Noonans Trooper. *Ja!* Wenn er weiter Glück hat, ist auch sein Brief da.

Durch die Tür gelangt er in den Schalterraum. Sofort spricht Noonan ihn an. »Hab' einen Eilbrief für Sie, Callahan. Wie haben Sie Weihnachten verbracht?«

Charles unterschreibt die Empfangsbestätigung.

»Gut«, sagt er, froh darüber, daß noch niemand in der Stadt von seinem weihnachtlichen Unglück erfahren hat. »Und Sie?«

»Ach, wie immer«, sagt Noonan. »Zuviel gegessen, zuviel Verwandtenbesuch.«

»Kann ich mir vorstellen«, sagt Charles und preßt den Eilbrief an die Brust.

Ein Brustharnisch.

»Fahren Sie nur vorsichtig!« ruft Noonan ihm nach. »An der Küste wird der Sturm immer stärker.«

Charles nickt und beeilt sich, zu seinem Wagen zu kommen, seinem vorübergehenden Zufluchtsort. Der Cadillac ist jetzt einer der wenigen Schutzhäfen, die ihm geblieben sind. Aber wahrscheinlich wird die General Motors-Vertretung ihn in ihrer Weisheit von ihm zurückfordern. Bevor er ihnen in die Hände fällt, denkt er, könnte ich ja einen Totalschaden bauen. Er reißt das Päckchen auf und sieht den dünnen blauen Briefumschlag darin. Den Umschlag öffnet er behutsamer. Dann entfaltet er den Brief. Schon der Anblick ihrer Handschrift wirkt beruhigend auf ihn.

Er liest den Brief.

Dann liest er ihn noch einmal.

Und liest ihn wieder.

Mit dem Brief in der Hand reißt er die Wagentür auf, schnappt erst mal nach Luft, dreht sich langsam um und legt den Kopf aufs Wagendach. Dann blickt er auf und setzt sich in Bewegung. Immer noch mit dem Brief in der Hand geht er rund um den Parkplatz. Ihm ist so übel, als hätte ihm jemand mit der Faust in den Magen geschlagen. Über ihm peitscht der Wind Äste gegen eine Stromleitung. Ein Wagen fährt auf den Parkplatz. Als die Fahrerin aussteigt, reißt ihr der Wind einen Brief aus der Hand. Der Brief steigt hoch, fällt wieder herab, segelt über den Asphalt und landet in einem Gebüsch am Platzrand. Die Frau läuft ihm nach. Es ist eine ebenso ungeschickte wie komische Verfolgungsjagd. Sicherlich ein wichtiger Brief, denkt Charles geistesabwesend.

Er geht zurück zum Wagen, dessen Tür noch offensteht. In seinem Kopf läutet eine kleine Glocke und meldet ihm, daß etwas nicht in Ordnung ist. Er sieht auf den Brief in seiner Hand, will ihn zusammenfalten und wieder in den blauen Umschlag stecken. Statt dessen reckt er die Hand zum wolkenlosen Himmel empor und läßt den Brief los. Wie ein Kinderdrachen steigt er hoch, wirbelt herum, sinkt wieder, gleitet seitlich an der Wand des Postamts entlang und verschwindet hinter dem Gebäude. Soll er ihm nachlaufen und ihn wieder einfangen? Irgendwie ist er doch ein wichtiges, greifbares Band zu einem wertvollen Besitz, der ihm einmal gehört hat. Dann fällt ihm plötzlich ein, daß ihm nichts mehr gehört.

Er steigt in den Cadillac, der nun kein Zufluchtsort mehr ist. Er läßt den Motor an und fährt auf eine Kreuzung. Hinter ihm hupt jemand. Erschrocken biegt Charles an der Kreuzung rechts ein, erst nach Süden, dann in westlicher Richtung zum Motel.

Sie hat ihm geschrieben, daß alles aus ist. Endgültig und unwiderruflich aus.

Sie hat ihm geschrieben, daß ihr Mann sich in den Arm geschossen hat und ihn in Zukunft nicht mehr wird gebrauchen können.

Sie hat ihm geschrieben, daß sie ihn geliebt hat.

Wie in Trance fährt er die High Street entlang. Es ist ihm nicht mal bewußt, daß er ein Auto lenkt. Er hat es nicht eilig, denn er hat ja kein Ziel mehr. Seltsamerweise muß er daran denken, daß er nie mehr nach Portugal kommen wird. Das weiß er genau, obwohl ihm nicht klar ist, warum. Vor seinem geistigen Auge sieht er sie in den Stiefeln über das Eis schlittern. Das Bild ist ihm unerträglich, und er verscheucht es. Was soll er tun? Er kann doch nicht zum Motel zurückfahren! Mein Gott, das ist der letzte Ort, an dem er jetzt sein möchte. Auf einmal bremst er scharf und wendet auf quietschenden Reifen mitten auf der High Street. Fast blind fährt er zum Strand.

Zu seiner Rechten hört er das Donnern der Brandung. Hoch oben auf dem Hügel liegt Lidells ehemaliges Tinkertoy. Verrostete Eisenträger über der Stadt. Er sieht die

Häuser mit den vernagelten Fenstern und Sandsäcke um ausgeschachtete Fundamente. Hoffentlich sind seine Kinder jetzt in einem Haus. Hoffentlich war Harriet so vernünftig, sie hereinzuholen. Die größte Gefahr bilden die Stromleitungen. Er hat selbst mal gesehen, wie eine riß, auf das Pflaster knallte und dort knisternde Stromfunken versprühte.

Er sieht sie im Bett liegen, sieht ihre schönen Nasenflügel. Er fühlt noch ihre Hand auf seiner Haut.

Dann steigt ein Bild vor ihm auf, das er oft im Traum gesehen hat: wie ihre Brustspitzen sich an den weißen Stoff ihrer Bluse drängen . Schon als Junge hat er das geträumt, und später, nachdem er sie wiedergetroffen hatte, aber niemals in den langen Jahren dazwischen.

Ob der Traum jetzt nie wiederkehrt?

Sie hätten eines Tages in einem sonnigen Café in Portugal sitzen, gedünsteten Tintenfisch und portugiesische Wurst essen können. Er würde ihr etwas vorlesen oder sie ihm. Sie würden dunklen Rotwein trinken, danach schwimmen gehen und sich lieben.

Einfache Freuden.

Doch er hätte wissen müssen, daß das unmöglich ist. Er hätte wissen müssen, daß sie ihren Mann nicht verlassen würde. Sie hatte es ihm gesagt, aber er hatte ihren Worten keine Beachtung geschenkt. *Die Wahrheit ist, daß keiner von uns dem anderen helfen kann.*

In der Ferne kommt die Brücke in Sicht. Die Brandung hämmert gegen die Pfeiler. Heute stehen keine Angler am Geländer. Ob der Anprall einer Welle wirklich einen Menschen bewußtlos machen kann? Soll er den Cadillac über die Brücke und gegen die Dünen fahren, dann zur Stadt zurückgehen und der General Motors-Vertretung mitteilen, wo sie den Wagen abholen können?

Er kommt mit zu hohem Tempo auf die Brücke. Die Planken rattern, als wollten sie den Cadillac in Stücke reißen.

Wunderschön sieht es aus, wie die Gischt am Geländer emporschäumt. Herrlich wie im Theater. Über der Gischt ist der Himmel so dunkelblau, wie er ihn noch nie gesehen hat.

Er bückt sich und nimmt vor dem Beifahrersitz eine Dose Budweiser aus dem Plastikring, klemmt sie sich zwischen die Beine und reißt die Lasche auf. Es ist zwanzig nach acht. Vielleicht ist seine Seele in Gefahr.

Dann sieht er auf und entdeckt das Glatteis. In der Nacht muß die überschäumende Gischt gefroren sein. Er bremst den Bruchteil einer Sekunde zu spät und weiß es auch sofort.

Die Bremsen blockieren, der Wagen kommt ins Schleudern. Das Geländer gibt ohne Widerstand nach und zerbricht in Tausende von Holzsplittern. Noch einmal sieht er Siâns Gesicht vor sich, noch einmal hört er die Stimme seiner Tochter. In einem prachtvollen anmutigen Bogen fliegt der Cadillac auf Portugal zu.

Sein letzter Gedanke ist: Timing ist alles.

Zum erstenmal im Leben hatte sie nicht aus noch ein gewußt. Beim Frühstück saß Cal neben ihr. Er war ihr ganz nahe, und doch tat sich eine Kluft zwischen ihnen auf. Sie durften sich nicht anfassen, sie konnten nicht einmal miteinander sprechen, und in wenigen Stunden würden sie auseinandergehen. Die ganze Nacht hatte sie wachgelegen und immer wieder nacherlebt, was auf dem Waldboden geschehen war. War es denn wirklich geschehen? War es möglich, daß sie so etwas erlebt hatte, und wenn ja, was hatte es dann zu bedeuten?

Sie hatte das Armband angelegt, das bei jeder Handbewegung an ihrem schmalen Handgelenk auf und ab rutschte. Es war ein sichtbares Zeichen, daß sie zusammen gewesen waren. In Shorts und ärmelloser Bluse saß sie neben ihm, und in ihrem Magen bildete sich ein Knoten. Das machten die Erinnerungen an die gestrige Nacht und die grenzenlose Angst davor, daß sie sich Lebewohl sagen mußten. Nie wieder würde er sie küssen, bei Tage war das unmöglich. Und er würde sie auch nicht mehr so berühren, wie er es in der vergangenen Nacht getan hatte. Das war vorbei, war nur noch eine geheime Erinnerung. Viele Jahre würden vergehen, ehe sie einem Jungen gestatten würde, sie so zu berühren.

Dann sagte sie ein Wort: »Badminton«, und merkte, daß er es dankbar aufnahm. Sie jagte es ganz leise zu ihm, damit kein Betreuer es hören konnte. Doch als sie Cal anzublicken wagte, sah sie, daß er lächelte.

Mit den anderen gingen sie aus dem Speisesaal, als wollten sie den Fußweg zur Kreuzkapelle hinuntergehen, um gemeinsam mit der Gruppe an der letzten Messe teilzunehmen. Allerdings ging sie, um keine Aufmerksamkeit zu erregen, allein. Als sie sich unbeobachtet glaubte, wich sie seitwärts aus und lief zu dem Badminton-Spielfeld. Unwillkürlich duckte sie sich, weil sie jeden Moment erwartete, von irgendwem zurückgerufen zu werden. Doch wunderbarerweise schien niemand gesehen zu haben, daß sie einen anderen Weg eingeschlagen hatte. Der stille Morgen war feuchtwarm. Schon stand die Sonne hoch am Himmel. Wenn in einigen Stunden die Eltern kamen, um ihre Kinder abzuholen und sie heimzufahren, würde es brütend heiß sein.

Sie sah ihn auf der Steinbank sitzen. Diese Bank hatte sie, seit sie sie entdeckt hatte, sehr interessiert. Die Sitzfläche ruhte an einer Seite auf einem Totenkopf, einem grausigen Skelettgesicht mit heraushängender Zunge, einer für alle Zeiten unveränderlichen Grimasse. An der anderen Seite gab ihr eine madonnenähnliche Figur den

Halt, nur daß die junge Frau, deren Brust entblößt war, kein Kind hielt, sondern eine steinerne Rose. Wenn die Jungen vorbeikamen, kicherten sie immer. Sie vermutete, daß die Kirchenbehörde, die das Sommerlager veranstaltete, die Bank eines Tages abreißen würde. Hoffentlich kam es nicht dazu. Denn sie liebte das ungleiche Paar und hätte gern gewußt, was sich der Bildhauer gedacht hatte, als er es schuf.

Cal hatte die Schläger und zwei Federbälle mitgebracht. Er mußte geradezu geflogen sein, um die Schläger zu holen und trotzdem noch vor ihr am Spielfeld einzutreffen.

Verlegen stand er auf und reichte ihr einen Schläger. Es sah aus, als wollte er etwas sagen. Doch er schaute sie nur an und brachte kein Wort heraus. Statt dessen deutete er mit seinem Schläger an, daß sie die Seitenwahl treffen und sich aufstellen solle.

Sie begab sich in die eine Hälfte des gemähten Grasrechtecks. Es war ein hübsches Spielfeld. Büsche, Hecken und ein paar Himbeersträucher rahmten es von allen Seiten ein. Sie hörte Bienen summen, das typische Geräusch eines hochsommerlichen Morgens.

Er schlug auf, und sie schlugen den Federball hin und zurück, zum Einspielen. Dann fragte er, ob sie anfangen wolle, und sie nickte.

Sie hatte eine gute Reichweite und war flink auf den Beinen. Sie erreichte jeden Ball, und das war ihr einziger echter Fehler, denn sie jagte auch Schlägen nach, die mit Sicherheit im Aus landen würden. Er spielte ruhiger, hatte das bessere Auge, rannte weniger und ließ zu lange Bälle ins Aus gehen. Aber sie merkte, daß er das Spiel ernst nahm. Er hatte sofort erkannt, daß sie eine gute Spielerin und durchaus imstande war, ihn zu schlagen.

Sie hörte es gern, wenn der Ball mit leisem Klacken gegen die straffen Schlägersaiten prallte. Am liebsten war es ihr, wenn sie vorn am Netz schmettern konnte, so daß der

Ball im Gras landete, bevor der Gegner überhaupt reagieren konnte. Wenn sie selbst einen Ball verpaßte, lachte sie. Einmal lief sie rückwärts, um einen hohen Lob zu erreichen. Der Ball flog in die Sonne, sie stolperte, verlor das Gleichgewicht und fiel ins Gras. Er kam ans Netz und erkundigte sich, ob sie sich weh getan habe. Aber nur ihre Shorts hatten Grasflecken abbekommen. Sie wischte mit der Hand darüber. Alles in Ordnung, sagte sie und lachte wieder. Dann schlug sie auf. Es war ein glänzender Aufschlag. Er würde ihn bestimmt passieren lassen, weil er annahm, daß er ins Aus ginge. Doch dann landete er genau in der hinteren Ecke, und er stieß einen anerkennenden Pfiff aus.

Es stand 16 zu 14 oder so ähnlich. Jedenfalls führte er knapp. Er machte sich zum Aufschlag bereit, und sie wartete. Durchs Netz blickte er sie an, und sie dachte, daß er wohl überlegte, wohin er den Ball schlagen solle. Die Ärmel des weißen Hemdes hatte er über die Ellbogen aufgekrempelt. Er trug lange schwarze Hosen und weiße Turnschuhe. Die Arme hatte er ausgestreckt, in der einen Hand den Schläger, in der anderen den Federball. So stand er unbeweglich. Sie wollte ihm gerade sagen, er solle endlich servieren, als sie plötzlich etwas spürte und sich die Bemerkung verkniff. Es war ganz still um sie, eine tiefe Sommerstille.

Dann warf er den Ball hoch, holte mit dem Schläger aus und schlug auf. Es war ein schlechter Schlag, das sah sie sofort. Der Ball schwirrte zur Seite, traf den Netzpfosten und fiel zu Boden. Es war ihr peinlich, daß er so versagt hatte. Deshalb lief sie zum Ball und bückte sich, um ihn aufzuheben. Er war zur gleichen Zeit gestartet. Vielleicht wollte er sich entschuldigen. Beim Bücken teilte sich ihr Haar im Nacken und fiel ihr ins Gesicht.

Sie fühlte es, und ein leichtes Zittern durchlief sie.

Ein Kuß auf den Nacken. Ein Schmetterlingskuß.

Seine Lippen – seine trockenen jungenhaften Lippen – berührten wie ein Falter ihren Nacken. Sie fühlte den leisen Druck an ihrer Haut und dachte: ein Schmetterlingskuß.

Sie stand auf und sah ihn an. Sie wollte die Hand ausstrecken und seinen Arm ergreifen. Sie wollte einen Schritt vortreten und ihn auf die Wange küssen. Sie wollte ihm noch einmal sagen, daß es gut war, was sie gestern nacht getan hatten, und daß es nicht gut war, ihn verlassen zu müssen. Sie wollte ihm sagen, daß sie ihn nie vergessen würde, komme, was da wolle.

Aber ihr fehlte die Kraft, diesen kleinen Schritt zu tun. Und er konnte sie nicht anfassen. Er machte eine kleine Seitwärtsbewegung, als wolle er in sein Feld zurückgehen. Sie strich sich das Haar aus dem Gesicht.

Er sagte: Siân.

Sie wollte etwas sagen, aber es ging nicht – sie zögerte einen Augenblick zu lange.

In dem Moment drehten sie sich um und nahmen wieder Aufstellung. Sie hatte den Ball, wußte aber nicht mehr, wie das Spiel stand. Vielleicht, dachte sie, hat er noch Aufschlag. Aber war das jetzt nicht gleichgültig?

Sie holte mit dem Schläger aus. Sie wollte ihm einen langen Ball hinsetzen. Sie lächelte und sah durchs Netz, daß er erwartungsvoll ihr Lächeln erwiderte.

Sie schlug auf und sah den Ball hoch in die Sonne steigen.

Und es kam ihr so vor, als ob der Ball in diesem Augenblick hoch über ihnen am Scheitelpunkt seines Flugs stehenbliebe – und mit ihm die Zeit.

Anhang

Where or when

VERSE VON LORENZ HART
MUSIK VON RICHARD RODGERS

When you're awake,
The things you think come from the dreams you dream.
Thought has wings,
And lots of things are seldom what they seem.
Sometimes you think you've lived before
All that you live today.
Things you do come back to you,
As though they knew the way.
Oh, the tricks your mind can play!

It seems we stood and talked like this before.
We looked at each other in the same way then,
But I can't remember where or when.
The clothes you're wearing are the clothes you wore.
The smile you're smiling you were smiling then,
But I can't remember where or when.

Some things that happen for the first time,
Seem to be happening again.
And so it seems that we have met before,
And laughed before,
And loved before,
But who knows where or when!

Wo oder wann

Wenn du erwachst,
Befangen noch in wirrem Traum,
Erkennst du bald,
Wie etwas *scheint,* so *ist* es kaum.
Und was du heut erlebst, ist wie
Ein Echo früherer Zeit,
Und deine Gegenwart
Gleicht der Vergangenheit.
Oh, wie trügt Gefühl den Geist!

Es ist, als sprächen wir die gleichen Worte
Wie damals, wären noch im selben Bann,
Doch weiß ich nicht, wo oder wann.
Du trägst dasselbe Kleid, das du einst trugst,
Du lächelst mich genau wie damals an,
Doch weiß ich nicht, wo oder wann.

Was uns damals zum erstenmal geschah,
Scheint sich zu wiederholen dann.
So kann es sein, wir kannten uns schon mal
Und lachten einst
Und liebten uns,
Doch wer weiß schon, wo oder wann!

Das Tonband, das Charles an Siân schickte

Dion: *A Teenager in Love*
Rosie & The Originals: *Angel Baby*
Dion & The Belmonts: *That's My Desire*
Dion & The Belmonts: *Where or when*

The Fleetwoods: *Mr. Blue*
The Fleetwoods: *Come Softly to Me*
Don and Juan: *What's Your Name?*
The Five Satins: *In the Still of the Night*
The Teddy Bears: *To Know Him Is to Love Him*
Them: *Here Comes the Night*
The Shirelles: *Will You Love Me Tomorrow*
Roy Orbison: *Crying*
Roy Orbison: *Love Hurts*
Ritchie Valens: *Donna*

SERIE PIPER

Anita Shreve

Das Gewicht des Wassers

Roman. Aus dem Amerikanischen von Mechtild Sandberg. 292 Seiten. SP 2840

»Anita Shreve ist eine clevere Mischung aus schaurigem Kriminalfall und psychologisch ausgefeiltem Beziehungsdrama gelungen.«
Der Spiegel

Gefesselt in Seide

Roman. Aus dem Amerikanischen von Mechtild Sandberg. 344 Seiten. SP 2855

Maureen, die junge Journalistin, lebt mit ihrem Mann Harrold und ihrem kleinen Töchterchen Caroline in einer trügerischen Idylle. Denn niemand ahnt, wieviel Gewalt und Mißhandlung Maureen von ihrem Mann ertragen muß. Und sie schweigt, vertraut sich niemandem an, entschuldigt seine Handlungen vor sich selbst. Erst nach Jahren flieht sie vor ihm. Für eine kurze Zeit findet sie in einem kleinen Fischerdorf Unterstützung, Zuneigung und Liebe. Aber Harrold spürt sie auf, und die Tragödie nimmt ihren Lauf.

Eine gefangene Liebe

Roman. Aus dem Amerikanischen von Mechtild Sandberg. 253 Seiten. SP 2854

Durch Zufall stößt Charles Callahan in der Zeitung auf das Foto einer Frau, die ihm seltsam bekannt vorkommt. Es ist Siân Richards, die er vor einunddreißig Jahren als Vierzehnjähriger bei einem Sommercamp kennengelernt hatte und die seine große Sehnsucht blieb. Überwältigt von den Erinnerungen schreibt er ihr und bittet um ein Treffen. Auch für Siân war die Geschichte mit Charles nie beendet, sehr zart sind die Bilder der Vergangenheit, sehr heftig das Verlangen. Und aus der unerfüllten Liebe von einst wird eine leidenschaftliche Affäre. Aber beide sind inzwischen verheiratet, haben Kinder und leben in verschiedenen Welten. Sie geraten in einen Strudel von Ereignissen, die unaufhaltsam auf einen dramatischen Höhepunkt zusteuern. Am Weihnachtsabend entschließt sich Charles zur Wahrheit – und zwingt damit Siân zu einer lebenswichtigen Entscheidung, die tragische Folgen hat.

Anita Shreve

Die Frau des Piloten

Roman. Aus dem Amerikanischen von Christine Frick-Gerke. 277 Seiten. SP 3049

Für Kathryn war klar, daß sie zu niemandem auf der Welt ein so inniges, so vertrautes Verhältnis hatte wie zu ihrem Ehemann Jack. Bis zu seinem plötzlichen Unfalltod: denn nun tut sich für sie ein Abgrund an schrecklichen Vermutungen und Gewißheiten auf.
Eigentlich war ihre Ehe glücklich, ja sogar leidenschaftlich gewesen. Ihre Geschichte hatte begonnen in jenem Haus am Meer, mit seinen hohen Fenstern, durch die man den blaugrünen Atlantik sehen kann. Eines Tages hatte Jack ihr dieses Haus tatsächlich geschenkt – als Besiegelung ihrer großen Liebe.
Unfaßbar ist für Kathryn daher die Nachricht seines plötzlichen Todes – Jack, Pilot bei einer großen amerikanischen Fluggesellschaft, ist mit einer vollbesetzten Passagiermaschine vor der irischen Küste abgestürzt. Die Medien munkeln von Selbstmord – aber Kathryn will es einfach nicht glauben. Was könnte ihr Mann vor ihr verborgen haben? Eine rätselhafte Londoner Telefonnummer, die sie in einem seiner Kleidungsstücke findet, weckt einen furchtbaren Verdacht in ihr …

Verschlossenes Paradies

Roman. Aus dem Amerikanischen von Heinz Nagel. 348 Seiten. SP 2897

Die Nachbarskinder Andrew und das Adoptivkind Eden verband zuerst eine tiefe Freundschaft und dann innige, fast mystische Liebe. Doch ein entsetzliches Verbrechen, das Eden für immer zeichnete, setzte ihrer unbeschwerten Jugendzeit ein jähes Ende. Siebzehn Jahre später, die beiden haben sich inzwischen aus den Augen verloren, kehrt Andrew an den Ort des Geschehens zurück, eine ländliche Kleinstadt unweit von New York. Und erst jetzt beginnt er, diese unheilvolle, seltsam magische Liebesbeziehung zu entschlüsseln. Als die gespenstische Wahrheit über Edens Vergangenheit zur Gewißheit wird, erkennt Andrew die Gründe seiner Beziehung zu diesem Mädchen aus verlorener Zeit. Ein meisterhaft komponierter, poetischer Roman voll tiefgründiger Spannung.

SERIE PIPER

PIPER

Anita Shreve
Olympia

Roman. Aus dem Amerikanischen von Mechtild Sandberg. 480 Seiten. Geb.

In ihrem neuen Roman erzählt Anita Shreve die auf authentischen Chroniken beruhende Liebesgeschichte zwischen einem 15jährigen Mädchen und einem 41jährigen verheirateten Arzt zu Beginn dieses Jahrhunderts.
Fortune's Rocks, 1899: Ein luxuriöses Sommerhaus an der herben Küste Neuenglands ist der Schauplatz dieses Dramas einer besessenen Leidenschaft. Olympia, behütete Tochter eines wohlhabenden Verlegers, ein Mädchen von ungewöhnlicher Intelligenz, Reife und Schönheit, erlebt die Liebe wie ein Naturereignis, als ein Freund ihres Vaters zu Besuch kommt. John Haskell ist nicht nur ein bekannter Arzt und engagierter Kämpfer gegen soziale Mißstände in den nahe gelegenen Textilfabriken – er ist auch verheiratet und Vater dreier Kinder. Doch das Wissen um ihr moralisches Unrecht hindert die beiden nicht daran, in einen Strudel großer Gefühle abzutauchen, deren Folgen unabsehbar werden.

»Niemals zuvor war Anita Shreve so auf der Höhe ihrer Kunst.«
Publishers Weekly